U0030890

唐宋傳奇集

（上）

魯　迅　校錄

蔡義江　蔡宛若　今譯

香港中和出版有限公司
www.hkopenpage.com

序 例

魯迅

　　東越胡應麟在明代，博涉四部，嘗云：「凡變異之談，盛於六朝，然多是傳錄舛訛，未必盡幻設語。至唐人，乃作意好奇，假小說以寄筆端。如《毛穎》、《南柯》之類尚可，若《東陽夜怪》稱成自虛，《玄怪錄》元無有，皆但可付之一笑，其文氣亦卑下亡足論。宋人所記，乃多有近實者，而文彩無足觀。」其言蓋幾是也。屬於詩賦，旁求新途，藻思橫流，小說斯燦。而後賢秉正，視同土沙，僅賴《太平廣記》等之所包容，得存什一。顧復緣賈人貿利，掇拾雕鐫，如《說海》，如《古今逸史》，如《五朝小說》，如《龍威秘書》，如《唐人說薈》，如《藝苑捃華》，為欲總目爛然，見者眩惑，往往妄製篇目，改題撰人，晉唐稗傳，黥剄幾盡。夫蟻子惜鼻，固猶香象，嫫母護面，詎遜毛嬙，則彼雖小說，夙稱卑卑不足廁九流之列者乎？而換

頭削足，仍亦駭心之厄也。昔嘗病之，發意匡正。先輯自漢至隋小說，為《鈎沉》五部訖；漸復錄唐宋傳奇之作，將欲匯為一編，較之通行本子，稍足憑信。而屢更顛沛，不遑理董，委諸行篋，分飽蟫蠹而已。今夏失業，幽居南中，偶見鄭振鐸君所編《中國短篇小說集》，掃蕩煙埃，斥偽返本，積年堙鬱，一旦霍然。惜《夜怪錄》尚題王洙，《靈應傳》未刪於逖，蓋於故舊，猶存眷戀。繼復讀大興徐松《登科記考》，積微成昭，鈎稽淵密，而於李徵及第，乃引李景亮《人虎傳》作證。此明人妄署，非景亮文。彌歎雖短書俚說，一遭纂亂，固貽害於談文，亦飛災於考史也。頓憶舊稿，發篋諦觀，黯澹有加，渝敝則未。乃略依時代次第，循覽一周。諒哉，王度《古鏡》，猶有六朝志怪餘風，而大增華豔。千里《楊娟》，柳珵《上清》，遂極庳弱，與詩運同。宋好勸懲，摭實而泥，飛動之致，眇不可期，傳奇命脈，至斯以絕。惟自大曆以至大中中，作者雲蒸，鬱術文苑，沈既濟、許堯佐擢秀於前，蔣防、元稹振采於後，而李公佐、白行簡、陳鴻、沈亞之輩，則其卓異也。特《夜怪》一錄，顯託空無，遂令允成陳言，在唐實猶新意，胡君顧貶之至此，竊未能同耳。自審所錄，雖無秘文，而囊曾用心，仍自珍惜。復念近數年中，能懇懇顧及唐宋傳奇者，當不多有。持此涓滴，注彼說淵，獻

004

我同流，比之芹子，或亦將稍減其考索之勞，而得玩繹之樂耶。於是杜門攤書，重加勘定，匝月始就，凡八卷，可校印。結願知幸，方欣已欸，顧舊鄉而不行，弄飛光於有盡，嗟夫，此亦豈所以善吾生，然而不得已也。猶有雜例，並綴左方：

一、本集所取資者，為明刊本《文苑英華》；清黃晟刊本《太平廣記》，校以明許自昌刻本；涵芬樓影印宋本《資治通鑑考異》；董康刻士禮居本《青瑣高議》，校以明張夢錫刊本及舊鈔本；明翻宋本《百川學海》；明鈔本原本《說郛》；明顧元慶刊本《文房小說》；清胡珽排印本《琳琅秘室叢書》等。

二、本集所取，專在單篇。若一書中之一篇，則雖事極煊赫，或本書已亡，亦不收採。如袁郊《甘澤謠》之《紅線》，李復言《續玄怪錄》之《杜子春》，裴鉶《傳奇》之《崑崙奴》、《聶隱娘》等是也。皇甫枚《飛煙傳》，雖亦是《三水小牘》逸文，然《太平廣記》引則不云出於何書，似曾單行，故仍入錄。

三、本集所取，唐文從寬，宋製則頗加抉擇。凡明清人所輯叢刊，有妄作者，輒加審正，黜其偽欺；非敢刊落，以求信也。日本有《遊仙窟》，為唐張文成作，本當置《白猿傳》之次，以章矛塵君方圖版行，故不編入。

四、本集所取文章，有複見於不同之書，或不同之本，得以互校者，則互校之。字句有異，惟從其是。亦不歷舉某字某本作某，以省紛煩。倘讀者更欲詳知，則卷末具記某篇出於何書何卷，自可覆檢原書，得其究竟。

五、向來涉獵雜書，遇有關於唐宋傳奇，足資參證者，時亦寫取，以備遺忘。比因奔馳，頗復散失。客中又不易得書，殊無可作。今但會集叢殘，稍益以近來所見，併為一卷，綴之末簡，聊存舊聞。

六、唐人傳奇，大為金元以來曲家所取資，耳目所及，亦舉一二。弟於詞曲之事，素未用心，轉販故書，諒多譌略，精研博考，以俟專家。

七、本集篇卷無多，而成就頗亦匪易。先經許廣平君為之選錄，最多者《太平廣記》中文。惟所據僅黃晟本，甚慮譌誤，去年由魏建功君校以北京大學圖書館所藏明長洲許自昌刊本，乃始釋然，逮今綴緝雜札，擬置卷末，而舊稿潦草，復多沮疑，蔣徑三君為致書籍十餘種，俾得檢尋，遂以就緒。至陶元慶君所作書衣，則已貽我於年餘之前者矣。廣賴眾力，才成此編，謹藉空言，普銘高誼云爾。

中華民國十有六年九月十日，魯迅校畢題記。時大夜彌天，璧月澄照，饕蚊遙歎，余在廣州。

前 言

蔡義江

　　唐代是我國小說發展史上極重要的時代，要說我國的小說是從唐代開始的，這也沒有甚麼不對，因為在唐以前，小說還處於雛型階段，如六朝志怪小說，嚴格地說還算不上小說。只有到了唐代，才出現真正意義上的小說，那就是傳奇。因其事屬奇聞，或情節離奇，或傳神奇怪異之說，故名，其實就是唐宋文言短篇小說。傳奇之稱是稍後才有的，它起於晚唐人裴鉶的文言短篇小說集《傳奇》（其書已佚），與後來戲曲中特別是明清時代以唱南曲為主的戲曲形式也稱傳奇是兩碼事。

　　作為文學作品的小說，從情節敘述到細節描寫，都應該是有意識地運用想像和虛構，也必然有文采藻飾的鋪陳和渲染，唐人傳奇之有別於六朝志怪，而成為名副其實的小說，主要就在於這一點。魯迅在他校錄的《唐宋傳奇集‧

序例》的開頭，就引明代胡應麟的話說：

> 凡變異之談，盛於六朝，然多是傳錄舛訛，未必盡幻設語，至唐人，乃作意好奇，假小說以寄筆端。……宋人所記，乃多有近實者，而文采無足觀。

「傳錄舛訛」往往出於人們頭腦中神鬼怪異的迷信觀念，而「作意好奇」或故「設幻語」，則是自覺地在運用文學創作手段。因而在表現上也就有精粗之分。唐傳奇「敘述宛轉，文辭華豔，與六朝之粗陳梗概者較，演講之跡甚明，而尤顯者乃在是時則始有意為小說」（《中國小說史略》）。此外，傳奇的題材也比志怪大大擴展了，增加了許多社會內容。歷史的、政治的、官場的、市井的、家庭的、愛情婚姻和婦女的……形形色色，豐富多采。人物塑造、情節構思、語言文字等等藝術技巧，也取得了突出的成就。同時也形成了傳奇文體自己的特色，即不少作品往往文中有詩，韻散夾雜；以記敘為主，又兼有議論，也就是通常所謂的「文備眾體」，對後來的小說也有很大的影響。總之，傳奇的產生，使小說成了一種獨立的文學形式。

傳奇的發展，大體有幾個階段：初盛唐是志怪到傳奇的過渡階段，所存作品甚少，僅王度《古鏡記》、無名氏

《補江總白猿傳》和張文成《遊仙窟》三篇，內容多荒誕怪異。中唐是傳奇最繁榮的黃金時期，作品數量多、質量高，現實性與社會意義也大大加強，諸如《枕中記》《柳毅傳》《霍小玉傳》《南柯太守傳》《李娃傳》《長恨傳》《鶯鶯傳》等名篇佳作，都產生於這一時期。晚唐時，傳奇則趨向低落，數量雖仍不少，質量卻大不如前；唯此時多傳奇之專集，如牛僧孺《玄怪錄》、李復言《續玄怪錄》、牛肅《紀聞》、裴鉶《傳奇》、皇甫枚《三水小牘》等皆是。至宋代，已是餘緒，文多迂腐拘板，無可稱道。魯迅在《序例》中有一段話，概括得十分精切，他說：

王度《古鏡》，猶有六朝志怪餘風，而大增華豔。千里《楊娼》、柳珵《上清》，遂極庳弱，與詩運同。宋好勸懲，摭實而泥，飛動之致，眇不可期，傳奇命脈，至斯以絕。惟自大曆以至大中，作者雲蒸，鬱術文苑，沈既濟、許堯佐擢秀於前，蔣防、元積振采於後，而李公佐、白行簡、陳鴻、沈亞之輩，則其卓異也。

此可謂定論。

　　《唐宋傳奇集》自魯迅校錄完畢之日起，迄今已有三分之二世紀，但它仍然是一部在一般閱讀和專業研究上都非

常有價值的書。用白話翻譯出來，以方便讀者，讓它成為普及讀物，使更多的人能觀瞻我國唐宋時期優秀的古典短篇小說的丰采，確是一項很有意義的工作。

《唐宋傳奇集》與後來的各種同類選本比，是有其特色的，大略有以下數端：

一、只收單篇作品。如其《序例》所說：「本集所取，專在單篇。若一書中之一篇，則雖事極煊赫，或本書已亡，亦不收採。如袁郊《甘澤謠》之《紅線》，李復言《續玄怪錄》之《杜子春》，裴鉶《傳奇》之《崑崙奴》、《聶隱娘》等是也。皇甫枚《飛煙傳》，雖亦是《三水小牘》逸文，然《太平廣記》引則不云出於何書，似曾單行，故仍入錄。」

二、重唐輕宋，黜偽求信。《序例》說：「本集所取，唐文從寬，宋製則頗加抉擇。凡明清人所輯叢刊，有妄作者，輒加審正，黜其偽欺；非敢刊落，以求信也。日本有《遊仙窟》，為唐張文成作，本當置《白猿傳》之次，以章矛塵君方圖版行，故不編入。」

三、擇體較寬，足廣視野。所錄之作，有的為當今小說選本所不取，如李吉甫《編次鄭欽悅辨大同古銘論》即是。或以為既稱「論」，當入文集，非傳奇小說者流，魯迅則不泥於此，但重其實質。至如後三卷之《隋遺錄》《煬帝海山記》《迷樓記》《開河記》及太真、飛燕、梅妃、師師

諸外傳、別傳，又以其體近史傳，亦多不選。本集則不拘一格而收之，以補正史之闕，足廣讀者見聞，亦見當時傳奇之風浸淫之廣。

四、用心校勘，將可資參證的材料寫入附記。本集經許廣平相助選定後，魯迅曾搜集多種善本互校，遇「字句有異，惟從其是」，並於書末出「校記」，注明某篇出於何書何卷，列某句某字在諸本中之異文。所取文字雖偶有一二處可商，後來學者亦有撰文補正者，然其用心之勤，功力之深，遠非根基淺薄之輩可及。又魯迅於卷末附《稗邊小綴》，是他平素「涉獵雜書，遇有關於唐宋傳奇足資參證者」，隨手寫取積累而成的；唐人傳奇被金元以後的曲家、通俗小說家所取資的特多，凡耳目所及，也都略舉以備考。這些都有參考價值。總之，徵集舊聞，廣賴眾力，成書不易，故魯迅頗自珍惜。

將文言翻譯成白話，難處在保存原作文字的風格和微妙之處。這和將外文翻譯成中文的情況完全一樣，文字愈精妙的就愈難譯，要不損傷原作的妙處幾乎是不可能的。我讀到魯迅《序例》最後幾句話「時大夜彌天，璧月澄照，饕蚊遙歎，余在廣州」時，就想到，恐怕沒有一個人能有本領將這十三個字譯得跟原作一樣好。

傳奇「文備眾體」，雜有詩賦詞曲的作品不少。有的僅兩句、四句，有的一篇之中有好幾首，最長的有像《長恨歌》之類的長詩。倘若不翻譯，工作似乎只做了一半；要譯出來，困難自然要超過譯散文，因為至少總要譯得像詩詞的樣子。經過實踐，我們感到比較可行的辦法是根據實際情況進行，不強求劃一。詩，一般都翻譯，並大體押韻，以免過於散文化；但遇有個別極淺顯易懂、與白話沒有多大區別的詩或民謠，就不一定再添幾個字，硬是畫蛇添足地改變它的原樣。因為我們不是為翻譯而翻譯。好比說，李白的《靜夜思》「床前明月光」一首，除了可將「舉頭」改成「抬頭」外，還能怎麼個譯法？還有甚麼譯的必要！所以偶而碰到這類情況，我們也有保持原詩原句或只改其一二字的。

文中也有寫對對子的，這與律詩中的對仗還不一樣。律詩中的對仗，翻譯成白話，能對固然好，不能對的，不對也不要緊，因為文中反正只說做詩；對對子則不同，若譯出來不成對子，算個甚麼呢？而且對對子完全看你用字造句的技巧，所以不能譯也不必譯。若句子中有不太好懂的地方，我們只加括號解釋。

詞曲的語言多數比較淺顯，偶有幾處太文、不夠暢明的，我們採用「半譯」的方法來解決。也就是說，只改換

或增加幾個字，有時一句分作兩句，使之既易於理解，又能保持長短句搭配的自然音節，仍像一首詞曲的樣子。想必讀者不會誤認為某詞牌、曲牌的字數句數，就是經我們改動過的格式。這是嘗試，是否妥當，得失如何，只好請讀者來評定了。

原書正文中有些加括號的注文，我們這次翻譯時，多數還是保留了；也視情況有所增刪。增加最多的是《東陽夜怪錄》，因為該篇所述，是諸多動物化為精怪，彼此高談闊論、吟詠詩作的故事，引用古籍中有關動物的典故和雙關語特多。這使我們在翻譯時遇到了很大的困難。因為只有把難懂的古語換成通俗的今語才算譯，然而改換語詞又會同時失去其諧音、雙關的妙處，典故用在詩中而兼有這些作用的地方更是如此。所以要解決這一矛盾，在用語上便頗費斟酌。在這方面，我們確是花了不少氣力。實在難以兩全的，就只好藉助於注文來彌補了，想必讀者是能夠諒解的。

傳奇既是小說，寫到某些歷史人物、事件，雖可能也有某些事實或傳聞的依據，未必盡屬虛構，但核之於史實，則又常常有年代先後或地名人名的謬誤。如《隋煬帝海山記》稱「煬帝生於仁壽二年」，仁壽二年為公元602年，其時煬帝已34歲，兩年後便殺文帝即位。又稱「帝名勇」，煬帝名廣，這些地方錯誤太明顯，若不指出，怕貽誤

歷史知識不太多的讀者，我們加了極少量的注說明之，或同時作了校改，但一般的錯誤，都不注不改。因為畢竟是小說。又如《隋遺錄》記虞世南作《應詔嘲司花女》詩，後人不加審辨，在編纂《全唐詩》時，也將此詩收錄於虞世南名下。其實，隋代還根本沒有七言絕句，更不必說完全合律的七絕了，它只不過是晚唐小說家自己的創作。煬帝的《雙調望江南》詞八闋也是如此。又，有些作品如《周秦行紀》、《隋遺錄》等的作者，多係當時人及後人偽託，魯迅先生在《稗邊小綴》中已有考證。諸如此類，我們也不特別加以考證，因為從學術角度研究傳奇不是我們譯書的任務。我們只希望讀者在閱讀時，不要把傳奇小說中所述種種，當作一般史料來看待。

某些名物、語詞，因年代久遠，不得甚解又一時無處查考的情況，也會偶而碰到。翻譯不同於注解，可以據實注明「未詳」，或乾脆過去不注，所以，要想完全避免望文生義、強作解人之誚，也並不容易。好在這種地方不多，碰上了，我們只好抱着對讀者負責的態度，多加斟酌，謹慎下筆，不自以為是。

語譯古籍的經驗不多，又限於水平，此書不當和疏誤之處恐所難免，還祈廣大讀者和專家批評指正。

目錄

卷四

⊙

卷一

古鏡記

原著　王度

隋汾陰侯生，天下奇士也。王度常以師禮事之。臨終，贈度以古鏡，曰：「持此，則百邪遠人。」度受而寶之。

鏡橫徑八寸，鼻作麒麟蹲伏之象。繞鼻列四方，龜龍鳳虎，依方陳布。四方外又設八卦，卦外置十二辰位，而具畜焉。辰畜之外，又置二十四字，周遶輪廓，文體似隸，點畫無缺，而非字書所有也。侯生云：「二十四氣之象形。」承日照之，則背上文畫，墨入影內，纖毫無失。舉而扣之，清音徐引，竟日方絕。嗟乎！此則非凡鏡之所同也。宜其見賞高賢，自稱靈物。侯生常云：「昔者吾聞黃帝鑄十五鏡，其第一橫徑一尺五寸，法滿月之數也。以其相差各校一寸，此第八鏡也。」

雖歲祀攸遠，圖書寂寞，而高人所述，不可誣矣。昔楊氏納環，累代延慶；張公喪劍，其身亦終。今度遭世擾攘，居常鬱怏，王室如毀，生涯何地？寶鏡復去，哀哉！今具其異跡，列之於後，數千載之下，倘有得者，知其所由耳。

大業七年五月，度自御史罷歸河東，適遇侯生卒，而得此鏡。至其年六月，度歸長安，至長樂坡，宿於主人程雄家。雄新受寄一婢，頗甚端麗，名曰鸚鵡。度既稅駕，將整冠履，引鏡自照。鸚鵡遙見，即便叩首流血，云：「不敢住。」度因召主人問其故。雄云：「兩月前，有一客攜此婢從東來。時婢病甚，客便寄留，云：『還日當取。』比不復來，不知其婢之由也。」度疑精魅，引鏡逼之。便云：「乞命，即變形。」度即掩鏡曰：「汝先自敘，然後變形，當捨汝命。」婢再拜自陳云：「某是華山府君廟前長松下千歲老狸，大行變惑，罪合至死。遂為府君捕逐，逃於河渭之間，為下邦陳思恭義女，蒙養甚厚。嫁鸚鵡與同鄉人柴華。鸚鵡與華意不相愜，逃而東；出韓城縣，為行人李无傲所執。无傲，麤暴丈夫也，遂將鸚鵡遊行數歲，昨隨至此，忽爾見留。不意遭逢天鏡，隱形無路。」度又謂曰：「汝本老狐，變形為人，豈不害人也？」婢曰：「變形事人，非有害也。但逃

匿幻惑，神道所惡，自當至死耳。」度又謂曰：「欲捨
汝，可乎？」鸚鵡曰：「辱公厚賜，豈敢忘德。然天鏡一
照，不可逃形。但久為人形，羞復故體。願緘於匣，許
盡醉而終。」度又謂曰：「緘鏡於匣，汝不逃乎？」鸚鵡
笑曰：「公適有美言，尚許相捨。緘鏡而走，豈不終恩？
但天鏡一臨，竄跡無路，惟希數刻之命，以盡一生之歡
耳。」度登時為匣鏡，又為致酒，悉召雄家鄰里，與宴
謔。婢頃大醉，奮衣起舞而歌曰：

「寶鏡寶鏡，哀哉予命！

自我離形，於今幾姓？

生雖可樂，死必不傷。

何為眷戀，守此一方！」

歌訖，再拜，化為老狸而死。一座驚歎。

大業八年四月一日，太陽虧。度時在台直，晝臥廳
閣，覺日漸昏。諸吏告度以日蝕甚。整衣時，引鏡出，
自覺鏡亦昏昧，無復光色，度以寶鏡之作，合於陰陽光
景之妙。不然，豈合以太陽失曜而寶鏡亦無光乎？歎怪
未已，俄而光彩出，日亦漸明。比及日復，鏡亦精朗如
故。自此之後，每日月薄蝕，鏡亦昏昧。

其年八月十五日，友人薛俠者，獲一銅劍，長四
尺。劍連於靶；靶盤龍鳳之狀，左文如火焰，右文如水

波，光彩灼爍，非常物也。俠持過度，曰：「此劍俠常試之，每月十五日，天地清朗，置之暗室，自然有光，旁照數丈。俠持之有日月矣。明公好奇愛古，如飢如渴，願與君今夕一試。」度喜甚。

其夜，果遇天地清霽。密閉一室，無復脫隙，與俠同宿。度亦出寶鏡，置於座側。俄而鏡上吐光，明照一室，相視如晝。劍橫其側，無復光彩。俠大驚，曰：「請內鏡於匣。」度從其言，然後劍乃吐光，不過一二尺耳。俠撫劍歎曰：「天下神物，亦有相伏之理也。」是後每至月望，則出鏡於暗室，光嘗照數丈。若月影入室，則無光也，豈太陽太陰之耀，不可敵也乎？

其年冬，兼著作郎，奉詔撰國史，欲為蘇綽立傳。度家有奴曰豹生，年七十矣。本蘇氏部曲，頗涉史傳，略解屬文，見度傳草，因悲不自勝。度問其故。謂度曰：「豹生常受蘇公厚遇，今見蘇公言驗，是以悲耳。郎君所有寶鏡，是蘇公友人河南苗季子所遺蘇公者。蘇公愛之甚，蘇公臨亡之歲，戚戚不樂，常召苗生謂曰：『自度死日不久，不知此鏡當入誰手？今欲以蓍筮一卦，先生幸觀之也。』便顧豹生取蓍，蘇公自撰布卦。卦訖，蘇公曰：『我死十餘年，我家當失此鏡，不知所在。然天地神物，動靜有徵。今河汾之間，往往有寶氣，與卦兆相

合，鏡其往彼乎？」季子曰：『亦為人所得乎？』蘇公又詳其卦，云：『先入侯家，復歸王氏。過此以往，莫知所之也。』」豹生言訖涕泣。度問蘇氏，果云舊有此鏡，蘇公薨後，亦失所在，如豹生之言。故度為蘇公傳，亦具言其事於末篇，論蘇公蓍筮絕倫，默而獨用，謂此也。

大業九年正月朔旦，有一胡僧，行乞而至度家。弟勣出見之。覺其神彩不俗，更邀入室，而為具食，坐語良久。胡僧謂勣曰：「檀越家似有絕世寶鏡也。可得見耶？」勣曰：「法師何以得知之？」僧曰：「貧道受明錄秘術，頗識寶氣。檀越宅上每日常有碧光連日，絳氣屬月，此寶鏡氣也。貧道見之兩年矣。今擇良日，故欲一觀。」勣出之。

僧跪捧欣躍，又謂勣曰：「此鏡有數種靈相，皆當未見。但以金膏塗之，珠粉拭之，舉以照日，必影徹牆壁。」僧又歎息曰：「更作法試，應照見腑臟。所恨卒無藥耳。但以金煙薰之，玉水洗之，復以金膏珠粉如法拭之，藏之泥中，亦不晦矣。」遂留金煙玉水等法，行之無不獲驗，而胡僧遂不復見。

其年秋，度出兼芮城令。令廳前有一棗樹，圍可數丈，不知幾百年矣。前後令至，皆祠謁此樹，否則殃禍立及也。度以為妖由人興，淫祀宜絕。縣吏皆叩頭請

度。度不得已，為之以祀。然陰念此樹當有精魅所託，人不能除，養成其勢。乃密懸此鏡於樹之間。其夜二鼓許，聞其廳前磊落有聲，若雷霆者。遂起視之，則風雨晦暝，纏繞此樹，電光晃耀，忽上忽下。至明，有一大蛇，紫鱗赤尾，綠頭白角，額上有「王」字，身被數創，死於樹。度便下收鏡。命吏出蛇，焚於縣門外。仍掘樹，樹心有一穴，於地漸大，有巨蛇蟠泊之跡。既而坎之，妖怪遂絕。

其年冬，度以御史帶芮城令，持節河北道，開倉糧賑給陝東。時天下大飢，百姓疾病，蒲陝之間，癘疫尤甚。有河北人張龍駒，為度下小吏，其家良賤數十口，一時遇疾。度憫之，齎此入其家，使龍駒持鏡夜照。諸病者見鏡，皆驚起，云：「見龍駒持一月來相照。光陰所及，如冰着體，冷徹腑臟。」即時熱定，至晚並愈。以為無害於鏡，而所濟於眾，令密持此鏡，遍巡百姓。

其夜，鏡於匣中冷然自鳴，聲甚徹遠，良久乃止。度心獨怪。明早，龍駒來謂度曰：「龍駒昨忽夢一人，龍頭蛇身，朱冠紫服，謂龍駒：我即鏡精也，名曰紫珍。常有德於君家，故來相託。為我謝王公，百姓有罪，天與之疾，奈何使我反天救物！且病至後月，當漸愈，無為我苦。」度感其靈怪，因此誌之。至後月，病果漸愈，

如其言也。

大業十年，度弟勣自六合丞棄官歸，又將遍遊山水，以為長往之策。度止之曰：「今天下向亂，盜賊充斥，欲安之乎？且吾與汝同氣，未嘗遠別。此行也，似將高蹈。昔尚子平遊五嶽，不知所之。汝若追蹤前賢，吾所不堪也。」便涕泣對勣，勣曰：「意已決矣，必不可留。兄今之達人，當無所不體。孔子曰：『匹夫不奪其志矣。』人生百年，忽同過隙，得情則樂，失志則悲，安遂其欲，聖人之義也。」度不得已，與之決別。勣曰：「此別也，亦有所求。兄所寶鏡，非塵俗物也。勣將抗志雲路，棲蹤煙霞，欲兄以此為贈。」度曰：「吾何惜於汝也？」即以與之。勣得鏡，遂行，不言所適。

至大業十三年夏六月，始歸長安，以鏡歸，謂度曰：「此鏡真寶物也！辭兄之後，先遊嵩山少室，降石梁，坐玉壇，屬日暮，遇一嵌巖，有一石堂，可容三五人，勣棲息止焉。月夜二更後，有兩人：一貌胡，鬚眉皓而瘦，稱山公；一面闊，白鬚，眉長，黑而矮，稱毛生。謂勣曰：『何人斯居也？』勣曰：『尋幽探穴訪奇者。』二人坐與勣談久，往往有異義出於言外。勣疑其精怪，引手潛後，開匣取鏡。鏡光出而二人失聲俯伏。矮者化為龜，胡者化為猿。懸鏡至曉，二身俱殞。龜身帶綠毛，

猿身帶白毛。

即入箕山，渡潁水，歷太和，視玉井。井傍有池，水湛然綠色。問樵夫，曰：『此靈湫耳。村閭每八節祭之，以祈福佑。若一祭有闕，即池水出黑雲，大雹浸堤壞阜。』勣引鏡照之，池水沸湧，有雷如震。忽爾池水騰出池中，不遺涓滴。可行二百餘步，水落於地。有一魚，可長丈餘，粗細大於臂，首紅額白，身作青黃間色，無鱗有涎，龍形蛇角，嘴尖，狀如鱘魚，動而有光，在於泥水，困而不能遠去。勣謂鮫也，失水而無能為耳。刃而為炙，甚膏，有味，以充數朝口腹。遂出於宋汴。

汴主人張珂家有女子患，入夜，哀痛之聲，實不堪忍。勣問其故。病來已經年歲，白日即安，夜常如此。勣停一宿，及聞女子聲，遂開鏡照之。病者曰：『戴冠郎被殺！』其病者床下，有大雄雞，死矣，乃是主人七八歲老雞也。

遊江南，將渡廣陵揚子江，忽暗雲覆水，黑風波湧，舟子失容，慮有覆沒。勣攜鏡上舟，照江中數步，明朗徹底，風雲四斂，波濤遂息，須臾之間，達濟天塹。

躋攝山麴芳嶺，或攀絕頂，或入深洞，逢其群鳥環人而噪，數熊當路而蹲，以鏡揮之，熊鳥奔駭。

是時利涉浙江，遇潮出海，濤聲振吼，數百里而

聞。舟人曰：『濤既近，未可渡南。若不迴舟，吾輩必葬魚腹。』勣出鏡照江，波不進，屹如雲立。四面江水豁開五十餘步，水漸清淺，黿鼉散走。舉帆翩翩，直入南浦。然後卻視，濤波洪湧，高數十丈。而至所渡之所也，遂登天台，周覽洞壑。夜行佩之山谷，去身百步，四面光徹，纖微皆見，林間宿鳥，驚而亂飛。

還履會稽，逢異人張始鸞，授勣《周髀九章》及明堂六甲之事。與陳永同歸。更遊豫章，見道士許藏秘，云是旌陽七代孫，有咒登刀履火之術。說妖怪之次，更言豐城縣倉督李敬慎家有三女，遭魅病，人莫能識。藏秘療之無效。

勣故人曰趙丹，有才器，任豐城縣尉。勣因過之。丹命祗承人指勣停處。勣謂曰：『欲得倉督李敬慎家居止。』丹遽命敬為主，禮勣。因問其故。敬曰：『三女同居堂內閣子，每至日晚，即靚妝衒服。黃昏後，即歸所居閣子，滅燈燭。聽之，竊與人言笑聲。及至曉眠，非喚不覺。日日漸瘦，不能下食。制之不令妝梳，即欲自縊投井。無奈之何。』

勣謂敬曰：『引示閣子之處。』其閣東有窗。恐其門閉固而難啟，遂晝日先刻斷窗櫺四條，卻以物支柱之如舊。至日暮，敬報勣曰：『妝梳入閣矣。』至一更，聽之，

言笑自然。勣拔窗櫺子，持鏡入閣，照之。三女叫云：『殺我婿也！』初不見一物。懸鏡至明，有一鼠狼，首尾長一尺三四寸，身無毛齒；有一老鼠，亦無毛齒，其肥大可重五斤；又有守宮，大如人手，身披鱗甲，煥爛五色，頭上有兩角，長可半寸，尾長五寸已上，尾頭一寸色白，並於壁孔前死矣。從此疾愈。

其後尋真至廬山，婆娑數月，或棲息長林，或露宿草莽，虎豹接尾，豺狼連跡，舉鏡視之，莫不竄伏。廬山處士蘇賓，奇識之士也，洞明《易》道，藏往知來，謂勣曰：『天下神物，必不久居人間。今宇宙喪亂，他鄉未必可止，吾子此鏡尚在，足下衛，幸速歸家鄉也。』勣然其言，即時北歸。便遊河北，夜夢鏡謂勣曰：『我蒙卿兄厚禮，今當捨人間遠去，欲得一別，卿請早歸長安也。』勣夢中許之。及曉，獨居思之，恍恍發悸，即時西首秦路。今既見兄，勣不負諾矣。終恐此靈物亦非兄所有。」數月，勣還河東。

大業十三年七月十五日，匣中悲鳴，其聲纖遠，俄而漸大，若龍咆虎吼，良久乃定。開匣視之，即失鏡矣。

譯文

　　隋朝時，汾陰有個侯生，是天下的奇士。王度常以對待老師的禮節對待他。侯生臨終時，送給王度一枚古鏡，說：「有了它，各種妖邪都會遠遠避離的。」王度接受了鏡子，十分珍愛它。

　　鏡子直徑八寸，鏡背中心凸處製成麒麟蹲伏着的樣子。環繞它分為東、南、西、北四方，有龜、龍、鳳、虎依次分佈。四方之外又設八卦，八卦之外是自子至亥的十二時辰的位置，各有代表時辰的畜類。時辰牲畜之外，又有二十四字，圍繞鏡邊，字體似隸書，點畫都齊全，但在任何字典中都查不到。侯生說：「那是二十四節氣的象形。」對着陽光照去，鏡背的花紋字畫，筆墨透入影內，連最細微處都看得清清楚楚。拿起來敲一敲，音色清越，餘韻綿長，持續一整天的工夫才停止。呵，單憑這一點，就的確與普通的鏡子不一樣啊！難怪它會受到高人賢者的賞識，而以靈物自居呀！侯生常常說：「從前，我聽說黃帝鑄造過十五枚鏡子，第一枚直徑有一尺五寸，是按照滿月的天數製造的。依每枚鏡子大小相差一寸推算，這

是第八枚鏡子。」雖然此事年代久遠，記載有缺，但高人所說的話，是不可不信的。從前楊寶接受黃衣童子報答他的白環，子孫都得綿延福澤；張華失去了他獲得的寶劍，他自身也隨之遇害喪命了。現在，我王度遭遇時世的困擾，終日鬱鬱寡歡，眼見國家像經過焚燒一樣敗毀不堪，不知甚麼地方可以安身度日，如今寶鏡又失去了，真是悲哀呀！如今我記下此鏡的奇異事跡，寫在後面，如果幾千年之後，有人重新得到它，可據此而知道它的來歷。

大業七年五月，王度辭去御史之職回到河東，正遇上侯生逝世，而得到了這枚古鏡。那年六月，王度回長安，到長樂坡，住宿在房主人程雄的家裡。程雄新近接受了一名婢女的寄宿，她長得很端正美麗，名叫鸚鵡。王度住下來後，準備整理一下衣帽，便拿出鏡子來自照。鸚鵡遠遠看見，立即叩頭至流血，說：「再也不敢住了！」王度於是找來主人問甚麼緣故。程雄說：「兩個月前，有位客人帶着這個婢女從東面來。當時，那婢女病得很重，客人就將她寄留在這裡，說：『我回來時帶她走。』至今沒有再來。不知那婢女為甚麼這樣。」王度懷疑她是妖精鬼魅，便拿出鏡子來逼問她。她就說：「饒命吧！我馬上就顯出原形來。」王度立即遮住鏡子，說：「你先說明自己的情況，然後再顯原形，我就饒你的命。」那婢女拜了幾拜，便講述自己經歷說：「我本來是華山府君廟

前大松樹底下的千年老狐狸，經常變幻形體，迷惑別人，罪該處死。因此遭府君追捕，逃到黃河與渭水之間，當了下邦陳思恭的乾女兒。陳家待我很好，將鸚鵡嫁給同鄉人柴華。鸚鵡跟柴華感情不和，又向東逃走，經過韓城縣，被過路的李無傲抓住。無傲是個粗暴漢子，便挾持鸚鵡到處遊蕩了好幾年，不久前跟隨他來到這裡，倉促間將我留了下來。想不到竟碰上了天鏡相照，要隱形逃避都無路可走。」王度又對她說：「你本來是老狐狸，變形成人，豈不是害人嗎？」婢女說：「變了形去侍奉人，並非有害；只是逃躲府君監管，變幻形象蒙人，是神道所痛恨的，自然是該死的了。」王度又說：「我放你條生路，怎麼樣？」鸚鵡說：「承您如此厚愛我，我怎敢忘記恩德。可是被天鏡一照，就不能再逃走了。只是成為人樣已久，羞於再變回到原形去。請把鏡子放回到匣子裡去，允許我再盡興地喝一次酒而死去吧！」王度說：「鏡子放回到匣子裡去，你不會逃走嗎？」鸚鵡笑着說：「剛才你還講過動聽的話，准許放我一條生路。藏起鏡子，我逃走了，不正好完成了你的恩賜？只不過既被天鏡照到，要逃竄也沒有路了。我只希望能在餘下的片刻生命中，盡情地享受一生的歡樂罷了！」王度立刻把鏡子放回匣中，為她叫來酒菜，把程雄家的鄰居都請來，和她一起飲酒說笑。婢女一會兒就喝得大醉，於是抖動衣衫，起舞歌唱道：

「寶鏡啊寶鏡！

多可悲啊我的命運！

自從我變幻成為人形，

到如今已換過幾家幾姓？

活着雖可以得到歡樂，

死了必定也不會傷心。

我又為何要戀戀不捨地

固守在這濁世紅塵！」

唱完，拜了幾拜，就化作老狐狸死了。在座的人都為之驚愕歎息。

大業八年四月一日，發生日蝕。當時王度在台署值勤，白天躺在廳閣裡，覺得日光漸漸地昏暗了。差役向王度報告日全蝕。王度整理穿戴時，拿出鏡子來，發覺鏡子已昏暗，不再有光彩了。由此想到寶鏡的製造一定符合陰陽光影的奧妙；倘非如此，怎會當太陽失去光芒的同時，寶鏡也就沒有光彩了呢？正在歎息詫異，一會兒鏡子的光彩出來了，太陽也逐漸明亮起來。等到太陽完全復原，鏡子也就精亮明朗如舊了。從此以後，每當出現日蝕月蝕時，總發現鏡子也同時昏暗不明。

同年八月十五日，王度的朋友薛俠，得到一把銅劍，長四尺，劍身與柄相連，劍柄作龍鳳盤繞狀，左邊花紋如火焰，右邊花紋如水波，光彩閃爍，非平常之物。薛俠帶了它來見王

度，說：「這劍我薛俠曾經試過，每月十五日，遇天地清朗，將它放在暗室裡，就會自然發光，周圍幾丈都能照到。薛俠得到它已經有好些日子了。您愛好奇物古玩如飢似渴，我願意跟您一道今晚來試一下。」王度非常高興。

當晚，果然遇到天晴地明的好天氣。王度就把一間房子嚴密地關閉了，不讓一線光亮漏進來，與薛俠一同留宿其間。王度也拿出寶鏡來，放在座位旁邊。一會兒，鏡子就吐出光芒來，把整個房間都照亮了，兩人彼此看對方就同在白天一樣。劍放在鏡旁，不再有一點光采。薛俠十分驚訝，說：「請把鏡子放回匣中。」王度聽從了他的話，然後劍才吐出光來，不過一二尺罷了。薛俠撫摸着劍，歎息說：「天下神物，也有弱者降伏於強者的道理在啊！」此後，每逢月滿時，就在暗室裡拿出鏡子來，光總能照及數丈。但如果月光照射進室內來，鏡子就沒有光了。莫非是因為太陽、月亮的光耀是鏡子所不能敵的嗎？

同年冬天，王度兼任著作郎，奉了皇帝之命修撰國史，要給蘇綽寫一篇傳。王度家中有個僕人叫豹生，已經七十歲了。他以前是蘇綽的部下，讀過一些史傳方面的書，略略懂得些寫文章的事，看到王度起草傳文，便抑制不住內心的傷悲。王度問他為甚麼這樣。他對王度說：「豹生曾經受過蘇公的知遇厚愛，現在看到蘇公的話應驗了，所以感傷。郎君所持有的

寶鏡，本是蘇公的朋友河南苗季子贈送給蘇公的。蘇公萬分喜愛它。蘇公臨死的那一年，心裡悶悶不樂，曾叫了苗季子去，對他說：『我自己估計死的日子不會太遠了，不知道這面鏡子該落在誰的手中。今天想要用蓍草來占上一卦，希望先生來看看。』便要我取來蓍草，蘇公自己動手批分蓍草，佈列卦象。占卦完了，蘇公說：『我死以後十多年，我家就該丟失這面鏡子，不知所在了。但天地間神靈的東西，一動一靜都有徵兆。現在黃河、汾水之間，常常出現寶氣，與卦象之兆相合，這鏡子怕是要到那裡去了吧？』季子問：『也會被人所獲得嗎？』蘇公又仔細地研究了卦兆，說：『先落到侯家，以後又歸姓王的人所有。再以後就不知道它到哪裡去了。』」豹生說畢，流淚飲泣。王度去問了蘇家人，果然說從前是有這樣一面鏡子，蘇公死後，就遺失了，與豹生說的一樣。因此，王度作蘇綽傳，也就將此事寫在篇末；談到蘇公以蓍草占卦的本領非同尋常，能默會於心而所見獨到，說的正是這件事。

大業九年正月初一，有一個胡人和尚化緣行乞，來到王度家裡。弟弟王勣出來見他，覺得他神采不俗，便將他請到房間裡，款待他飲食，坐談了很久。胡僧對王勣說：「施主家中好像有世間罕見的寶鏡，能讓我見識見識嗎？」王勣說：「法師怎麼會知道的呢？」和尚說：「貧道讀過神道的書籍，學過秘術，稍能識得寶氣。施主的住宅上方，每天有綠色的光透出

與日光相連，有紅色之氣升起與月光相接，這便是寶鏡之氣。貧道見到它已有兩年了。所以今天挑了個好日子，想要見識一下。」王勣就把鏡子拿了出來。

和尚跪着用雙手接捧過來，欣喜雀躍，又對王勣説：「這鏡子有好幾種靈異現象，大概你都還不曾見過。只要塗上黃金膏，用珍珠粉揩拭它，拿起來映照日光，它反射的光一定會穿透牆壁。」和尚又歎息説：「換一種方法試，應該還可以照見人的五臟六腑。遺憾的是臨時找不到要用的藥。只要用煉金的煙來熏它，打磨玉的水來洗它，再用金膏珠粉按我説的方法塗拭它，即使把鏡子埋在泥土裡也不會失去光彩。」於是就留下了金煙玉水等方法。照樣去做，沒有不效驗的。而胡僧就從此再也沒有露面。

同年秋天，王度離京兼任芮城縣令。官署的廳堂前有一株棗樹，樹圍大至數丈，不知有幾百年了。以前幾任縣令到任，都要拜祭這樹，否則很快就會有禍殃臨頭。王度認為妖異是由人興起的，胡亂的祭祀應該禁絕。縣吏們都磕頭請求王度照慣例做。王度不得已，只好祭祀這株棗樹。但是王度暗中想，這樹一定寄託着甚麼精怪，人們不能將它除掉，才養成它的勢頭。就偷偷地把寶鏡懸掛到大樹上去。當夜二更光景，聽到廳前有忽喇喇的聲音，恰如霹靂雷鳴。便起來觀望，只見纏繞在這樹周圍的是一片風雨昏暗景象，電光閃耀，忽上忽

下。天明時，見有一條巨蛇，紫鱗赤尾、綠頭白角，額上有一「王」字，全身有好多處創傷，已死在樹下。王度便取下鏡子收藏了，命令縣史們將死蛇搬出去，在縣門外燒掉。又叫人來掘樹，發現樹心有個洞，通往地下，洞逐漸大起來，有巨蛇蟠居過的痕跡。樹掘掉後，又堆起土石填塞了洞穴，妖怪便絕跡了。

同年冬天，王度以御史身份兼芮城令，掌管河北道，開官倉糧食賑濟陝東。當時全國都鬧饑荒，百姓多患疾病，蒲陝之間，疫病流行尤為嚴重。有個河北人張龍駒，是王度手下的小吏，他家主僕幾十口，同時都患了病。王度很同情他，差人送鏡子到他家裡，叫龍駒到夜裡拿出鏡子來照。那些生病的人，看見鏡子都驚訝得從床上起來，說：「看到龍駒拿了一個月亮來相照，光所照到的地方，好像冰塊貼在身上，冷氣直透入臟腑。」當時熱度就退了，再晚些病都好了。王度以為這樣做對鏡子並無害處，卻能解救許多人，就派人秘密地帶着鏡子，到處去巡視老百姓。

那天夜裡，鏡子在匣子中就自動地鳴響起來，清越的聲音傳得很遠，過了好久才停止。王度心裡只感到奇怪。次日早晨，龍駒來對王度說：「龍駒昨晚忽然夢見一個人，長得龍頭蛇身，戴着紅色帽子，穿着紫色衣服，對我龍駒說：『我就是鏡精，名叫紫珍。曾對你家有點恩惠，所以來拜託你。請你為

我告訴王公：老百姓確有罪孽，老天爺才讓他們生一場病的，為甚麼要我違反天意去救人呢？況且這病到下個月就會逐漸痊癒的，不要叫我再去幹這種苦事了。』」王度對其如此通靈怪異有感於心，所以將此牢記了下來。

大業十年，王度的弟弟王勣從六合辭了縣丞的官職回到家來，又準備去遍遊各地山水，作為今後長久的打算。王度勸阻他說：「如今天下將亂，盜賊遍地，你想要到哪裡去呢？況且我與你是同胞骨肉，還從來沒有遠別過。這次你走，看樣子像要遠去。從前，有個尚子平，說是去遊五嶽，一走就不知去向了。你如果也追隨他的行蹤，我又怎麼受得了呢？」說着便對王勣流下了眼淚。王勣說：「我的心意已決定了，是絕對不會留下來的。哥哥是當世通達之人，應該凡事都能體察的。孔子說：『一個人不可強迫他改變志向。』人生百年，快得好比月影掠過一道縫隙，得意時就快樂，失望時就悲哀，怎能滿足慾望呢？這就是聖人的道理。」王度不得已，只好與弟弟告別。王勣說：「這次分別，我也有所求。哥哥所珍重的鏡子，不是塵世間的俗物。王勣即將在風雲之路上堅持高尚的志氣，棲身於煙霞泉石之間，想求哥哥將這件東西送給我。」王度說：「我怎會捨不得將它給你呢。」馬上把鏡子給了他。王勣得到寶鏡，就動身走了，也不說往哪裡去。

到了大業十三年夏六月，王勣才回到長安，將鏡子歸還

王度，對他說：「這鏡子真是寶貝啊！那年辭別哥哥以後，我先遊歷了嵩山少室，下山經過石梁，又憩坐於玉壇。天色向晚時，遇到一堵有口子的岩壁，內有一間石室，可容納三五個人，王勣就暫時寄宿在那裡。那夜月色皎潔，二更過後，來了兩個人：一個貌如胡人，鬚眉皓白而消瘦，稱作山公，另一個闊面盤，白鬍鬚，長眉毛，又黑又矮，稱作毛生。他們問我說：『甚麼人住在這兒？』我說：『是尋找幽勝、探測洞穴、察訪奇觀的人。』兩人坐下來跟我談了很久，常常有一些奇異的意思從他們的話中流露出來。我懷疑他們是精怪，便暗地裡伸手到背後，打開匣子，取出鏡子來。鏡光射出，兩人同時『哎喲』一聲都俯伏在地，矮個子化作了烏龜，胡人模樣的化作了猿猴。將鏡子掛到天亮，它們都死了。烏龜身上帶着綠毛，猿猴身上長着白毛。

「隨後進入箕山，渡過潁水，到達太和，去看了玉井。井旁有池，池水呈深綠色。詢問樵夫，樵夫説：『這是靈湫。村莊人家每逢八個大的節日都要祭它，以祈禱神靈佑福，如果有一個節日不祭，池水就會立刻冒出黑雲來，下一場大冰雹，摧垮堤壩高地，損壞莊稼，大雨流注。』我拿出鏡子來照它，池水翻騰如沸，有雷聲震響。忽然間，池水全從池中升騰起來，點滴不留。在二百餘步遠處，水落到地上，有一條魚，長約一丈多，比人的臂膀還粗，紅頭白額，魚身青黃色相間，沒有鱗

而有涎，好像龍而又是蛇的額角，嘴尖，形狀如鱘魚，擺動時閃閃有光，在泥水中，被困不能遠走。我說：『這是鮫，失去水而無能為力了。』就將它宰割了，用火燒烤着吃，很肥腴，味道不錯，充了好幾天的口腹。於是出山來到宋地汴州。

「汴州寓處主人張珂，家裡有女子患病，到夜間，哀號痛苦之聲，實在令人不忍。我問主人緣故，知道得此病已有年頭了，白天安然無事，夜間經常如此。我在他家留宿了一夜，待聽到女子的叫聲，便打開鏡子照去。病人叫：『戴冠郎被殺了！』原來病人床底下有一隻大雄雞，已死了，是主人家七八歲的老雞。

「遊江南，將要在廣陵一段地方橫渡揚子江，忽然烏雲覆蓋水面，黑風掀起波濤，船夫大驚失色，擔心船會覆沒。我帶着鏡子登上船，照向江中數步之水，立見江水明淨透底，四周風停雲斂，波濤也平息了。一會兒，便渡過了這道天塹。

「登攝山麭芳嶺，有時攀援絕頂，有時鑽入深洞；遇見一群群飛鳥環繞着人鳴噪，有幾隻熊當路口蹲着，用鏡一揮，熊與鳥都四散驚逃。

「那時，又乘船渡浙江，正遇到海潮進來，波濤發出吼聲，幾百里外都聽得見。船夫說：『海濤已經接近，不可以再南渡了。如果不趕快回船，我們這些人都必定葬身魚腹。』我拿出鏡子來照，江中波濤便不再前進，如雲頭似的屹立起來。

四面江水分開五十多步，水漸清淺，魚龍龜鱉之類紛紛四散而走，揚帆乘風，一直進入南浦，然後回頭再看，波濤如山湧起，高達數十丈，正在剛才渡過來的地方。於是登天台山，四處遊覽洞天崖壑。夜間就佩戴着鏡子在山谷中行走。百步之內，都有清光照徹，連最細微的東西都看得清清楚楚。林中宿鳥，驚起而亂飛。

「返回會稽時，遇見有異術的奇人張始鸞，他向我傳授了《周髀九章》及《明堂六甲》中的事，與陳永一道回來。然後又去遊歷豫章，見到道士許藏秘，説是許旌陽的七代孫，有念咒踩刀踏火的本領。在談到妖怪之事時，他又説起豐城縣倉督李敬慎家裡有三個女兒，碰見甚麼鬼魅就病了，沒有人知道是怎麼回事。藏秘去過他家治療，也沒有效驗。

「我的老朋友趙丹，頗有才能，任豐城縣尉，我就去找他。趙丹叫辦雜務的衙役給我準備歇腳之處。我説：『我想要在倉督李敬慎的家裡留宿。』趙丹立即命敬慎作東道主，讓他對我以禮相待。於是我就問他女兒是怎麼得病的。敬慎説：『三個女兒同住在堂內樓房裡，每天傍晚，就塗脂抹粉，濃妝豔服地打扮起來。黃昏以後，就回到所住的房間裡，吹滅了燈燭。但聽得見房中有偷偷跟人談笑的聲音。一直要到天亮時才睡覺，不叫喚她們，就不會醒來。這樣，人一天天都瘦下去了，也吃不下東西。制止她們，不讓她們梳妝打扮，便要尋死覓

活，上吊投井。對她們毫無辦法。』

　　我對敬慎說：『請把她們所住的房間指點給我看。』這房間東面有窗。我恐怕房門緊閉，臨時難以打開，就在白天先把窗格子木條刻斷四根，塞別的東西支撐着，就像原來那樣。到傍晚，敬慎報告我說：『已經梳妝打扮好，進房間去了。』到一更時，聽動靜，房內談笑之聲十分自然。我拔去窗格子，手持鏡子，闖入房中就照。三個女兒都叫喊起來：『殺了我的丈夫啦！』起初看不見一樣東西，將鏡子懸掛到天亮，發現有一隻黃鼠狼，從頭到尾一尺三四寸長，身上沒有毛和牙齒；有一隻老鼠，也沒有毛和牙齒，肥大得約有五斤來重；又有一條壁虎，有手那麼大，身上披着鱗甲，五色斑斕，頭上有兩只角，長約半寸，尾巴有五寸以上長，尾端有一寸是白的，都死在牆壁洞的前面。從此三個女兒的病也就好了。

　　「此後，尋找仙人蹤跡到了盧山，徘徊了好幾個月，有時棲息在深林之中，有時露宿在草莽之間。虎豹接尾而行，豺狼成群而至，舉着鏡子看它們，沒有不逃竄懾伏的。盧山處士蘇賓，是個見識神奇的人，他對《易經》的奧妙懂得非常透徹，能知過去未來。他對我說：『天下神奇之物必定不能久留人間。如今寰宇喪亂，他鄉未必可以定居。這面鏡子還在，足以保護你，還是趕快回到家鄉去吧！』我覺得他的話有理，當即就向北走上歸途了。順道遊河北，夜裡夢見鏡子來對我說：『我蒙

你哥哥厚禮相待，現在我就要離開人間遠去了，想要跟他告別一下，請你及早趕回長安吧。」我夢中答應了它。到天明，獨自回想夢境，心裡驚悸不安，立即轉路向西，往長安來了。現在見到了哥哥，我不會有負於對鏡的許諾了。只恐怕這靈物最終也不能屬你哥哥所有。」幾個月後，王勣就回河東去了。

大業十三年七月十五日，匣子中發出悲鳴聲，起初，聲音細而遠，一會兒漸漸洪大起來，好像龍在咆哮，虎在怒吼，響了好久才停。開匣一看，鏡子不見了。

補江總白猿傳

原著　缺名

　　梁大同末，遣平南將軍藺欽南征，至桂林，破李師古、陳徹。別將歐陽紇略地至長樂，悉平諸洞，深入深阻。紇妻纖白，甚美。其部人曰：「將軍何為挈麗人經此？地有神，善竊少女，而美者尤所難免。宜謹護之。」紇甚疑懼，夜勒兵環其廬，匿婦密室中，謹閉甚固，而以女奴十餘伺守之。爾夕，陰風晦黑，至五更，寂然無聞。守者怠而假寐，忽若有物驚悟者，即已失妻矣。關局如故，莫知所出。出門山險，咫尺迷悶，不可尋逐。迫明，絕無其跡。紇大憤痛，誓不徒還。因辭疾，駐其軍，日往四邀，即深陵險以索之。既逾月，忽於百里之外叢篠上，得其妻繡履一隻，雖侵雨濡，猶可辨識。紇尤悽悼，求之益堅。選壯士三十人，持兵負糧，巖棲野食。

又旬餘，遠所舍約二百里，南望一山，蔥秀迥出。至其下，有深溪環之，乃編木以度。絕巖翠竹之間，時見紅綵，聞笑語音。捫蘿引絙，而陟其上，則嘉樹列植，間以名花，其下綠蕪，豐軟如毯。清迥岑寂，杳然殊境。東向石門有婦人數十，帔服鮮澤，嬉遊歌笑，出入其中。見人皆慢視遲立，至則問曰：「何因來此？」紇具以對。相視歎曰：「賢妻至此月餘矣。今病在床，宜遣視之。」入其門，以木為扉。中寬闊若堂者三。四壁設床，悉施錦薦。其妻臥石榻上，重茵累席，珍食盈前。紇就視之。回眸一睇，即疾揮手令去。諸婦人曰：「我等與公之妻，比來久者十年。此神物所居，力能殺人，雖百夫操兵，不能制也。幸其未返，宜速避之。但求美酒兩斛，食犬十頭，麻數十斤，當相與謀殺之。其來必以正午，後慎勿太早。以十日為期。」因促之去。紇亦遽退。

遂求醇醪與麻犬，如期而往。婦人曰：「彼好酒，往往致醉。醉必騁力，俾吾等以綵練縛手足於床，一踴皆斷。嘗紉三幅，則力盡不解。今麻隱帛中束之，度不能矣。遍體皆如鐵，唯臍下數寸，常護蔽之，此必不能禦兵刃。」指其旁一巖曰：「此其食廩。當隱於是，靜而伺之。酒置花下，犬散林中，待吾計成，招之即出。」如

其言，屏氣以俟。

日晡，有物如匹練，自他山下，透至若飛，徑入洞中。少選，有美髯丈夫長六尺餘，白衣曳杖，擁諸婦人而出。見犬驚視，騰身執之，被裂吮咀，食之致飽。婦人競以玉盃進酒，諧笑甚歡。既飲數斗，則扶之而去。又聞嬉笑之音。良久，婦人出招之，乃持兵而入。見大白猿，縛四足於床頭，顧人蹙縮，求脫不得，目光如電。競兵之，如中鐵石，刺其臍下，即飲刃，血射如注。乃大歎吒曰：「此天殺我，豈爾之能。然爾婦已孕，勿殺其子，將逢聖帝，必大其宗。」言絕乃死。

搜其藏，寶器豐積，珍羞盈品，羅列几案。凡人世所珍，靡不充備，名香數斛，寶劍一雙。婦人三十輩，皆絕其色。久者至十年。云：色衰必被提去，莫知所置。又捕採唯止其身，更無黨類。旦盥洗，着帽，加白袷，被素羅衣，不知寒暑。遍身白毛，長數寸。所居常讀木簡，字若符篆，了不可識；已，則置石蹬下。晴晝或舞雙劍，環身電飛，光圓若月。其飲食無常，喜啖果栗，尤嗜犬，咀而飲其血。日始逾午，即欻然而逝。半晝往返數千里，及晚必歸，此其常也。所須無不立得。夜就諸床嬲戲，一夕皆周，未嘗寐。言語淹詳，華旨會利。然其狀，即猳玃類也。今歲木落之初，忽愴然曰：「吾

為山神所訴，將得死罪。亦求護之於眾靈，庶幾可免。」
前月哉生魄，石磴生火，焚其簡書。悵然自失曰：「吾已
千歲，而無子。今有子，死期至矣。」因顧諸女，汍瀾
者久，且曰：「此山復絕，未嘗有人至。上高而望，絕不
見樵者。下多虎狼怪獸。今能至者，非天假之，何耶？」
紇即取寶玉珍麗及諸婦人以歸，猶有知其家者。紇妻週
歲生一子，厥狀肖焉。

　　後紇為陳武帝所誅。素與江總善。愛其子聰悟絕
人，常留養之，故免於難。及長，果文學善書，知名
於時。

譯文

南朝梁大同末年，朝廷派遣平南將軍藺欽南征，到達桂林，打敗了李師古、陳徹。別將歐陽紇攻城略地到長樂，平定了所有洞居的南蠻，隊伍冒失地深入到荒僻險阻之地。歐陽紇的妻子生得纖細潔白，非常美麗。部下有人對他說：「將軍為甚麼帶着美人到這裡來？此地有神怪，善於偷走少女，而美貌的更難倖免。應當注意保護才是。」歐陽紇十分疑懼，夜間就部署士兵們在居處四周守衛，將妻子藏在密室中，小心地將門窗都關緊，還派了十幾個女奴監守着她。那夜，陰風吹來，天地昏黑，直到五更，仍靜悄悄地沒有異常。守衛者都因倦怠而打起瞌睡來。忽然，好像有甚麼東西把大家驚醒過來，當即發現歐陽紇的妻子已經不見了。門窗都仍舊好端端地上閂關閉着，也不知是從哪裡出去的。出門看，山勢險峻，咫尺之間，迷茫難辨，無法追尋。到了天亮，連一點蹤跡也沒有發現。歐陽紇大為痛憤，發誓不找到妻子，自己決不回去。於是推說有病，把軍隊駐紮下來，天天去往四面遙遠的地方，不避深險地搜索尋找。過了一個月，忽然在百里之外的一片小竹叢上，找

到了他妻子的一隻繡鞋，雖然被雨水浸泡過，但還能辨認得出來。歐陽紇更加悲淒傷心，搜尋之心越發堅決了。他挑選了三十名健壯的士兵，手拿刀劍，背着糧食外出搜尋，在山岩間露宿，在野地裡吃飯。

又過了十幾天，搜尋隊在遠離駐地約二百里處，望見南面有一座山，蔥蘢秀麗，高高聳立。到山腳下，便有一道很深的溪水環繞着，他們就編造木筏，渡了過去。在峻峭的岩壁和青翠的竹林之間，時時看見有紅色絲綢在晃動，聽到有嬉笑和說話的聲音，就抓着藤蔓，牽引長繩攀登了上去。只見嘉樹成行排列，相間又種植着名花，樹下是一片碧綠的草地，茂密柔軟，如同毛毯。清遠寂靜，真是未曾見過的異境。東邊山崖有一扇石門，數十個婦女衣着鮮豔光澤，又笑又唱地在遊玩，進進出出於石門口。她們看見人，都慢慢地站住注視着。登山的人走到她們面前，她們就問：「有甚麼事到這兒來？」歐陽紇就將原因告訴了她們，她們彼此相視而歎息說：「尊夫人到這兒已有一個多月了。如今生病躺在床上，應該前去看看她。」進入石門，門是木頭做的。洞內有三間寬敞如廳堂的石室。四面石壁設着床，都鋪着錦緞的褥子。歐陽紇妻子睡在石榻上，鋪墊着層層褥毯，面前放滿了珍饈美味。歐陽紇走近去看她，她轉過眼睛來看了一看，連忙拚命揮手叫他離開。那些婦女說：「我們與尊夫人先後來到這兒，時間長的已經有十年了。

這裡居住着一個神怪，力大能殺人，即使一百個拿了刀劍的人，也別想制伏他。幸而他現在還沒有回來，你們最好趕快避開他。你只要準備下美酒兩斛，供肉食的狗十條，麻幾十斤，我們與你一道用計謀殺了他。他來的時候必定是正午，以後小心，不要來得太早，就以再過十天作為約期。」便催他快點離去，歐陽紇就連忙退走了。

於是準備好醇酒、麻、狗，到了約定的日子，就帶人前去。那婦女說：「那傢伙喜歡酒，常常喝醉，醉了必定要炫耀自己力氣大，叫我們用彩綢把他的手腳綁在床上，他身子一躍，都繃斷了。我們曾試過用三幅綢帛來縛他，他力氣用盡，還掙脫不開。現在將麻隱藏在帛中去綁他，料他是不可能脫身的，他的全身都堅硬如鐵，只有肚臍下數寸，常常遮掩保護着，那一定是不能抵擋刀劍的部位。」又指着旁邊一個岩洞說：「這是他的糧食倉庫，你就隱藏在這裡，靜靜地等候着。把酒放到花叢下，狗就放開讓它在林子裡跑，等到我的計策成功了，我招呼你，你就馬上出來。」歐陽紇就照着她的話做，屏住氣等候着。

太陽偏西時，有像白絲綢似的東西，從別的山頭下來，如飛一般穿林而來，直入石洞之中。過一會，一個長髯飄飄的男子，有六尺多高，穿着白衣，拿着手杖，被一群婦女簇擁着走出來。他見到狗就驚奇地看着，一騰身就抓住了它，將它撕

裂了，吮血食肉地大嚼起來，直到吃飽。婦女們都爭着拿玉杯為他進酒，打趣説笑，十分開心。喝完幾斗酒後，就被她們扶着進去了。又聽得一陣陣嬉鬧調笑之聲。過了好久，那婦人出來招呼歐陽紇他們，大家就手執刀劍進入洞中。看見一頭大白猿，四隻腳都被縛住在床頭，見人就蹙額縮身，想要挣脱卻又脱不出來，目光炯炯如閃電。大家競相用刀劍去刺它，就像碰在鐵石上一樣，於是刺它肚臍下面，刀立即刺入，鮮血直噴射出來。白猿大聲歎息，詫異地説：「這是老天爺要殺我，哪裡是你有甚麼本事！不過，你妻子已經懷孕了，請不要殺死這個兒子，他將來會遇到聖明的皇帝，必定能夠光大你家的祖業。」説完就死了。

　　搜檢他的貯藏，寶器極其豐富，珍美食品也夠多的，羅列起來，滿案滿桌。凡人世間珍奇的東西，無不具備。名貴的香料就有數斛，還有一對寶劍。婦女三十人，都是絕色佳麗。來得久的，已有十年了。她們説，如果有誰容顏衰老難看了，必定被他帶走，不知道弄到哪裡去了。又捕捉和享用女子，都只限於他自己，此外別無同黨為伴。他每天早上起來盥洗，戴好帽子，穿一件白衫子，再披上件白色羅衣，從來不知道甚麼寒暑變化。他全身長着白毛，有數寸長。在居住的地方常常讀木簡書，字都像符篆體，一點也認不得。讀完後，就放在石階梯下。晴朗的白天，有時就舞雙劍，劍繞身如飛電，形成一個

月亮一樣的光圈。他飲食沒有一定時間，喜歡吃水果和栗子；對狗更有嗜好，嚼狗肉而喝狗血。日頭剛過中午，就飛快地逝去。半天之內，往返好幾千里，到傍晚必定回家，這是他平常的習慣。他想要的東西，沒有不能立刻到手的。夜裡，便到一張張床上去和婦女尋歡，一夜之間都能玩遍，從來不睡覺。他言語從容不迫，所說的意思也不錯，很通情達理。但他的形狀，卻是猿猴一類。今年秋天，木葉剛落時，忽然傷感地說：「我被山神告到了天帝那裡，將要得死罪了。也只有求助於眾神靈的保護，或者還可以倖免於禍。」上月初，他在石級上生了一堆火，把他的木簡書都燒掉了，悵然若失地說：「我已經活了千歲而沒有兒子，現在有了兒子，死期就要到了。」於是環顧眾女子，長時間地流着眼淚。而且他說：「這座山處於群山重疊最幽僻的地方，從來沒有人到過。登上高處眺望，也絕見不到一個打柴人。山下又多虎狼怪獸。現在能到達這兒的，不是老天爺幫助他又是甚麼呢？」歐陽紇就攜帶了珍奇珠寶之類和所有的女子回去了。婦女中尚有人能知道自己原來家在哪裡的。歐陽紇的妻子一年後生了一個兒子，模樣跟大白猿惟妙惟肖。

　　後來，歐陽紇被陳武帝誅殺。他平素和江總很要好，江總極喜愛他的兒子聰明過人，便將孩子留養在自己家裡，因此免於遭難。孩子長大後，果然很有學問而善於書法，聞名於當時。

離魂記

原著　陳玄佑

　　天授三年，清河張鎰，因官家於衡州。性簡靜，寡知友。無子，有女二人。其長早亡，幼女倩娘，端妍絕倫。鎰外甥太原王宙，幼聰悟，美容範。鎰常器重，每曰：「他時當以倩娘妻之。」後各長成，宙與倩娘常私感想於寤寐，家人莫知其狀。後有賓寮之選者求之，鎰許焉。女聞而鬱抑；宙亦深恚恨，託以當調，請赴京，止之不可，遂厚遣之。宙陰恨悲慟，決別上船。

　　日暮，至山郭數里。夜方半，宙不寐，忽聞岸上有一人行聲甚速，須臾至船。問之，乃倩娘徒行跣足而至。宙驚喜發狂，執手問其從來。泣曰：「君厚意如此，寢夢相感。今將奪我此志，又知君深情不易，思將殺身奉報，是以亡命來奔。」宙非意所望，欣躍特甚。遂匿

倩娘於船，連夜遁去。

　　倍道兼行，數月至蜀。凡五年，生兩子，與鎰絕信。其妻常思父母，涕泣言曰：「吾曩日不能相負，棄大義而來奔君。向今五年，恩慈間阻。覆載之下，胡顏獨存也？」宙哀之，曰：「將歸，無苦。」遂俱歸衡州。

　　既至，宙獨身先至鎰家，首謝其事。鎰曰：「倩娘病在閨中數年，何其詭說也！」宙曰：「見在舟中！」鎰大驚，促使人驗之。果見倩娘在船中，顏色怡暢，訊使者曰：「大人安否？」家人異之，疾走報鎰。室中女聞喜而起，飾妝更衣，笑而不語，出與相迎，翕然而合為一體，其衣裳皆重。其家以事不正，秘之。惟親戚間有潛知之者。

　　後四十年間，夫妻皆喪。二男並孝廉擢第，至丞尉。

　　玄佑少常聞此說，而多異同，或謂其虛。大曆末，遇萊蕪縣令張仲規，因備述其本末。鎰則仲規堂叔，而說極備悉，故記之。

譯文

　　唐朝天授三年，清河人張鎰，因到衡州做官，就在那裡安了家。他性格閒靜，很少有知心朋友。他沒有兒子，只有兩個女兒。長女早年就去世了，幼女叫倩娘，長得端莊美麗，無人可比。張鎰有個外甥，叫王宙，住在太原，從小聰明伶俐，體貌出眾。張鎰一直很看重他，常常說：「以後要將倩娘嫁給他。」王宙與倩娘各自長大成人之後，常常在睡夢裡彼此私下想念着，家裡人都不知道其中的內情。後來有個將赴吏部選官的人上門求婚，張鎰就答應了這門婚事。倩娘知道後心情鬱悶。王宙也深深怨恨此事，推說要調動官職，請求去京城。張鎰留不住他，就送了一份厚禮讓他走了。王宙內心十分悲傷忿恨，告別家人上了船。

　　天色暗下來的時候，船已走出城外數里遠了。剛到半夜，王宙還沒睡，突然聽見河岸上有個人急匆匆地趕來，一會兒就到了船邊上。經詢問，才知道是倩娘赤着腳步行趕來，王宙驚喜得幾乎發狂，拉着她的手，問她從哪裡來。倩娘哭着說：「你對我的情意這樣深厚，我在睡夢中都感動。今日父親要強行改

變我的意願，又知道你對我的深厚情誼沒有改變，因此想犧牲自己來報答你，所以逃出來跟你私奔。」王宙出乎意料，特別高興，就將倩娘藏在船中，連夜逃走，並加倍快速地趕路。幾個月之後到了四川。

過了五年，他們生了兩個兒子，其間與張鎰斷絕音訊。王宙的妻子常常想念父母，哭着說：「以前我不能對不起你，違背禮義而與你私自結合。至今已有五年了，與父母阻絕不能相見，天地之間，我哪裡有臉獨自活下去呢？」王宙哀憐她，說：「我們這就回去，不要難過了。」於是他們一起回到了衡州。

到了之後，王宙先一個人去張鎰家，為他們的事磕頭謝罪。張鎰說：「倩娘生病在家已經好幾年了，你為甚麼這樣胡說呢？」王宙說：「她現在就在船上！」張鎰大吃一驚，急忙派人去核實。果然看見倩娘在船裡，而且神情很愉快，還詢問來人說：「父母安好嗎？」家人十分奇怪，趕緊回家報告張鎰。房中的女兒聽了高興地起床，穿衣打扮，笑着也不說話，出去相迎，兩個人一下子合二為一，她們的衣服也重疊在一起了。家裡的人都認為這事不合正道，就隱瞞起來。只有幾個親戚私下知道。

此後又過了四十年，王宙夫婦倆都過世了。兩個兒子都以孝廉的資格，考取了進士。官做到縣丞、縣尉。

玄佑小時候常常聽説此事，但説法不一，有人説這是編造出來的。大曆末年，玄佑遇見萊蕪縣令張仲規，並聽他詳細地説了這件事的過程。張鎰是張仲規的堂叔，因而説得極為具體，所以玄佑就將此事記錄下來了。

枕中記

原著　沈既濟

　　開元七年，道士有呂翁者，得神仙術，行邯鄲道中，息邸舍，攝帽弛帶，隱囊而坐。俄見旅中少年，乃盧生也。衣短褐，乘青駒，將適於田，亦止於邸中，與翁共席而坐，言笑殊暢。

　　久之，盧生顧其衣裝敝褻，乃長歎息曰：「大丈夫生世不諧，困如是也！」翁曰：「觀子形體，無苦無恙，談諧方適，而歎其困者，何也？」生曰：「吾此苟生耳。何適之謂？」翁曰：「此不謂適，而何謂適？」答曰：「士之生世，當建功樹名，出將入相，列鼎而食，選聲而聽，使族益昌而家益肥，然後可以言適乎。吾嘗志於學，富於遊藝，自惟當年，青紫可拾。今已適壯，猶勤畎畝，非困而何？」言訖，而目昏思寐。

時主人方蒸黍，翁乃探囊中枕以授之，曰：「子枕吾枕，當令子榮適如志。」其枕青瓷，而竅其兩端。生俛首就之，見其竅漸大，明朗。乃舉身而入，遂至其家。

數月，娶清河崔氏女，女容甚麗，生資愈厚。生大悅，由是衣裝服馭，日益鮮盛。明年，舉進士，登第；釋褐秘校；應制，轉渭南尉，俄遷監察御史；轉起居舍人，知制誥。三載，出典同州，遷陝牧。生性好土功，自陝西鑿河八十里，以濟不通。邦人利之，刻石紀德。移節汴州，領河南道採訪使，徵為京兆尹。

是歲，神武皇帝方事戎狄，恢宏土宇。會吐蕃悉抹邏及燭龍莽布支攻陷瓜沙，而節度使王君㚟新被殺，河湟震動。帝思將帥之才，遂除生御史中丞、河西道節度。大破戎虜，斬首七千級，開地九百里，築三大城以遮要害。邊人立石於居延山以頌之。歸朝冊勳，恩禮極盛。轉吏部侍郎，遷戶部尚書兼御史大夫。

時望清重，群情翕習。大為時宰所忌，以飛語中之，貶為端州刺史。三年，徵為常侍。未幾，同中書門下平章事。與蕭中令嵩、裴侍中光庭同執大政十餘年，嘉謨密命，一日三接，獻替啟沃，號為賢相。

同列害之，復誣與邊將交結，所圖不軌。下制獄。府吏引從至其門而急收之。生惶駭不測，謂妻子曰：「吾

家山東，有良田五頃，足以禦寒餒，何苦求祿？而今及此，思衣短褐，乘青駒，行邯鄲道中，不可得也。」引刃自刎。

其妻救之，獲免。其罹者皆死，獨生為中官保之，減罪死，投驩州。

數年，帝知冤，復追為中書令，封燕國公，恩旨殊異。

生五子，曰儉，曰傳，曰位，曰倜，曰倚，皆有才器。儉進士登第，為考功員外；傳為侍御史；位為太常丞；倜為萬年尉；倚最賢，年二十八，為左襄。其姻媾皆天下望族。有孫十餘人。

兩竄荒徼，再登台鉉，出入中外，徊翔台閣，五十餘年，崇盛赫奕。性頗奢蕩，甚好佚樂，後庭聲色，皆第一綺麗。前後賜良田、甲第、佳人、名馬，不可勝數。

後年漸衰邁，屢乞骸骨，不許。病，中人候問，相踵於道，名醫上藥，無不至焉。將歿，上疏曰：

「臣本山東諸生，以田圃為娛。偶逢聖運，得列官敘。過蒙殊獎，特秩鴻私，出擁節旄，入昇台輔。周旋中外，綿歷歲時。有忝天恩，無裨聖化。負乘貽寇，履薄增憂，日懼一日，不知老至。

今年逾八十，位極三事，鍾漏並歇，筋骸俱耄，彌

留沉頓，待時益盡。顧無成效，上答休明，空負深恩，永辭聖代。無任感戀之至，謹奉表陳謝。」

詔曰：「卿以俊德，作朕元輔。出擁藩翰，入贊雍熙，昇平二紀，實卿所賴。比嬰疾疹，日謂痊平。豈斯沉痼，良用憫惻。今令驃騎大將軍高力士就第候省。其勉加鍼石，為予自愛。猶冀無妄，期於有瘳。」

是夕，薨。

盧生欠伸而悟，見其身方偃於邸舍，呂翁坐其傍，主人蒸黍未熟，觸類如故。生蹶然而興，曰：「豈其夢寐也？」翁謂生曰：「人生之適，亦如是矣。」生憮然良久，謝曰：「夫寵辱之道，窮達之運，得喪之理，死生之情，盡知之矣。此先生所以窒吾欲也。敢不受教！」稽首再拜而去。

譯文

　　開元七年，有位道士呂翁，懂得神仙法術，旅行途中經過邯鄲縣境，在一家客店休息，他脫下帽子，鬆開衣帶，背靠行囊坐在那裡。一會兒，只見路上走來一位少年，是一位姓盧的書生。他身穿粗布短衣，騎着一匹青色的小馬，正要到田裡去，也在客店中停下歇腳，和呂翁並肩坐在一起，兩人言語交談非常投機。

　　過了一段時間，盧生看到自己的衣服行裝破舊髒污，就長歎一聲，感慨說：「大丈夫生在世上不能得志，竟窘困到如此地步！」呂翁說：「看你的形貌身體，無苦無病，正在談笑快意之時，卻忽然感歎自己窘困不遇，這是為甚麼呢？」盧生說：「我只不過是苟且偷生罷了，有甚麼快意可言呢？」呂翁說：「如果這算不得快意，那麼怎樣才算快意呢？」盧生回答說：「男子漢生在人世間，就應當建功立業，顯聲揚名，出外為聲威赫赫的將軍，入朝為權傾一時的宰相。吃飯，桌上陳列着豐盛可口的菜餚；休息，身旁演奏着美妙悅耳的樂曲。能使宗族一天天興旺，家業一天天富裕，然後才可以談得上是快

意吧！我曾經立志要在學業上有所進取，要有廣博的學問，自以為年富力強，功名富貴唾手可得。然而現在已近壯年，仍然辛苦耕作在田壟間，不是窘困又是甚麼呢？」說完，兩眼蒙矓欲睡。

這時，客店主人正在蒸黃粱米飯。呂翁就從行囊中摸出一個枕頭來遞給盧生，說：「你枕上我這個枕頭，就可以讓你得到富貴榮華，完全如你所期望的那樣。」那個枕頭用青瓷製成，兩頭鏤空。盧生低頭伏向枕上，看見枕洞越來越大，裡面非常明亮，就縱身進到枕洞裡，於是從枕中回到自己的家裡。

幾個月後，盧生娶了清河大族崔氏的女兒為妻。崔氏女子容貌十分美麗，家產也尤其豐厚。盧生非常得意，從此衣服車馬，一天比一天華美隆盛。第二年，被選送參加進士科考試，一舉得中。初次授官，被任命為秘書省校書郎；又參加制科考試，升調為渭南尉；不久升任監察御史，再升調為起居舍人，並被特別委任以代理皇帝起草文書的知制誥一職。三年後，外放為同州刺史。升為陝州都督。盧生生性喜好興修水利，從陝西開鑿運河八十里，藉以改善不通暢的水上運輸，當地人民感到十分便利，刻石立碑紀念他的功德。調任汴州都督，兼任河南道採訪使，又特命內調為京城最高地方行政長官京兆尹。

這一年，唐玄宗正發動對西北少數民族的戰爭，大力擴張唐朝的疆域。恰逢吐蕃族首領悉抹邏以及燭龍州吐蕃將領莽布

支攻佔瓜州和沙州，唐河西隴右節度使王君㚟剛被吐蕃殺害，河湟地區人心惶惶。皇帝期盼有才能的將領，於是任命盧生為御史中丞，兼任河西道節度使。盧生到任後，大破敵軍，斬首七千多人，拓展疆土九百多里，還在邊疆修築了三座大城，用來防守要害地區。邊疆百姓在居延山上刻石勒銘，歌頌他的功德。回到京城，朝廷舉行隆重的典禮冊封他勳位，恩寵禮遇十分深厚。轉任吏部侍郎，升任戶部尚書兼御史大夫。

盧生在當時輿論中有清正、厚重的聲望，深得同僚的推崇、親附，所以很為當時的宰相忌恨，因此受到流言蜚語的中傷，被貶為端州刺史。三年後，重新被徵召入京，擔任散騎常侍。不久，同中書門下平章事。此後盧生與中書令蕭嵩、侍中裴光庭共同執掌朝政十多年。皇帝每有重大的決策和秘密的使命總是要他去執行，有時一天之內能接到數次詔令，盧生竭忠盡職，諍言進諫，開導皇帝，在當時有「賢相」之稱。

同位的其他宰相嫉妒他的聲名，又誣陷他和邊疆將領暗中勾結，圖謀不軌。皇帝特命立案審訊。府吏率領隨從人員來到盧家緊急逮捕盧生。盧生驚慌失措，害怕性命不保，對妻子說：「我老家原在關東，有良田五頃，足以維持溫飽，我何苦出來追求功名？現在到了這種地步，就是再想穿着粗布短衣，騎着青色小馬，行走在邯鄲路上，也不可能了。」於是舉刀自殺。

他的妻子急忙搶救，才保全了性命。與盧生一案有牽連的犯人都被處死，只有盧生受到宮中太監的保護，減免死罪一等，被流放到驩州。

幾年後，皇帝覺察到盧生的冤枉，重新起用他擔任中書令，封燕國公，給予他極為優厚的恩寵。

盧生有五個兒子，分別叫作盧儉、盧傳、盧位、盧倜、盧倚，都有才能。盧儉通過進士科考試進入仕途，授任考功員外郎；盧傳官任侍御史；盧位官任太常寺丞；盧倜官任萬縣縣尉；盧倚在兄弟中最為賢能，二十八歲時擔任左補袞。和盧家通婚的都是全國有名望的世族。盧生有孫子十多人。

盧生一生，兩次被流放到荒遠邊疆，兩次登上宰相的高位，歷任中央和地方的多種職務，來回任職於御史台和中書、門下兩省的權力中心，長達五十多年，聲望崇高，地位顯赫。盧生生性十分奢侈放縱，特別喜好遊樂享受，家中內堂的藝妓姬妾，都是出類拔萃的美女。皇帝前後賞賜給盧生的良田、大宅、佳人、名馬，數目之多無法計算。

盧生後來漸漸年老體衰了，他幾次請求辭官歸田，皇帝不准。他患病時，奉皇帝命令前來探視的太監，在道路上來往不絕；著名的醫生，上好的藥品，全都被搜羅來為他治病，臨死的時候，盧生上疏給皇帝說：

「臣原本是關東地區一個普普通通的讀書人，在田園間遣

時娛性。恰遇上聖世鴻運，得以備列官吏的序位之中，又承蒙皇上特別的賞識，給予格外的提拔和過多的施恩，在外充任獨當一面的節度使，入朝升任總理全國的宰相。輾轉於中央和地方之間，經歷了漫長的歲月。臣能力低淺，對皇上的聖明教化無所補益，實在是有負於皇上對我的無邊恩德。臣以卑微的身份承擔重大的責任，徒增物議，心中戰戰兢兢，如履薄冰，恐懼擔憂日甚一日，不知不覺間就進入了老年。」

「現在臣年過八十，位及三公，生命的時鐘已經停止，渾身的筋骨已經衰朽，只是在奄奄一息中遷延時刻，等待生前的最後終結。只是一生中沒有甚麼成功的業績，可以報答皇上至善、光輝的德行，只能空抱辜負深恩的遺憾，永遠地告別這聖明的時代。臣心中無限感傷依戀。謹此奉表陳謝我的遺衷。」

皇帝下詔書撫慰他說：

「愛卿憑藉着自己傑出的品德才能，擔任我的首相。外任則防衛國家的邊疆，內任則贊助盛明美好的政治，國家在長達二十多年的時間裡得以太平無事，實在是依仗了愛卿。這次你不幸疾病纏身，我每日都在期盼着你的康復。不料病情竟然不斷惡化，實在令我感到傷心痛惜。現任派驃騎大將軍高力士到府上探望病情。希望你努力配合醫治，為我保重你的身體，我仍然企盼有免災的奇跡出現，期望你的病情有所好轉。」

當天晚上，盧生去世。

盧生打了個哈欠伸伸懶腰醒來，發現自己正躺在客店中，呂翁坐在他身邊，客店主人的黃粱米飯還沒有蒸熟，眼中見到的一切都和睡前一樣。盧生吃驚地坐起來說：「難道我是在做夢嗎？」呂翁對盧生說：「人生的所謂快意，也不過如此而已。」盧生失望地沉思了許久，感謝呂翁說：「對於寵辱之道，窮達之運，得失之理，死生之情，我全都有所體會了。先生的用意是想抑制我非分的慾望，我怎敢不聽從先生的教誨呢？」於是盧生叩頭於地，再三拜謝呂翁而去。

任氏傳

原著　沈既濟

任氏，女妖也。

有韋使君者，名崟，第九，信安王禕之外孫。少落拓，好飲酒。其從父妹婿曰鄭六，不記其名。早習武藝，亦好酒色，貧無家，託身於妻族。與崟相得，遊處不間。

天寶九年夏六月，崟與鄭子偕行於長安陌中，將會飲於新昌里。至宣平之南，鄭子辭有故，請間去，繼至飲所。崟乘白馬而東。

鄭子乘驢而南，入昇平之北門。偶值三婦人行於道中，中有白衣者，容色姝麗。鄭子見之驚悅，策其驢，忽先之，忽後之，將挑而未敢。白衣時時盼睞，意有所受。鄭子戲之曰：「美豔若此，而徒行，何也？」白衣笑

曰：「有乘不解相假，不徒行何為？」鄭子曰：「劣乘不足以代佳人之步，今輒以相奉。某得步從，足矣。」相視大笑。同行者更相眩誘，稍已狎暱。

鄭子隨之東，至樂遊園，已昏黑矣。見一宅，土垣車門，室宇甚嚴。白衣將入，顧曰：「願少踟躕。」而入。女奴從者一人，留於門屏間，問其姓第。鄭子既告，亦問之。對曰：「姓任氏，第二十。」少頃，延入。鄭縶驢於門，置帽於鞍。始見婦人年三十餘，與之承迎，即任氏姊也。

列燭置膳，舉酒數觴。任氏更妝而出，酣飲極歡。夜久而寢，其妍姿美質，歌笑態度，舉措皆豔，殆非人世所有。將曉，任氏曰：「可去矣。某兄弟名係教坊，職屬南衙，晨興將出，不可淹留。」乃約後期而去。

既行，及里門，門扃未發。門旁有胡人鬻餅之舍，方張燈熾爐。鄭子憩其簾下，坐以候鼓，因與主人言。鄭子指宿所以問之曰：「自此東轉，有門者，誰氏之宅？」主人曰：「此隤墉棄地，無第宅也。」鄭子曰：「適過之，曷以云無？」與之固爭。主人適悟，乃曰：「吁！我知之矣。此中有一狐，多誘男子偶宿，嘗三見矣。今子亦遇乎？」鄭子赧而隱曰：「無。」質明，復視其所，見土垣車門如故。窺其中，皆蓁荒及廢圃耳。

既歸，見崟。崟責以失期。鄭子不泄，以他事對。然想其豔冶，願復一見之，心嘗存之不忘。

經十許日，鄭子遊，入西市衣肆，瞥然見之，曩女奴從。鄭子遽呼之。任氏側身周旋於稠人中以避焉。鄭子連呼前迫，方背立，以扇障其後，曰：「公知之，何相近焉？」鄭子曰：「雖知之，何患？」對曰：「事可愧恥，難施面目。」鄭子曰：「勤想如是，忍相棄乎？」對曰：「安敢棄也，懼公之見惡耳。」鄭子發誓，詞旨益切。任氏乃回眸去扇，光彩豔麗如初。謂鄭子曰：「人間如某之比者非一，公自不識耳，無獨怪也。」鄭子請之與敘歡。對曰：「凡某之流，為人惡忌者，非他，為其傷人耳。某則不然。若公未見惡，原終己以奉巾櫛。」鄭子許與謀棲止。任氏曰：「從此而東，大樹出於棟間者，門巷幽靜，可稅以居。前時自宣平之南，乘白馬而東者，非君妻之昆弟乎？其家多什器，可以假用。」是時崟伯叔從役於四方，三院什器，皆貯藏之。

鄭子如言訪其舍，而詣崟假什器。問其所用。鄭子曰：「新獲一麗人，已稅得其舍，假其以備用。」崟笑曰：「觀子之貌，必獲詭陋。何麗之絕也？」崟乃悉假帷帳榻席之具，使家僮之惠黠者，隨以覘之。俄而奔走返命，氣吁汗洽。崟迎問之：「有乎？」又問：「容若何？」

曰：「奇怪也！天下未嘗見之矣。」崟姻族廣茂，且夙從逸遊，多識美麗。乃問曰：「孰若某美？」僮曰：「非其倫也！」崟遍比其佳者四五人，皆曰「非其倫」。是時吳王之女有第六者，則崟之內妹，穠豔如神仙，中表素推第一。崟問曰：「孰與吳王家第六女美？」又曰：「非其倫也。」崟撫手大駭曰：「天下豈有斯人乎？」遽命汲水澡頸，巾首膏脣而往。

　　既至，鄭子適出。崟入門，見小僮擁彗方掃，有一女奴在其門，他無所見。徵於小僮。小僮笑曰：「無之。」崟周視室內，見紅裳出於戶下。迫而察焉，見任氏戢身匿於扇間。崟別出就明而觀之，殆過於所傳矣。崟愛之發狂，乃擁而凌之，不服。崟以力制之，方急，則曰：「服矣。請少迴旋。」既從，則捍禦如初，如是者數四。崟乃悉力急持之。任氏力竭，汗若濡雨。自度不免，乃縱體不復拒抗，而神色慘變。崟問曰：「何色之不悅？」任氏長歎息曰：「鄭六之可哀也！」崟曰：「何謂？」對曰：「鄭生有六尺之軀，而不能庇一婦人，豈丈夫哉！且公少豪侈，多獲佳麗，遇某之比者眾矣。而鄭生，窮賤耳。所稱愜者，唯某而已。忍以有餘之心，而奪人之不足乎？哀其窮餒，不能自立，衣公之衣，食公之食，故為公所繫耳。若糠糗可給，不當至是。」崟豪俊有義烈，

聞其言，遽置之。斂衽而謝曰：「不敢。」俄而鄭子至，與崟相視咍樂。

自是，凡任氏之薪粒牲饌，皆崟給焉。任氏時有經過，出入或車馬譽步，不常所止。崟日與之遊，甚歡。每相狎暱，無所不至，唯不及亂而已。是以崟愛之重之，無所吝惜；一食一飲，未嘗忘焉。

任氏知其愛己，因言以謝曰：「愧公之見愛甚矣。顧以陋質，不足以答厚意。且不能負鄭生，故不得遂公歡。某，秦人也，生長秦城；家本伶倫，中表姻族，多為人寵媵，以是長安狹斜，悉與之通。或有姝麗，悅而不得者，為公致之可矣。願持此以報德。」崟曰：「幸甚！」

鄜中有鬻衣之婦曰張十五娘者，肌體凝潔，崟常悅之。因問任氏識之乎。對曰：「是某表娣妹，致之易耳。」

旬餘，果致之。數月厭罷。任氏曰：「市人易致，不足以展效。或有幽絕之難謀者，試言之，願得盡智力焉。」崟曰：「昨者寒食，與二三子遊於千福寺。見刁將軍緬張樂於殿堂。有善吹笙者，年二八，雙鬟垂耳，嬌姿豔絕。當識之乎？」任氏曰：「此寵奴也。其母即妾之內姊也。求之可也。」崟拜於席下。任氏許之。乃出入刁家。

月餘，崟促問其計。任氏願得雙縑以為賂。崟依給焉。後二日，任氏與崟方食，而緬使蒼頭控青驪以迓任氏。任氏聞召，笑謂崟曰：「諧矣。」

初，任氏加寵奴以病，針餌莫減。其母與緬憂之方甚，將徵諸巫。任氏密賂巫者，指其所居，使言從就為吉。及視疾，巫曰：「不利在家，宜出居東南某所，以取生氣。」緬與其母詳其地，則任氏之第在焉。緬遂請居。任氏謬辭以偪狹，勤請而後許。乃輦服玩，並其母偕送於任氏。至，則疾愈。未數日，任氏密引崟以通之，經月乃孕。其母懼，遽歸以就緬，由是遂絕。

他日，任氏謂鄭子曰：「公能致錢五六千乎？將為謀利。」鄭子曰：「可。」遂假求於人，獲錢六千。任氏曰：「鬻馬於市者，馬之股有疵，可買以居之。」鄭子如市，果見一人牽馬求售者，青在左股。鄭子買以歸。其妻昆弟皆嗤之，曰：「是棄物也。買將何為？」無何，任氏曰：「馬可鬻矣。當獲三萬。」鄭子乃賣之。有酬二萬，鄭子不與。一市盡曰：「彼何苦而貴買，此何愛而不鬻？」鄭子乘之以歸；買者隨至其門，累增其估，至二萬五千也。不與，曰：「非三萬不鬻。」其妻昆弟聚而詬之，鄭子不獲已，遂賣，卒不登三萬。既而密伺買者，徵其由。乃昭應縣之御馬疵股者，死三歲矣，斯吏不時除籍。官徵

其估,計錢六萬。設其以半買之,所獲尚多矣。若有馬以備數,則三年芻粟之估,皆吏得之。且所償蓋寡,是以買耳。

任氏又以衣服故弊,乞衣於崟。崟將買全綵與之。任氏不欲,曰:「願得成製者。」崟召市人張大為買之,使見任氏,問所欲。張大見之,驚謂崟曰:「此必天人貴戚,為郎所竊。且非人間所宜有者,願速歸之,無及於禍。」其容色之動人也如此。竟買衣之成者而不自紉縫也,不曉其意。

後歲餘,鄭子武調,授槐里府果毅尉,在金城縣。時鄭子方有妻室,雖晝遊於外,而夜寢於內,多恨不得專其夕。將之官,邀與任氏俱去。任氏不欲往,曰:「旬月同行,不足以為歡。請計給糧餼,端居以遲歸。」鄭子懇請,任氏愈不可。鄭子乃求崟資助,崟與更勸勉,且詰其故。任氏良久,曰:「有巫者言某是歲不利西行,故不欲耳。」鄭子甚惑也,不思其他,與崟大笑曰:「明智若此,而為妖惑,何哉!」固請之,任氏曰:「倘巫者言可徵,徒為公死,何益?」二子曰:「豈有斯理乎?」懇請如初。任氏不得已,遂行。崟以馬借之,出祖於臨皋,揮袂別去。

信宿,至馬嵬,任氏乘馬居其前,鄭子乘驢居其

後，女奴別乘，又在其後。是時西門圉人教獵狗於洛川，已旬日矣。適值於道，蒼犬騰出於草間。鄭子見任氏欻然墜於地，復本形而南馳。蒼犬逐之。鄭子隨走叫呼，不能止。里餘，為犬所獲。鄭子銜涕出囊中錢，贖以瘞之，削木為記。回覩其馬，嚙草於路隅，衣服悉委於鞍上，履襪猶懸於鐙間，若蟬蛻然。唯首飾墜地，餘無所見。女奴亦逝矣。

旬餘，鄭子還城。崟見之喜，迎問曰：「任子無恙乎？」鄭子泫然對曰：「歿矣。」崟聞之亦慟，相持於室，盡哀。徐問疾故。答曰：「為犬所害。」崟曰：「犬雖猛，安能害人？」答曰：「非人。」崟駭曰：「非人，何者？」鄭子方述本末。崟驚訝歎息不能已。明日，命駕與鄭子俱適馬嵬，發瘞視之，長慟而歸。追思前事，唯衣不自製，與人頗異焉。

其後鄭子為總監使，家甚富，有櫪馬十餘匹。年六十五，卒。

大曆中，沈既濟居鍾陵，嘗與崟遊，屢言其事，故最詳悉。後崟為殿中侍御史，兼隴州刺史，遂歿而不返。

嗟乎，異物之情也有人焉！遇暴不失節，徇人以至死，雖今婦人，有不如者矣。惜鄭生非精人，徒悅其色而不徵其情性。向使淵識之士，必能揉變化之理，察神

58　卷一

人之際，著文章之美，傳要妙之情，不止於賞翫風態而已。惜哉！

建中二年，既濟自左拾遺於金吳將軍裴冀，京兆少尹孫成，戶部郎中崔需，右拾遺陸淳，皆適居東南，自秦徂吳，水陸同道。時前拾遺朱放，因旅遊而隨焉。浮潁涉淮，方舟沿流，晝醼夜話，各徵其異說。眾君子聞任氏之事，共深歎駭，因請既濟傳之，以志異云。沈既濟撰。

譯文

任氏，是個女妖怪。

有個姓韋的州郡長官，名叫崟，排行第九，是信安王李禕的外孫。從小行為放浪，不拘小節。喜歡飲酒。他的堂妹夫叫鄭六，這裡不寫出他的名字。早年練習武藝，也喜歡酒和女色。因為貧窮而沒有家，寄身在丈人家裡。他與韋崟很要好，無論出遊，還是家居，都形影不離。

天寶九年夏六月的一天，韋崟與鄭六一起走在長安街上，準備一塊兒去新昌里喝酒。到了宣平坊的南邊時，鄭六藉口有事，説要離開一會兒，等會兒再去喝酒的地方。韋崟騎着白馬向東去了。

鄭六騎驢向南走，進入昇平坊的北門。恰好碰上三個女子走在路中，中間有個穿白衣服的，容貌十分美麗。鄭六見了很驚喜，鞭打着毛驢跟着，一會兒前，一會兒後，想挑逗，又不敢。穿白衣的女子也頻頻顧盼，好像領受他的情意，鄭六就戲逗她説：「你長得那麼美麗嬌艷，卻步行，為甚麼？」白衣女子笑着説：「有坐騎的不下來借給別人騎，不走路怎麼辦呢？」

鄭六説：「我的坐騎太差了，實在是配不上你如此美麗的佳人。現在就讓給你騎，我在後面步行跟從，就很滿足了。」兩人互相對視一下，都大笑起來。一路上更互相以目光相引誘，一會兒工夫已經變得很親熱了。

鄭六跟着她往東走，到了樂遊園，天已經昏暗下來了。看見一座宅子，土牆大門，屋子排列很整齊。白衣女子要往裡走，回頭説：「請稍等一會兒。」就進去了。有一個跟從的女僕留在大門屏牆間，問鄭六姓名、排行。鄭六告訴她後，也同樣問那女子情況。回答説：「姓任，排行二十。」過了一會兒，請鄭六進去。鄭六將驢拴在門上，將帽子放在鞍上。看見有個三十多歲的婦人正出來迎接他，她就是任氏的姐姐。

她點好燭燈，擺好飯菜，屢屢舉杯勸酒。這時任氏換衣打扮完畢出來，一道盡興暢飲。至夜深安寢，她那嬌美的姿容肌質，歌笑之間的神態氣度，一舉一動都顯得豔麗動人，幾乎不是世上的人所能有的。天快亮時，任氏説：「你可以走了。我的兄弟列名於教坊籍內，在南衙任職當差，天亮以後就要起身出來了，你不可以再久留。」於是約好以後見面日期就離開了。

走了一會兒，到了裡門，門還鎖着沒開。門旁有座胡人賣餅的房子，剛剛點燈生爐子。鄭六就在他的屋檐下休息一會兒，坐着等候晨鼓，和主人搭着話，鄭六指點自己宿過夜的房子問他説：「從這兒向東轉，有個門，那是誰的房子？」主人

説：「那裡是斷牆荒地，沒有甚麼房子。」鄭六説：「剛從那裡經過，怎麼説沒有呢？」就固執地與他爭辯。主人突然明白了，便説：「噢！我知道了。那兒有一隻狐狸，常常誘惑男子一起過夜，我曾經見過它三次。今天你也遇見了嗎？」鄭六不好意思，因此隱瞞道：「沒有。」等到天亮時，再去看那個地方，看見土牆大門依然如故，窺視裡面，都是雜草叢生的荒地和廢棄的園子。

回來以後，見到韋崟。韋崟責怪他失約。鄭六不想泄露此事，就用別的事搪塞過去。但想想那女子嬌美豔麗的樣子，真希望能再一次見到她，心裡常常存着這個念頭而不能忘懷。

過了十多天，鄭六在外遊逛，當他進入西市的一家衣舖時，一眼看見任氏，從前的那個女僕也跟着，鄭六急忙叫她。任氏背過身去躲入稠密的人群中想避開他。鄭六連連喊着，靠近她，任氏這才背對他站住，用扇子遮着後面，説：「公子既然已經知道了內情，何必還要靠近我呢？」鄭六説：「雖然知道了，又有甚麼關係呢？」任氏説：「我對這事感到很羞愧可恥，沒有臉跟你再見面了。」鄭六説：「我這樣早晚都思念你，你就忍心拋棄我嗎？」任氏説：「我怎敢拋棄公子呢？只是怕公子厭惡我。」鄭六就發誓，言語十分懇切。任氏才拿開扇子回頭瞧着他，光彩豔麗，依然如初。她對鄭六説：「人世間像我這樣的很多，公子自己不能識別，所以要感到奇怪。」鄭六

就請求她與自己再敘愛慕之情。任氏說：「凡是像我們這一類的，遭到人類的痛恨，沒有別的原因，只是因為傷害了人。我卻不是這樣的。如果公子真的不厭惡我，我願意一輩子都侍奉你的起居。」鄭六答應為她找一所住處。任氏說：「從這兒往東，就是大樹從屋宇間伸出來的那幢，環境幽靜，可以租來住。前些日子從宣平坊南邊，騎白馬向東去的那一位，不是你妻子的兄弟嗎？他們家有很多器物傢具，可以借用。」這時候韋崟的叔伯們正在各地做官，好幾座住宅的東西，都存放在他那裡。

鄭六依照任氏的話租了那座房子，到韋崟那兒去借器物。韋崟問他作甚麼用。鄭六說：「新近得到了一個漂亮女子，已經租了房子，想借點東西備用。」韋崟笑着說：「瞧你這個樣子，找的人一定容貌醜陋，怎麼會絕頂漂亮呢！」於是韋崟將帷帳、床上用品等都借給他，並派聰明機警的家僕跟着去看看。一會兒家僕跑回來報告，氣喘吁吁，渾身汗濕。韋崟迎上去問他：「有嗎？」又問：「容貌如何？」回答說：「奇怪啊！真是天下從未見過的美貌女子！」韋崟的親戚很多，而且一向喜歡到處遊逛，見過很多美麗的女子。於是問家僕說：「她和某人比哪一個美？」僕人說：「根本比不上她！」韋崟又舉出四五個漂亮女子與她相比較，都回答說：「比不上她！」當時吳王的第六個女兒，也就是韋崟的表妹，美豔如神仙，在表兄

妹中一向被認為是最漂亮的。韋崟問家僕說:「與吳王家的第六個女兒比哪個美?」又回答說:「還是比不上她啊!」韋崟拍着手驚異地說:「天下真有這樣的人嗎?」馬上讓人取水來洗脖子,戴好頭巾,抹完唇膏,梳妝打扮齊整,趕去那裡。

到了那裡,鄭六剛好外出。韋崟進門後,看見一個小僮正拿着掃帚掃地,有一個女僕在房門口,其他沒看見甚麼。韋崟向小僮打聽任氏。小僮笑着說:「沒有這個人。」韋崟又向屋內四周看了一遍,見一個紅裝女子從門裡出來,就靠近去細看,見任氏退身藏在屏風後。韋崟就把她拉到光亮的地方打量她,比傳報的還要美麗。韋崟愛她愛得發狂,就抱着她強行求歡。任氏不答應。韋崟用力制服她,任氏這才急了,就說:「答應你了,請你稍微鬆一下手。」剛鬆手,任氏又跟剛才一樣抵抗起來。這樣好幾次,韋崟就用力按住她。任氏力盡,汗如雨下,自己知道已無法避免,就放鬆身體不再抗拒,但神色變得很悽慘。韋崟問她說:「為甚麼那麼不高興?」任氏長長地歎了一口氣說:「鄭六真是可憐啊!」韋崟問:「為甚麼這麼說?」回答道:「鄭生有六尺之軀,卻不能保護一個女子,怎麼能稱大丈夫呢!況且公子年少富有,得到過許多漂亮女子,比我出色的也很多;而鄭生貧窮卑微,能稱他心意的,也就是我這麼一個。您怎麼忍心以己之多餘而奪人之不足呢?你可憐他窮困捱餓,不能自立,讓他穿你的衣服,吃你一樣的食物,所以受

你控制。如果一直只給他糠秕充飢，就不會到這個地步了！」韋崟生性豪爽，有義氣，聽了這一番話，馬上放了她，整整衣襟，向她道歉說：「我再也不敢了。」一會兒鄭六回來，與韋崟見面，仍嘻笑如舊。

從此之後，任氏所有的柴米肉食，都由韋崟供給。任氏也常常來拜訪，進進出出有時乘車，有時騎馬，有時坐轎，有時步行，不經常住在家裡。韋崟每天都和她一起出遊，玩得非常開心。互相親熱開玩笑，甚麼顧忌也沒有，只是沒有發生淫亂的行為。因此韋崟愛她，尊重她，對她沒有甚麼吝惜的，有好吃好喝的，都忘不了給她一份。

任氏知道他愛自己，於是說了一番感謝的話道：「我很慚愧公子能如此地深愛我。但是我品貌低劣，不足以報答公子的深情厚誼，況且我不能做對不起鄭六的事，因此不能滿足您的願望。我是陝西人，生長在秦城。我家本是優伶藝人，親戚族人中，有很多是別人的寵妾，因此她們與長安城中的妓院都有交往。如果您見到漂亮女子，喜歡她又得不到，我可以為公子弄來。想以此來報答您的恩德。」韋崟說：「那好極了！」

市場上有個賣衣的女子叫張十五娘的，皮膚光潔如脂，韋崟一直很喜歡她。於是問任氏認識她嗎。回答說：「是我的表妹，叫她來非常容易。」

十多天後，果然弄來了。過了幾個月，韋崟就厭倦了。任

氏說：「做買賣的人容易得到，不足以施展我為您效勞的本事。如果有深居大院，少與人交往的女子，難以求到的，你說說看，我願意為您而盡我的聰明才智。」韋崟說：「昨天寒食節，與幾個朋友去千福寺遊逛，看見刁緬將軍在殿堂裡舉行音樂演奏。有個善於吹笙的女子，剛十六歲，耳邊梳着兩個髮髻，姿態嬌美艷麗，或許你也認識她？」任氏說：「她是刁家的寵奴。她母親是我的表姐。我可以去想辦法。」韋崟在席下跪拜施禮。任氏答應了他。於是任氏就進出刁家。

一個多月後，韋崟催問她辦法想得怎麼樣。任氏希望有兩匹細絹作為賄賂。韋崟就按照她說的給了。兩天後，任氏與韋崟剛在吃飯，刁緬派僕人駕着黑色的馬來迎接任氏。任氏聽到請她，就笑着對韋崟說：「事情辦妥了。」

開始的時候，任氏加病給那寵奴，扎針吃藥都不能使病情減緩，她的母親和刁緬正為此十分擔憂，要去找巫師。任氏暗地裡賄賂巫師，指着自己住的地方，讓他對病人說搬到那裡去病就會好起來。等到請巫師看病時，巫師果然說：「在家住對病不利，最好能出去住到東南面的某座房子裡去，才能獲得生氣。」刁緬與她的母親查看那個地方，就是任氏的房子所在處。刁緬就請求借住，任氏故意藉口房子太狹窄來推脫，經再三請求之後才同意。刁緬於是將寵奴的衣着玩物用車子裝了，連同她的母親一起送到任氏那裡。到了之後，病就好了。沒過

幾天，任氏就暗地裡領着韋崟來與那女子私通。過了一個月就懷孕了。她的母親害怕，趕緊回到刁緬那裡去，從此之後就斷絕了往來。

有一天，任氏對鄭六説：「你能籌到五六千錢嗎？我想為你賺錢。」鄭六説：「可以。」於是就向人去借，借來了六千錢。任氏説：「有人在市場上賣馬，馬的屁股上有毛病的，可以買來留着。」鄭六到了市場上，果然看見一個人牽着馬在找買主，左屁股上有毛病。鄭六把它買了回來。他妻子的兄弟都譏笑他，説：「這是廢物啊，買來作甚麼？」沒多久，任氏説：「馬可以賣了。能賣三萬錢。」鄭六就去賣它，有出二萬錢的，鄭六不賣。市場上的人都説：「你何苦當初那麼貴買去，現在還那麼愛惜不肯賣呢？」鄭六就騎着它回家，那買主也跟着到了他的門口，不斷地加價，到二萬五千錢。鄭六還是不給，説：「非三萬錢不賣。」他妻兄們聚在一起罵他。鄭六不得已，就賣了，終究沒有滿三萬錢。過後他悄悄找到買主，問他買這匹馬的原因。原來是因為昭應縣中有一匹屁股有病的御馬死了三年，這養馬官不久就要被解職了，官府向他徵收賠償馬匹的折價，共計六萬錢。如果他能以半價買到它，省下來的錢就不少；如果有了馬可充數，那麼三年來餵馬的飼料錢，全部歸了他，這樣賠償的錢就很少，所以買了它。

任氏又因為衣服破舊，向韋崟要衣服。韋崟要買整匹的彩

緞給她。任氏不要，說：「想要做好的衣服。」韋崟就叫來市上的張大替她去買，讓張大去見任氏，問她要甚麼樣的。張大見了她，驚奇地對韋崟說：「這一定是天上的神仙，被您偷來了；這不是人間應該有的，您還是趕快送她回天上去吧，不要惹禍。」她的容貌動人到了這樣的地步。她一定要買做好的衣服而不要自己縫製，不明白是甚麼意思。

過了一年多，鄭六調任武職，被任命為槐里府的果毅尉，住在金城縣。那時鄭六剛娶妻子，雖然白天在外遊樂，但晚上要回家睡覺，常常恨自己不能與任氏共度良宵。他將要上任時，請任氏和他一起去。任氏不想去，說：「同行只有十天半個月，也不能盡歡。你就算算日子給留點吃的，讓我安穩地住在這裡，等着你回來。」鄭六懇求她同去，任氏更加不肯，鄭六於是求韋崟幫忙。韋崟和他再三勸導，並且問她原因。任氏過了很久說：「有巫師說，我今年不利於西行，所以不想去。」鄭六十分疑惑，也沒想別的，和韋崟大笑說：「你這樣明智，為甚麼反被妖言迷惑呢？」又再三請求她。任氏說：「如果巫師的話可信，白白地為你而死，又有甚麼好處呢？」兩個人說：「哪有這樣的道理呢？」還和原來一樣懇求她。任氏不得已，只好跟着去了。韋崟把馬借給她，一直送到臨皋，揮揮袖子，向他們告別。

連過了兩夜，到了馬嵬。任氏騎着馬在前頭，鄭六騎着驢

在後面。女僕另外乘着坐騎，又在他們後面。當時西門養馬人在洛川訓練獵狗，已經有十多天了。正好在路上遇到。獵狗從草叢間躍起。鄭六看見任氏忽然從馬背墜落地上，顯出原形向南逃竄，獵狗追着它，鄭六跟在後面奔跑呼叫，不能阻止。過了一里多路，狐狸被狗咬死。鄭六含淚掏出袋中的錢，把她贖買了回來，將她埋了，削了一塊木頭作為標記。回望她的馬，在路旁吃草，衣服全都堆在馬鞍上，鞋襪還懸掛在馬鐙之間，好像蟬脫殼而去一樣，只有首飾掉在地上，別的甚麼也沒有了。女僕也消失了。

過了十多天，鄭六回城來。韋崟看見他很高興，迎上去問候道：「任氏好嗎？」鄭六流着眼淚回答說：「死了。」韋崟聽到後也大為悲傷。他們在房中互相拉着手，盡情地宣泄了內心的哀痛。韋崟慢慢詢問得的是甚麼病。回答說：「被狗咬死了。」韋崟說：「狗再兇猛，怎麼能咬死人呢？」回答說：「不是人。」韋崟驚駭地問道：「不是人，是甚麼？」鄭六這才講了事情的原委。韋崟驚訝感歎不已。第二天，叫人駕車和鄭六一起去馬嵬，挖開埋葬的土看她，悲傷很久才回來。追想以前的事，只有衣服不是自己縫製，和人不一樣。

後來，鄭六做了總監使，家裡很富有，馬棚裡有馬十多匹。六十五歲時去世。

大曆年間，沈既濟住在鍾陵，曾和韋崟交遊，屢次聽說這

件事，所以對它了解得最詳細。後來韋崟做了殿職侍御史，兼隴州刺史，一直到死也沒回來。

唉！動物的情感中也有人性！遇上暴力也不失貞節，能為心愛的人犧牲自己生命，即使今天的婦女，也有不如她的。可惜鄭生不是精細有見識的人，只是喜歡她的美色而不了解她的情感性格。當初遭遇此事的假使是見識深刻的人，必定能從中抓住變化的道理，了解神靈和人的關係，寫出華美的文章，傳達出精微奇妙的感情，不僅僅只是欣賞她的風情儀態了，真是可惜啊！

建中二年，左拾遺沈既濟和金吾將軍裴冀、京兆少尹孫成、戶部郎中崔需、右拾遺陸淳，都被貶官去往東南，從秦地到吳地，水路、陸路都一道走。當時前拾遺朱放因為旅行出遊也跟着我們。經過穎水和淮水，船隻相並順流而下，白天在一起宴飲，夜晚在一起閒談，每個人各自講述奇異的見聞。眾人聽說了任氏的事，都深為驚異感歎。於是請既濟為她作傳，來記述這件奇異的事情，沈既濟便撰寫了這篇文章。

⊙

卷二

編次鄭欽悅辨大同古銘論

原著　李吉甫

　　天寶中，有商洛隱者任昇之，嘗貽右補闕鄭欽悅書，曰：

　　「昇之白。頃退居商洛，入闕披陳，山林獨往，交親兩絕。意有所問，別日垂訪。昇之五代祖仕梁為太常。初仕南陽王帳下，於鍾山懸岸圮壤之中得古銘，不言姓氏。小篆文云：

　　『龜言土，蓍言水，旬服黃鐘啟靈址。

　　瘞在三上庚，墮遇七中巳，

　　六千三百浹辰交，二九重三四百圮。』

　　文雖剝落，仍且分明。大雨之後，才墮而獲。即梁武大同四年。數日，遇盂蘭大會，從駕同泰寺。錄示史官姚晉並諸學官，詳議數月，無能知者。筐笥之內，遺

文尚在。足下學乃天生而知，計捨運籌而會，前賢所不及，近古所未聞，願採其旨要，會其歸趣，着之遺簡，以成先祖之志，深所望焉。

樂安任昇之白。」

數日，欽悅即復書曰：

「使至，忽辱簡翰，用浣襟懷。不遺舊情，俯見推訪。又示以大同古銘。前賢未達，僕非遠識，安敢輕言，良增懷媿也。

「屬在途路，無所披求，據鞍運思，頗有所得。發壙者未知誰氏之子，卜宅者實為絕代之賢，藏往知來，有若指掌，契終論始，不差錙銖，隗炤之預識襲使，無以過也。不說葬者之歲月，先識圮時之日辰，以圮之日，卻求初兆，事可知矣。姚史官亦為當世達識，復與諸儒詳之，沉吟月餘，竟不知其指趣，豈止於是哉。原卜者之意，隱其事，微其言，當待僕為襲使耳。不然，何忽見顧訪也？謹稽諸曆術，測以微詞，試一探言，庶會微旨。

「當梁武帝大同四年，歲次戊午。言『旬服』者，五百也；『黃鍾』者，十一也。五百一十一年而圮。從大同四年，上求五百一十一年，得漢光武帝建武四年戊子歲也。『三上庚』，三月上旬之庚也。其年三月辛巳

朔，十日得庚寅，是三月初葬於鍾山也。『七中巳』，
乃七月戊午朔，十二日得己巳，是初圯墮之日，是日
己巳可知矣。『浹辰』，十二也。從建武四年三月至大
同四年七月，總六千三百一十二月，每月一交，故云
『六千三百浹辰交』也。『二九』為十八，『重三』為六。
末言『四百』，則六為千，十八為萬可知。從建武四年三
月十日庚寅初葬，至大同四年七月十二日己巳初圯，計
一十八萬六千四百日，故云『二九重三四百圯』也。

「其所言者，但說年月日數耳。據年，則五百一十
一，會於旬服黃鍾；言月，則六千三百一十二，會於
六千三百浹辰交；論日，則三十八萬六千四百，會於
二九重三四百圯。從三上庚至於七中巳，據曆計之，無
所差也。所言年則月日，但差一數，則不相照會矣。原
卜者之意，當待僕言之。吾子之問，契使然也。

「從吏已久，藝業荒蕪，古人之意，復難遠測。足下
更詢能者，時報焉。使還，不代。鄭欽悅白記。」

貞元中，李吉甫任尚書屯田員外郎，兼太常博士。
時宗人異為戶部郎中，於南宮暇日，語及近代儒術之
士，謂吉甫曰：「故右補闕集賢殿直學士鄭欽悅，於術數
研精，思通玄奧，蓋僧一行所不逮。以其夭闕，當世名
不甚聞。子知之乎？」吉甫對曰：「兄何以籔諸？」異曰：

「天寶中，商洛隱者任昇之自言五代祖仕梁為太常。大同四年，於鍾山下獲古銘。其文隱秘，博求時儒，莫曉其旨。因緘其銘，誡諸子曰：『我代代子孫，以此銘訪於通人。倘有知者，吾無所恨。』至昇之，頗耽道博雅。聞欽悅之名，即告以先祖之意。欽悅曰：『子當錄以示我。我試思之。』昇之書遺其銘。會欽悅適奉朝使，方授駕於長樂驛。得銘而繹之，行及滋水，凡二十里，則釋然悟矣。故其書曰：『據鞍運思，頗有所得。』不亦異乎？」

辛未歲，吉甫轉駕部員外郎，欽悅子克鈞自京兆府司錄授司門員外郎，吉甫數以異之說質焉。雖且符其言，然克鈞自云亡其草。每想其微言至賾，而不獲見，吉甫甚惜之。

壬申歲，吉甫貶明州長史。海島之中，有隱者姓張氏，名玄陽，以明《易經》為州將所重，召置閣下。因講《周易》卜筮之事，即以欽悅之書示吉甫。吉甫喜得其書，抃逾獲寶，即編次之。仍為著論，曰：

夫一邱之土，無情也。遇雨而圮，偶然也。窮象數者，已懸定於十八萬六千四百日之前。矧於理亂之運，窮達之命，聖賢不逢，君臣偶合。則姜牙得璜而尚父，仲尼無鳳而旅人，傅說夢達於巖野，子房神授於圯上，亦必定之符也。然而孔不暇暖其席，墨不俟黔其突，何

經營如彼？孟去齊而接浙，賈造湘而投弔，又眷戀如此。豈大聖大賢，猶惑於性命之理歟？將浼身存教，示人道之不可廢歟？余不可得而知也。欽悅尋自右補闕歷殿中侍御史，為時宰李林甫所惡，斥擯於外，不顯其身。故余敘其所聞，係於二篇之後，以着蓍筮之神明，聰哲之懸解，奇偶之有數，貽諸好事，為後學之奇翫焉。

　　時貞元九年十一月二十八日，趙郡李吉甫記。

譯文

　　唐朝天寶年間，有一位商洛的隱士叫任昇之，曾寫信給右補闕鄭欽悦，信如下：

　　「昇之陳述：以前，告退隱居於商洛，很久都沒有奉告情況。獨自去山林之中，朋友與親人的交往都斷絕了。心想有所請教，將另行擇日拜訪。昇之的五代先祖，曾在梁朝做太常的官。起初在南陽王幕下供職時，在鍾山懸岸坍塌的墓穴中，得到一方刻着古銘的石頭，沒有署姓名。上有用小篆鐫刻的文字説：

　　『龜言土，蓍言水，甸服黃鐘啟靈址。

　　瘞在三上庚，墮遇七中巳，

　　六千三百浹辰交，二九重三四百圯。』

　　文字雖然已有剝落，仍然還能看得清楚。一場大雨之後，墓石剛塌落下來，便獲得了它。這是梁武帝大同四年的事。幾天以後，正遇上七月十五中元節舉行盂蘭盆大會，先祖隨駕到同泰寺。他將抄錄下來的銘文拿給史官姚晉和諸位學官看，大家反覆議論了幾個月，沒有人能知道是甚麼意思。這張先祖

所遺的銘文，現在還留在盛書的竹筐中。您的學問已到天生而知的境界，謀略已到不必運算而準的地步，是前賢所不及、近古所未聞的。我希望您能揭出這古銘的要義，歸納它所述的意圖，在信中加以闡明，以成全先祖的遺志。這是我所深切盼望的。

樂安任之陳述。」

過了幾天，鄭欽悅就覆了一封回信，信說：

「使者來此，忽然捎來您給我的信，洗滌了我的胸懷。您不忘舊時情誼，說是要來走訪我，又以大同年間的古銘讓我看。前賢未曾弄懂的，我並非有高見卓識的人哪裡敢輕易亂說？實在只增我內心的慚愧。

「我現正處在路途之中，沒有甚麼書籍可翻檢參閱的，只是坐在馬鞍上思索，但也頗有所得。發掘墓葬的人不知是誰，占卜擇地營葬的人卻實在是絕代的賢者，他對過去未來之事了如指掌，所說事情的起始和終結，分毫不差。從前，隗炤預先知道死後有姓龔的使者來為他索隱解惑的事，也比不上他。他不說墓葬的年月，而先說墓塚的日期，從坍塌之日，回頭再去推求始葬之時，事情就清楚了。姚史官也算是當時很有見識的人了，又與一批儒生議論過銘文，考慮了一個多月，竟不知它主要在說甚麼，這樣的事又豈止是這一件呢？推究作古銘的卜筮者的意圖，就是想把事情隱藏起來，把話說得盡量隱晦含

蓄，看來就是在等待我出來充當龔使解開這個謎了。要不是這樣，您怎麼會突然來找上我的呢？我對照曆譜，揣測隱語之所指，試着來說一說，或許能符合它所包藏的意思。

「梁武帝大同四年干支為戊午年。銘文提到『甸服』，離王城五百里的地叫『甸服』，所以用以指代五百；『黃鐘』是十二律之一，律應十一月，所以是十一。這句是說墓經五百一十一年而坍塌了。從大同四年上溯五百一十一年，是漢光武帝建武四年戊子年。『三上庚』，指三月上旬的庚日，那年的三月初一是辛巳，到十日就是庚寅，可知是三月初旬葬於鍾山的。『七中巳』，大同四年的七月初一是戊午，到中旬十二日就是己巳，可知己巳日就是墓剛坍毀的日子。『浹辰』是子、丑、寅、卯⋯⋯一周十二天之稱，所以是指十二。從建武四年三月到大同四年七月，總計六千三百一十二個月。每過一月有一交替，所以說『六千三百浹辰交』。『二九』是十八；『重三』是六。因為末了說的是『四百』，可知前面的六是千數，十八是萬數。從建武四年三月十日庚寅初葬，到大同四年七月十二日己巳初毀，計一十八萬六千四百日，所以說『二九重三四百圮』。

「銘文上的幾句話，只是說年、月、日之數罷了。根據年，是五百一十一，合到『甸服黃鐘』上；說到月，是六千三百一十二，合到『六千三百浹辰交』上；論其日，是一十八萬六千四百，合到『二九重三四百圮』上。從『三上庚』

到『七中巳』，根據曆譜計算，一點也沒有差錯。它所說的年、月、日，只要差上一個數字，便不能彼此照應了。推究卜筮者的意思，一定是等待我來解說的。您的下問，恰好能使事情有這樣的結果。

「我久做官吏，原先所習的技藝業務，都已荒廢了，古人的用意，又難遠隔時代去推測。您不妨再詢問能人，屆時給我通個消息。使者回去時，不再代我說了。鄭欽悅述記。」

貞元年間，李吉甫任尚書屯田員外郎，兼太常博士。當時同族人李巽任戶部郎中，在公務餘暇之日，談起近世儒學有術之士，對吉甫說：「已故右補闕集賢殿直學士鄭欽悅，對用方術來推算氣數命運的學問鑽研極精，思路能深通玄妙奧秘的道理，那個叫一行的和尚是及不上他的。因為他未能再多活幾年，所以當世不大聞名，您知道他嗎？」吉甫回答說：「老兄所說情況，怎麼來證實呢？」李巽說：「天寶年間，商洛隱者任昇之自己說他的五代祖在梁朝任太常之職。大同四年，在鍾山下獲得古銘。古銘文義隱秘，曾廣泛徵詢了當時學者，沒有人知道是甚麼意思。於是將銘石封存起來，囑咐他幾個兒子說：『我的後代子孫記住，拿這銘文去訪問學識廣博的人，如果有誰知道它的意思，我在地下就不會有憾恨了。』到了昇之，他對那些博洽古雅的學問很感興趣，聞欽悅之名，就把先祖的心願告訴了他。欽悅說：『你將它抄下來給我看，我試着

思考思考。』昇之就抄錄了銘文給他。恰好碰上欽悅奉朝廷的派遣，正走馬於長樂驛。得到銘文後就思索該如何解釋它。一路走到滋水，共二十里地，就忽然像冰塊融化似的悟出了其中的奧妙。所以他的信中有『在馬鞍上思索，頗有所得』的話。這件事，不是很奇異嗎？」

辛未年，吉甫轉為駕部員外郎。欽悅的兒子克鈞由京兆府司錄轉授司門員外郎之職。吉甫幾次以李巽所述向他對質。雖然李巽說的話是符合實情的，但克鈞自己說那些當時寫的東西都已丟失了。吉甫每想到古銘中的微詞，含意極為幽深，而卻不能見到，便深深地感到惋惜。

壬申年，吉甫被貶官去當明州長史，東海的島嶼上有個隱士，姓張，名叫玄陽，因為懂《易經》，而被州將看重，召他到官署中，他因此就給我們講《周易》卜筮方面的事，便把欽悅等寫的信拿給我看。吉甫喜獲這兩封信，比獲得甚麼寶貝都更為興奮。立即將它編排起來，又加了點評，文字如下：

一堆土丘的泥土，是沒有生命感情的。遇到一場雨而坍塌下來，是出於偶然。研究卦象命運之學到極深境地的人，竟能預測確定它是在十八萬六千四百天之前落葬的。何況國家大治與動亂的命運變化，人們窮厄與榮達的遭際不同，聖賢生不逢時，君臣偶然遇合之類的大事呢？那麼，姜子牙在磻溪釣得璜玉而輔助周室，被武王尊稱尚父；孔子被楚狂譏為無鳳凰之德

性而四處奔波;傅説被殷王夢見於傅岩之野而被推舉為宰相;張良在圯上被神人黃石公授以《太公兵法》而得佐助漢業,也都必定是命中早注定的了。然而,孔子忙碌得連坐席都沒有暖就得離開,墨子等不到煙囪燒黑就得遷居,為甚麼他們又那樣辛苦地經營呢?孟子曾談到孔子離開齊國時急得不及炊米煮飯,而離開他故鄉魯國時則又遲遲才行;賈誼從京城被貶往長沙而作弔屈原的賦以寄其感慨悲傷,為甚麼他們又這樣地有所眷戀呢?難道説大聖大賢還對人性天命的道理有所迷惑嗎?還是想藉自污其身而給人們留下教訓來,以顯示為人之道的不可廢棄呢?我實在是弄不明白。欽悦不久就由右補闕再任殿中侍御史,被當時宰相李林甫忌恨,排斥出京城去了,終至失去顯身揚名的機會。所以我記敍所見所聞,繫於這兩封信之後,以彰明蓍草筮卜的神奇,聰明的先哲能預知未來,命運的窮達禍福都有定數,而把這篇文章留給好事者,以供後學們的好奇賞玩。

　　時為貞元九年十一月二十八日。趙郡李吉甫記。

柳氏傳

原著　許堯佐

　　天寶中，昌黎韓翊有詩名，性頗落托，羈滯貧甚。
有李生者，與翊友善，家累千金，負氣愛才。其幸姬曰
柳氏，豔絕一時，喜談謔，善謳詠，李生居之別第，與
翊為宴歌之地。而館翊於其側。翊素知名，其所候問，
皆當時之彥。柳氏自門窺之，謂其侍者曰：「韓夫子豈長
貧賤者乎！」遂屬意焉。

　　李生素重翊，無所恡惜。後知其意，乃具饌請翊
飲。酒酣，李生曰：「柳夫人容色非常，韓秀才文章特
異。欲以柳薦枕於韓君，可乎？」翊驚慄，避席曰：「蒙
君之恩，解衣輟食久之。豈宜奪所愛乎？」李堅請之。
柳氏知其意誠，乃再拜，引衣接席。李坐翊於客位，引
滿極歡，李生又以資三十萬，佐翊之費。翊仰柳氏之

色，柳氏慕翊之才，兩情皆獲，喜可知也。

明年，禮部侍郎楊度擢翊上第，屏居間歲。柳氏謂翊曰：「榮名及親，昔人所尚。豈宜以濯浣之賤，稽採蘭之美乎？且用器資物，足以待君之來也。」翊於是省家於清池。歲餘，乏食，鬻妝具以自給。

天寶末，盜覆二京，士女奔駭。柳氏以豔獨異，且懼不免，乃剪髮毀形，寄跡法靈寺。是時侯希逸自平盧節度淄青，素藉翊名，請為書記。洎宣皇帝以神武返正，翊乃遣使間行求柳氏，以練囊盛麩金，題之曰：

「章臺柳，章臺柳！昔日青青今在否？

縱使長條似舊垂，亦應攀折他人手。」

柳氏捧金嗚咽，左右淒憫，答之曰：

「楊柳枝，芳菲節，所恨年年贈離別。

一葉隨風忽報秋，縱使君來豈堪折！」

無何，有蕃將沙吒利者，初立功，竊知柳氏之色，劫以歸第，寵之專房。及希逸除左僕射，入覲，翊得從行。至京師，已失柳氏所止，歎想不已。

偶於龍首岡見蒼頭以駁牛駕輜耕，從兩女奴。翊偶隨之，自車中問曰：「得非韓員外乎？某乃柳氏也。」使女奴竊言失身沙吒利，阻同車者，請詰旦幸相待於道政里門。及期而往，以輕素結玉合，實以香膏，自車中授

之，曰：「當遂永訣，願置誠念。」乃回車，以手揮之，輕袖搖搖，香車轔轔，目斷意迷，失於驚塵。翊大不勝情。

會淄青諸將合樂酒樓，使人請翊。翊強應之，然意色皆喪，音韻悽咽。有虞候許俊者，以材力自負，撫劍言曰：「必有故。願一效用。」翊不得已，具以告之。俊曰：「請足下數字，當立致之。」乃衣縵胡，佩雙鞬，從一騎，徑造沙吒利之第。候其出行里餘，乃被衽執轡，犯關排闥，急趨而呼曰：「將軍中惡，使召夫人！」僕侍辟易，無敢仰視。遂升堂，出翊札示柳氏，挾之跨鞍馬，逸塵斷鞅，倏忽乃至。引裾而前曰：「幸不辱命。」四座驚歎。柳氏與翊執手涕泣，相與罷酒。

是時沙吒利恩寵殊等，翊俊懼禍，乃詣希逸。希逸大驚曰：「吾平生所為事，俊乃能爾乎？」遂獻狀曰：「檢校尚書金部員外郎兼御史韓翊，久列參佐，累彰勳效，頃從鄉賦。有姜柳氏，阻絕兇寇，依止名尼。今文明撫運，遐邇率化。將軍沙吒利兇恣撓法，憑恃微功，驅有志之姜，干無為之政。臣部將兼御史中丞許俊，族本幽薊，雄心勇決，卻奪柳氏，歸於韓翊。義切中抱，雖昭感激之誠，事不先聞，固乏訓齊之令。」尋有詔，柳氏宣還翊，沙吒利賜錢二百萬。柳氏歸翊，翊後累遷至中

書舍人。

　　然即柳氏，志防閑而不克者；許俊，慕感激而不達者也。向使柳氏以色選，則當熊辭輦之誠可繼，許俊以才舉，則曹柯澠池之功可建。夫事由跡彰，功待事立。惜鬱堙不偶，義勇徒激，皆不入於正。斯豈變之正乎？蓋所遇然也。

譯文

　　天寶年間，昌黎人韓翊，作詩很有點名氣，他生性放浪不羈，漂泊在外而沒有出路，生活非常貧困。有位李生，跟韓翊很要好，家有千金積蓄，自負意氣而十分愛才。他有個寵妾柳氏，容貌之美當時無人能及，喜歡說笑打趣，又能歌唱吟詠。李生把她安頓在別墅裡，把那兒作為與韓翊一起宴飲歌笑的場所，安排韓翊住在柳氏居室的旁邊。韓翊平時就有名，來拜訪問候他的都是些當時有學問有修養的人，柳氏從門裡窺看到他們，對跟她的婢女說：「韓先生哪裡像是永遠貧賤的人呢？」於是心裡就對他有了意思。

　　李生一直器重韓翊，從來不吝惜甚麼。後來他察覺到他們的心意，便備了酒菜請韓翊喝酒。酒喝得差不多時，李生說：「柳夫人容貌非同尋常，韓秀才文章特別漂亮。我想就讓柳氏去當您韓君的侍妾，行嗎？」韓翊嚇得打戰，離座而起說：「蒙您的恩德，解衣推食地對我施惠，已經很久了，我怎敢再奪您所愛呢？」李生堅持請韓翊答應下來。柳氏知道李生是誠心誠意的，便拜了幾拜，提衣入席相陪。李生讓韓翊坐了客位，斟

酒滿杯，盡情歡笑。李生又出錢三十萬，資助韓翊所需費用。韓翊傾心柳氏之美麗，柳氏仰慕韓翊之才情，彼此情投意合，欣喜是可想而知的了。

次年，韓翊被禮部侍郎楊度選拔為科舉考試成績優等，他離親隱居了一年。柳氏對韓翊說：「一個人的榮耀能讓親人分享，這從來是人們所希望得到的。不過，像我這樣洗濯縫補的卑賤人，又怎麼可以妨礙您正被朝廷採用的美好前程呢？況且現有的器具物品，也足以等待到您回來了。」韓翊於是到清池去探望他家裡人了。過了一年多，柳氏揭不開鍋了，就賣掉妝飾用品來養活自己。

天寶末年，叛賊攻陷二京，士人婦女紛紛驚駭逃奔，柳氏因為自己的美貌太顯眼，又怕不免受辱，於是就剪了頭髮，把模樣弄醜，寄身於法靈寺。此時，侯希逸從平盧節度使轉領淄青地區的部隊，久仰韓翊之名，就將他請到軍中來任書記，掌管文牘之事。待到肅宗憑他的神明英武而回駕長安，韓翊就派使者暗地裡去探望柳氏，裝了一絲袋的碎金送去，還寫了一首詞說：

「章台的楊柳啊章台的楊柳，

從前是枝葉青青如今在否？

縱然你長長的枝條依舊低垂，

只怕也已經被他人攀斷帶走。」

柳氏手捧金子泣不成聲，在一旁的人都為之而淒惻同情。
她也寫了一首詩作答說：

「楊柳枝生長在芳香的季節，

所恨是年年讓它贈送離別。

一葉隨風飄零忽報秋天已到，

縱然你再來又如何還能攀折！」

不久，有一員番將叫沙吒利的，剛為朝廷立了功，私下打聽得柳氏姿色出眾，就將她劫持到自己的府第中，對她寵愛得不得了。當侯希逸當上了左僕射，入京朝見皇帝，韓翊得到機會隨行同往。到達京城時，已找不到柳氏在甚麼地方了，韓翊歎息想念不已。

一次，韓翊偶然在龍首岡看到一個老奴駕着一輛雜色牛拉的車，跟着兩個女奴。韓翊湊巧跟在車子後面。只聽車子中有人問：「您莫不是韓員外嗎？我是柳氏呀！」柳氏叫女奴偷偷地告訴韓翊，她已失身於沙吒利，因同車另有人不便深談，希望明天早晨能在道政里的門口等她。韓翊到時候去了那裡，柳氏用白色輕絹紮在玉盒上，盒中盛滿香膏，從車中遞給他，說：「要永遠訣別了，希望您保存它，別忘了我！」說完，掉轉車就往回走，她向他揮揮手，只見輕袖飄飄，車聲轆轆，漸漸不見，心迷意亂，頃刻間，車子就消失在飛揚的塵土中了。韓翊情緒上受到極大的打擊。

正值淄青的將領們集合在酒樓上作樂，派了人來請韓翊。韓翊只得勉強前去應付，但情緒和臉色都很沮喪，說話的聲音也淒楚哽咽。有位警衛武官叫許俊，很以勇氣膂力自負，他以手撫劍對韓翊說：「必定有甚麼緣故使您煩惱，說出來，我願意為你效點力。」韓翊不得已，把事情都告訴了他。許俊說：「請您寫幾個字讓我帶去，我會立刻把她帶來的。」於是穿了一身軍服，佩着兩個弓箭袋，跟隨一名騎馬的衛士，一直去到沙吒利的第宅。等候他出門走了有一里多遠時，就披着衣襟，拉着馬韁繩，衝進大門又闖過裡面的小門，急急地往裡走，高叫：「將軍得了急病，要夫人快去！」僕人們都嚇得往後退，沒有人敢抬頭看。便進了廳堂，拿出韓翊的信來給柳氏看，挾持着她跨上鞍馬，飛馳而去。瞬息之間，許俊便到了韓翊那裡，提着衣裾向前行禮說：「幸虧完成了使命，沒有丟臉！」四座的人都為之驚歎。柳氏與韓翊彼此握手哭泣，大家為此而停杯罷宴。

　　當時，沙吒利正受到朝廷特殊的恩寵，韓翊和許俊都怕闖禍，就到侯希逸那裡去說明了情況。希逸大為吃驚說：「行俠仗義是我平生所做的事，但你許俊竟也能這樣幹嗎？」便向皇帝上書報告說：「檢校尚書金部員外郎兼御史韓翊，久充僚屬，屢有建樹，前曾以科舉擢第。有妾柳氏，叛賊逞兇時，被阻隔不能相聚，依託有聲望的老尼存身。如今國運昌明，文

教安撫，使遠近百姓都受感化。將軍沙吒利卻恣肆兇暴，擾亂王法，自恃微功，劫奪他人有志於守節的姬妾，破壞國家以德服人、無為而治的政策。臣之部將兼御史中丞許俊，本幽薊人氏，心高志雄，勇敢決斷，奪回柳氏，歸還韓翊。他懷着仗義之心，雖表現了激於義憤的忠誠，但行事不預先報告，自然是由於我缺乏管教的嚴明法令。」如此等等。不久，皇帝下達詔書：柳氏應歸還給韓翊，沙吒利另賜錢二百萬。柳氏就這樣又與韓翊重聚了。韓翊後來官至中書舍人。

但就柳氏說，是有志於防範非禮而沒有成功的人，許俊，是心慕俠義行為而不能出人頭地的人。當初，倘若讓柳氏憑她的美貌入選宮中，那麼她就有可能成為第二個站在熊面前保護漢元帝的馮婕妤，或者成為為維護漢成帝威望而推辭跟他同車遊園的班婕妤，倘若讓許俊憑他的勇氣才幹而被皇帝所重用，那麼像曹沫在柯地會盟時手執匕首逼使齊桓公退還所侵佔的魯國領土，或者藺相如在澠池時不畏強秦，維護趙國的尊嚴那樣的功勳，也是可以建樹的。事情是靠人之所作所為才被大家知道的，功績是憑着事情才建立起來的。可惜他們運氣不佳，埋沒不能得志，徒然激起一番義勇之心，而都不能入於正道。這也許可以說是權變之中的正道吧？那是由他們所處的環境和遭遇造成的。

柳毅傳

原著 李朝威

　　儀鳳中，有儒生柳毅者，應舉下第，將還湘濱。念鄉人有客於涇陽者，遂往告別。至六七里，鳥起馬驚，疾逸道左。又六七里，乃止。見有婦人，牧羊於道畔。毅怪視之，乃殊色也。然而蛾臉不舒，巾袖無光，凝聽翔立，若有所伺。

　　毅詰之曰：「子何苦而自辱如是？」婦始楚而謝，終泣而對曰：「賤妾不幸，今日見辱問於長者。然而恨貫肌骨，亦何能媿避，幸一聞焉。妾，洞庭龍君小女也。父母配嫁涇川次子，而夫婿樂逸，為婢僕所惑，日以厭薄。既而將訴於舅姑，舅姑愛其子，不能禦。迨訴頻切，又得罪舅姑。舅姑毀黜以至此。」言訖，歔欷流涕，悲不自勝。又曰：「洞庭於茲，相遠不知其幾多也？長天

茫茫，信耗莫通。心目斷盡，無所知哀。聞君將還吳，密通洞庭。或以尺書，寄託侍者，未卜將以為可乎？」

毅曰：「吾義夫也。聞子之說，氣血俱動，恨無毛羽，不能奮飛。是何可否之謂乎！然而洞庭，深水也。吾行塵間，寧可致意耶？唯恐道途顯晦，不相通達，致負誠託，又乖懇願。子有何術，可導我邪？」女悲泣且謝，曰：「負載珍重，不復言矣。脫獲回耗，雖死必謝。君不許，何敢言？既許而問，則洞庭之與京邑，不足為異也。」毅請聞之。

女曰：「洞庭之陰，有大橘樹焉，鄉人謂之社橘。君當解去茲帶，束以他物。然後叩樹三發，當有應者。因而隨之，無有礙矣。幸君子書敘之外，悉以心誠之話倚託，千萬無渝！」毅曰：「敬聞命矣。」女遂於襦間解書，再拜以進，東望愁泣，若不自勝。毅深為之戚。乃置書囊中，因復問曰：「吾不知子之牧羊，何所用哉？神祇豈宰殺乎？」女曰：「非羊也，雨工也。」「何為雨工？」曰：「雷霆之類也。」毅顧視之，則皆矯顧怒步，飲齕甚異。而大小毛角，則無別羊焉。毅又曰：「吾為使者，他日歸洞庭，幸勿相避。」女曰：「寧止不避，當如親戚耳。」語竟，引別東去。不數十步，回望女與羊，俱亡所見矣。

其夕，至邑而別其友。月餘到鄉。還家，乃訪於洞

庭。洞庭之陰果有社橘。遂易帶向樹，三擊而止。俄有武夫出於波間，再拜請曰：「貴客將自何所至也？」毅不告其實，曰：「走謁大王耳。」武夫揭水指路，引毅以進。謂毅曰：「當閉目，數息可達矣。」毅如其言，遂至其宮。

始見臺閣相向，門戶千萬，奇草珍木，無所不有。夫乃止毅，停於大室之隅，曰：「客當居此以伺焉。」毅曰：「此何所也？」夫曰：「此靈虛殿也。」諦視之，則人間珍寶，畢盡於此。柱以白璧，砌以青玉，床以珊瑚，簾以水精，雕琉璃於翠楣，飾琥珀於虹棟。奇秀深杳，不可殫言。然而王久不至。毅謂夫曰：「洞庭君安在哉？」曰：「吾君方幸玄珠閣，與太陽道士講《火經》，少選當畢。」毅曰：「何謂《火經》？」夫曰：「吾君，龍也。龍以水為神，舉一滴可包陵谷。道士，乃人也。人以火為神聖，發一燈可燎阿房。然而靈用不同，玄化各異。太陽道士精於人理，吾君邀以聽焉。」

語畢而宮門闢。景從雲合，而見一人，披紫衣，執青玉。夫躍曰：「此吾君也！」乃至前以告之。君望毅而問曰：「豈非人間之人乎？」毅對曰：「然。」毅而設拜，君亦拜，命坐於靈虛之下。謂毅曰：「水府幽深，寡人暗昧，夫子不遠千里，將有為乎？」毅曰：「毅，大王之鄉人也。長於楚，遊學於秦。昨下第，閒驅涇水之涘，見

大王愛女牧羊於野，風鬟雨鬢，所不忍視。毅因詰之。謂毅曰：『為夫婿所薄，舅姑不念，以至於此。』悲泗淋漓，誠怛人心。遂託書於毅。毅許之，今以至此。」因取書進之。洞庭君覽畢，以袖掩面而泣曰：「老父之罪，不診堅聽，坐貽聾瞽，使閨窗孺弱，遠罹構害。公，乃陌上人也，而能急之。幸被齒髮，何敢負德！」語畢，又哀咤良久。左右皆流涕。時有宦人密視君者，君以書授之，令達宮中。

須臾，宮中皆慟哭。君驚謂左右曰：「疾告宮中，無使有聲。恐錢塘所知。」毅曰：「錢塘，何人也？」曰：「寡人之愛弟。昔為錢塘長，今則致政矣。」毅曰：「何故不使知？」曰：「以其勇過人耳。昔堯遭洪水九年者，乃此子一怒也。近與天將失意，塞其五山。上帝以寡人有薄德於古今，遂寬其同氣之罪。然猶縻繫於此，故錢塘之人，日日候焉。」

語未畢，而大聲忽發，天坼地裂，宮殿擺簸，雲煙沸湧。俄有赤龍長千餘尺，電目血舌，朱鱗火鬣，項掣金鎖，鎖牽玉柱，千雷萬霆，激繞其身，霰雪雨雹，一時皆下。乃擘青天而飛去。毅恐蹶仆地，君親起持之曰：「無懼。固無害。」毅良久稍安，乃獲自定。因告辭曰：「願得生歸，以避復來。」君曰：「必不如此。其去則然，

其來則不然。幸為少盡繾綣。」因命酌互舉，以款人事。

俄而祥風慶雲，融融怡怡，幢節玲瓏，簫韶以隨。紅妝千萬，笑語熙熙，後有一人，自然蛾眉，明璫滿身，綃縠參差。迫而視之，乃前寄辭者。然若喜若悲，零淚如絲。須臾，紅煙蔽其左，紫氣舒其右，香氣環旋，入於宮中。君笑謂毅曰：「涇水之囚人至矣。」君乃辭歸宮中。須臾，又聞怨苦，久而不已。

有頃，君復出，與毅飲食。又有一人，披紫裳，執青玉，貌聳神溢，立於君左。君謂毅曰：「此錢塘也。」毅起，趨拜之。錢塘亦盡禮相接，謂毅曰：「女姪不幸，為頑童所辱。賴明君子信義昭彰，致達遠冤。不然者，是為涇陵之土矣。饗德懷恩，詞不悉心。」毅撝退辭謝，俯仰唯唯。然後回告兄曰：「向者辰發靈虛，已至涇陽，午戰於彼，未還於此。中間馳至九天，以告上帝。帝知其冤，而宥其失。前所遣責，因而獲免。然而剛腸激發，不遑辭候。驚擾宮中，復忤賓客。愧惕慚懼，不知所失。」因退而再拜。君曰：「所殺幾何？」曰：「六十萬。」「傷稼乎？」曰：「八百里。」「無情郎安在？」曰：「食之矣。」君憮然曰：「頑童之為是心也，誠不可忍。然汝亦太草草。賴上帝顯聖，諒其至冤。不然者，吾何辭焉。從此已去，勿復如是。」錢塘復再拜。是夕，遂

柳毅傳　97

宿毅於凝光殿。

　　明日，又宴毅於凝碧宮。會友戚，張廣樂，具以醪醴，羅以甘潔。初，笳角鼙鼓，旌旗劍戟，舞萬夫於其右。中有一夫前曰：「此《錢塘破陣樂》。」旌鉞傑氣，顧驟悍慄，坐客視之，毛髮皆豎。復有金石絲竹，羅綺珠翠，舞千女於其左。中有一女前進曰：「此《貴主還宮樂》。」清音宛轉，如訴如慕，坐客聽之，不覺淚下。二舞既畢，龍君大悅，錫以紈綺，頒於舞人。然後密席貫坐，縱酒極娛。酒酣，洞庭君乃擊席而歌曰：

　　「大天蒼蒼兮，大地茫茫。人各有志兮，何可思量。

　　狐神鼠聖兮，薄社依牆。雷霆一發兮，其孰敢當。

　　荷貞人兮信義長，令骨肉兮還故鄉。

　　齊言慚愧兮何時忘！」

　　洞庭君歌罷，錢塘君再拜而歌曰：

　　「上天配合兮，生死有途。此不當婦兮，彼不當夫。

　　腹心辛苦兮，涇水之隅。風霜滿鬢兮，雨雪羅襦。

　　賴明公兮引素書，令骨肉兮家如初。

　　永言珍重兮無時無。」

　　錢塘君歌闋，洞庭君俱起，奉觴於毅。毅踧踖而受爵，飲訖，復以二觴奉二君。乃歌曰：

　　「碧雲悠悠兮，涇水東流。傷美人兮，雨泣花愁。

尺書遠達兮，以解君憂。哀冤果雪兮，還處其休。

荷和雅兮感甘羞。山家寂寞兮難久留。

欲將辭去兮悲綢繆。」

歌罷，皆呼萬歲。洞庭君因出碧玉箱，貯以開水犀；錢塘君復出紅珀盤，貯以照夜璣，皆起進毅。毅辭謝而受。然後宮中之人，咸以綃綵珠璧，投於毅側。重疊煥赫，須臾埋沒前後。毅笑語四顧，媿揖不暇。洎酒闌歡極，毅辭起，復宿於凝光殿。

翌日，又宴毅於清光閣。錢塘因酒，作色，踞謂毅曰：「不聞猛石可裂不可捲，義士可殺不可羞邪？愚有衷曲，欲一陳於公。如可，則俱在雲霄；如不可，則皆夷糞壤。足下以為何如哉？」毅曰：「請聞之。」錢塘曰：「涇陽之妻，則洞庭君之愛女也。淑性茂質，為九姻所重。不幸見辱於匪人。今則絕矣。將欲求託高義，世為親戚。使受恩者知其所歸，懷愛者知其所付，豈不為君子始終之道者？」毅肅然而作，欻然而笑曰：「誠不知錢塘君屑困如是！毅始聞跨九州，懷五嶽，泄其憤怒；復見斷鎖金，挈玉柱，赴其急難。毅以為剛決明直，無如君者。蓋犯之者不避其死，感之者不愛其生，此真丈夫之志。奈何簫管方洽，親賓正和，不顧其道，以威加人？豈僕之素望哉！若遇公於洪波之中，玄山之間，鼓

以鱗鬣，被以雲雨，將迫毅以死，毅則以禽獸視之，亦何恨哉！今體被衣冠，坐談禮義，盡五常之志性，負百行之微旨，雖人世賢傑，有不如者，況江河靈類乎？而欲以蠢然之軀，悍然之性，乘酒假氣，將迫於人，豈近直哉！且毅之質，不足以藏王一甲之間。然而敢以不伏之心，勝王不道之氣。惟王籌之！」錢塘乃逡巡致謝曰：「寡人生長宮房，不聞正論。向者詞述疎狂，妄突高明。退自循顧，戾不容責。幸君子不為此乖間可也。」其夕，復歡宴，其樂如舊。毅與錢塘，遂為知心友。

明日，毅辭歸。洞庭君夫人別宴毅於潛景殿。男女僕妾等，悉出預會。夫人泣謂毅曰：「骨肉受君子深恩，恨不得展愧戴，遂至睽別。」使前涇陽女當席拜毅以致謝。夫人又曰：「此別豈有復相遇之日乎？」毅其始雖不諾錢塘之請，然當此席，殊有歎恨之色。宴罷，辭別，滿宮悽然。贈遺珍寶，怪不可述。毅於是復循途出江岸，見從者十餘人，擔囊以隨，至其家而辭去。

毅因適廣陵寶肆，鬻其所得。百未發一，財以盈兆。故淮右富族，咸以為莫如。遂娶於張氏，亡，又娶韓氏。數月，韓氏又亡。徙家金陵。常以鰥曠多感，或謀新匹。有媒氏告之曰：「有盧氏女，范陽人也。父名曰浩，嘗為清流宰。晚歲好道，獨遊雲泉，今則不知所在

矣。母曰鄭氏。前年適清河張氏，不幸而張夫早亡。母憐其少，惜其慧美，欲擇德以配焉。不識如何？」毅乃卜日就禮。既而，男女二姓俱為豪族，法用禮物，盡其豐盛。金陵之士，莫不健仰。

居月餘，毅因晚入戶，視其妻，深覺類於龍女，而逸豔豐厚則又過之。因與話昔事。妻謂毅曰：「人世豈有如是之理乎？然君與余有一子。」毅益重之。既產，逾月，乃穠飾換服，召親戚。相會之間，笑謂毅曰：「君不憶余之於昔也？」毅曰：「夙為洞庭君女傳書，至今為憶。」妻曰：「余即洞庭君之女也。涇川之冤，君使得白。銜君之恩，誓心求報。洎錢塘季父論親不從，遂至睽違，天各一方，不能相問。父母欲配嫁於濯錦小兒某。惟以心誓難移，親命難背，既為君子棄絕，分無見期。而當初之冤，雖得以告諸父母，而誓報不得其志，復欲馳白於君子，值君子累娶，當娶於張，已而又娶於韓。洎張韓繼卒，君卜居於茲，故余之父母乃喜余得遂報君之意。今日獲奉君子，咸善終世，死無恨矣。」因嗚咽，泣涕交下。對毅曰：「始不言者，知君無重色之心；今乃言者，知君有感余之意。婦人匪薄，不足以確厚永心。故因君愛子，以託相生。未知君意如何？愁懼兼心，不能自解。君附書之日，笑謂妾曰：『他日歸洞庭，慎無相

避。」誠不知當此之際，君豈有意於今日之事乎？其後
季父請於君，君固不許。君乃誠將不可邪，抑忿然邪？
君其話之！」毅曰：「似有命者。僕始見君子，長涇之
隅，枉抑憔悴，誠有不平之志。然自約其心者，達君之
冤，餘無及也。以言慎勿相避者，偶然耳，豈有意哉！
泊錢塘逼迫之際，唯理有不可直，乃激人之怒耳。夫始
以義行為之志，寧有殺其婿而納其妻者邪？一不可也。
善素以操真為志尚，寧有屈於己而伏於心者乎？二不可
也。且以率肆胸臆，酬酢紛綸，唯直是圖，不遑避害。
然而將別之日，見君有依然之容，心甚恨之。終以人事
扼束，無由報謝，吁！今日，君，盧氏也，又家於人
間。則吾始心未為惑矣。從此以往，永奉歡好，心無纖
慮也。」妻因深感嬌泣，良久不已。有頃，謂毅曰：「勿
以他類，遂為無心，固當知報耳。夫龍壽萬歲，今與君
同之。水陸無往不適。君不以為妄也。」毅嘉之曰：「吾
不知國客乃復為神仙之餌。」

乃相與觀洞庭。既至，而賓主盛禮，不可具紀。
後居南海，僅四十年，其邸第輿馬珍鮮服玩，雖侯伯之
室，無以加也。毅之族咸遂濡澤。以其春秋積序，容狀
不衰，南海之人，靡不驚異。

泊開元中，上方屬意於神仙之事，精索道術。毅不

得安，遂相與歸洞庭。凡十餘歲，莫知其跡。

至開元末，毅之表弟薛嘏為京畿令，謫官東南。經洞庭，晴晝長望，俄見碧山出於遠波。舟人皆側立，曰：「此本無山，恐水怪耳。」指顧之際，山與舟相逼，乃有彩船自山馳來，迎問於嘏。其中有一人呼之曰：「柳公來候耳。」嘏省然記之，乃促至山下，攝衣疾上。山有宮闕如人世，見毅立於宮室之中，前列絲竹，後羅珠翠，物玩之盛，殊倍人間。毅詞理益玄，容顏益少。初迎嘏於砌，持嘏手曰：「別來瞬息，而髮毛已黃。」嘏笑曰：「兄為神仙，弟為枯骨，命也。」毅因出藥五十丸遺嘏，曰：「此藥一丸可增一歲耳。歲滿復來，無久居人世，以自苦也。」歡宴畢，嘏乃辭行。自是已後，遂絕影響。嘏常以是事告於人世。殆四紀，嘏亦不知所在。

隴西李朝威敘而歎曰：五蟲之長，必以靈者，別斯見矣。人，裸也，移信鱗蟲。洞庭含納大直，錢塘迅疾磊落，宜有承焉。嘏詠而不載，獨可鄰其境。愚義之，為斯文。

譯文

　　儀鳳年間，有位名叫柳毅的書生，進京參加科舉考試落榜，打算返回湘水岸邊的家鄉。想起同鄉中有人客居涇陽，就前往那裡道別。走了六七里，掠起的飛鳥驚嚇了坐馬，它快速地朝道旁的小路跑去。又跑了六七里，才停下來。看見有一個女子在路旁牧羊，柳毅出於好奇，仔細打量她，竟然絕頂美麗。可是面帶愁容，衣衫陳舊，凝神站在那裡，好像在期待着甚麼。

　　柳毅問她：「你何苦要這樣委屈自己？」女子先是悲哀不語，終於一面哭泣一面回答說：「賤妾遭遇不幸，今天承蒙尊敬的先生下問，實在慚愧。但是，仇恨充滿了我的全身，又怎能含愧隱瞞呢？希望您能聽一聽我所說的。我是洞庭湖龍王的小女兒，父母把我嫁給涇川龍王的二兒子，可是丈夫行為放蕩，被丫鬟僕從所蠱惑，就一天天地厭惡我，待我很壞。後來我想告訴公公、婆婆，公婆溺愛自己的兒子，不能管束。我稟訴的次數多了，又得罪了公婆，公婆罰我來到了這裡。」說完，哽咽流淚，抑制不住悲傷的感情。又說：「洞庭湖離這裡

不知道有多遠，天高路長，音信不通，我望眼欲穿，肝腸寸斷，家裡卻一點也不知道我的痛苦。聽說您要回到吳地，那裡離洞庭很近，也許能讓您的侍者為我帶封書信，不知您認為可以嗎？」

柳毅説：「我是個講義氣的人。聽到你的這番話，憤怒得氣血湧動，只恨沒有翅膀，不能飛去為你報信，還説甚麼可不可以呢！不過洞庭湖水很深，我只能在陸地上走，怎麼能為你送信呢？只怕幽明路隔，不能相通，既辜負你誠懇的囑託，又斷送了你的希望。你有甚麼辦法，能指引我一下嗎？」女子哭泣着道謝説：「既然您接受了我的託付，此去多加保重的話，我不再説了。萬一能得到回信，即使死了，我也一定會答謝您的。您沒有答應，我當然不敢説，現在您既然已經答應了，並且問我怎樣才能送到這封信，那麼，我告訴您洞庭湖和京城並沒有甚麼不同，都是可以去的地方。」柳毅請她詳細談談。

女子説：「洞庭湖的南面，有一棵大橘樹，當地人稱它為『社橘』。您到那裡要解去衣帶，另用其他東西束腰，然後敲三下樹，一定有人出來接應的。您就跟着他走好了，不會遇到甚麼阻礙的。希望您在交付書信之外，把我內心的話全部轉達，千萬不要忘記！」柳毅説：「一定按照你的囑咐去辦。」女子於是從衣襟內取出書信，再三拜謝後送上，又面向東方哀哀哭泣，好像不能抑制感情似的。柳毅也深深地為她感到難過。柳

毅把信藏好在背包中，又問她：「我不知道你牧羊有甚麼用處，難道神靈也宰羊吃肉嗎？」女子説：「這些不是羊，是雨工。」「甚麼是雨工？」回答説：「就是雷公、雷婆。」柳毅回頭看看，它們都昂起頭來看人，神氣地走路，吃草的樣子也很特別，但是大小形狀和一般羊沒有甚麼區別。柳毅又説：「我替你送信，將來你回到洞庭，希望不要有意躲避我。」女子説：「豈止不躲避，還要像親戚一樣常常來往呢。」説完話，與柳毅告別東去。柳毅走了沒有幾十步，回頭看那女子和羊，都不見了。

當晚，柳毅到城裡告別了友人，一個多月後回到家鄉。到家後，就到洞庭湖濱尋訪。洞庭湖的南面，果然有棵社橘，於是換下衣帶向樹敲了三下。不一會兒，有個武士從水波裡躍出，行禮後問道：「貴客從哪裡來？」柳毅沒把實情告訴他，只説：「是來拜見大王的。」武士分開水波指路，領着柳毅走。對柳毅説：「請閉上眼睛，一會兒就到了。」柳毅照他説的做了，果然到達了龍宮。

柳毅看到各處樓閣，都對稱地排列着，數不清的眾多門戶，奇異花草，珍貴樹木，無所不有。武士請柳毅止步，停在一座大房子的角落，説：「請客人在這裡等候。」柳毅問：「這是甚麼地方？」武士説：「這裡是靈虛殿。」柳毅仔細察看四周，只見人間的珍寶，這裡無所不有。柱子是白玉的，台階是青玉的，床是珊瑚的，簾子是水晶的，門楣上面鑲嵌着翠綠色

的琉璃，屋樑裝飾着七色彩虹似的琥珀。秀麗幽深，說也說不完。可是過了很久，大王仍舊沒來。柳毅問武士：「洞庭君在哪裡？」回答說：「我們君王正在玄珠閣和太陽道士講論《火經》，再過一會兒就結束了。」柳毅問：「甚麼是《火經》？」武士說：「我們君王是龍，龍憑藉水來顯示神通，用一滴水就可以圍困山谷；道士是人，人憑藉火來顯示神通，用一點火星就可以燒毀龐大的阿房宮。但是二者的神靈作用不同，玄妙變化也有差別。太陽道士精通人間事理，所以我們君王請他來，聽他講論。」

　　話剛說完，宮門就打開了，在侍從們的前呼後擁下，一個人出現了。他身披紫衣，手捧青玉。武士一躍而起，說：「這就是我們的君王。」便走上前去報告。洞庭君望着柳毅問道：「莫不是人間來的吧？」柳毅回答說：「是的。」柳毅便上前參拜，洞庭君答拜了，請他坐在靈虛殿內。對柳毅說：「水府深藏湖底，我又愚暗無能，先生不遠千里而來，一定有甚麼原因吧？」柳毅說：「我柳毅，是大王的同鄉。生長在楚地，到秦地去遊學。前日考試落榜，在涇水岸邊閒步，看見大王鍾愛的小女兒在野外牧羊，風雨吹打鬢髮，慘不忍睹。我就問她原因。她對我說：『被丈夫虐待，公婆不同情我，以至於淪落到這種地步。』痛哭流淚，實在令人難過。她託我代送家書，我答應了，所以今天才來這裡。」於是取出書信獻上。洞庭君看

完後，用袖子遮住臉哭了。他說：「這是我做父親的罪過。事先不去打聽明白，自己像聾子、瞎子一樣，使得剛出閨門的幼弱女兒，在遠方受到迫害。您本是萍水相逢的人，能夠急人所難，我幸而還是長着牙齒頭髮有良知的人，怎敢忘記您的恩惠呢！」說完，又悲哀歎息了很久，旁邊的人也都為之流淚。當時也有宦官隨侍在身邊，洞庭君便把書信交給他，讓他送到後宮中。

不一會兒，宮中大放悲聲。洞庭君吃了一驚。對隨從說：「趕緊告訴宮中人不要讓她們再發出聲音來，免得讓錢塘君聽到。」柳毅問：「錢塘君是誰呀？」洞庭君說：「是我的弟弟。過去是錢塘的君長，現在已經退休了。」柳毅問：「為甚麼不讓他知道呢？」回答說：「因為他勇力過人。當年堯遭受了九年的洪水災害，就是他一怒造成的。最近和天將不和，就用水堵住了對方五座大山。上帝因為我長期以來還有點好名聲，就饒恕了我同胞兄弟的罪過。不過還是軟禁在我這裡。所以錢塘江一帶的居民，天天在等待他。」

話還沒說完，忽然爆發出了一聲巨響，天崩地裂，宮殿不住地搖擺，雲煙翻滾而起，接着只見一條千餘尺長的紅色巨龍，閃電一般的雙目，血紅的舌頭，火紅的鱗片和鬣毛，脖子下面掛着一把金鎖，鎖的鏈條繫着玉柱，成千上萬的雷霆環繞着它的身子轟鳴，霰、雪、雨、雹一時紛紛降下。它就趁着這

股聲勢劃破青天飛走了。柳毅嚇得摔倒在地上。洞庭君親自起身，把他扶起來，安慰他說：「不要害怕，他不會傷害你的。」過了很長時間，柳毅才平靜得些。穩定好自己的情緒，就告辭說：「我想活着回去，他還會再來的，我躲開他吧。」洞庭君說：「一定不會再這樣了。他去時總是這麼迅猛，回來時就不一樣了。希望您再多待一會兒，讓我們稍稍盡一點心意。」於是派人取酒來對飲，以盡款待客人之誼。

不多時，滿天祥風彩雲，一片和樂的氣氛，前面是精巧的儀仗，有樂隊隨同演奏，數不清的紅裝少女在歡快地談笑。後面有一個女子，天生麗質，身上滿綴着珠玉飾物，紗綢的衣服隨步飄曳。柳毅走近去仔細一看，原來就是上回託自己捎信的人。只是她現在似喜似悲，淚珠還掛在臉上。不久，紅煙升騰在她的左方，紫氣瀰漫在她的右面，香氣環繞着她，走進宮中。洞庭君笑着對柳毅說：「涇水邊的囚犯回來了。」於是洞庭君告辭回到宮中。一會兒，又聽到宮中傳來訴苦的聲音，久久不止。

過了一陣子，洞庭君又出來，陪柳毅喝酒。又有一人，身披紫衣，手執青玉，容貌奇特，精神煥發，站在洞庭君的旁邊。洞庭君向柳毅介紹說：「這就是錢塘君。」柳毅起身，上前拜見，錢塘君也依禮接待。他對柳毅說：「我的姪女遭到不幸，被壞小子欺侮，多虧您素有信義，遠道捎信，傳達了她的

冤屈。如果沒有您，她恐怕早已化為涇陽山上的塵土了。我們受德感恩的心情，實在難以用言語表達。」柳毅謙遜地辭謝，作揖打躬地連連答應。錢塘君又回頭告訴他哥哥：「剛才辰時從靈虛宮出發，巳時到了涇陽，午時在那裡交戰，未時回來，中間還飛上九天向上帝報告，上帝知道她的冤屈，已經赦免了我的過失。以前所受的懲罰，也因此被免除了。只是剛才情緒激動的時候，來不及辭別哥哥，驚擾了宮中，又嚇壞了客人。實在慚愧後悔，不知道闖了多大的禍！」於是退後幾步，又一次行禮道歉。洞庭君問：「殺了多少生命？」回答說：「六十萬。」「損壞了莊稼沒有？」回答說：「波及了八百里方圓的田地。」「那個無情的小子呢？」回答說：「被我吃了。」洞庭君不太高興地說：「那小子有這種居心，當然不能容忍，但你也未免太魯莽了。幸虧上帝聖明，知道我們受了冤屈。不然的話，我怎能推卸責任呢？從今以後，可不要再這樣了！」錢塘君又行禮表示接受。當天晚上，把柳毅安頓在凝光殿住宿。

第二天，又在凝碧宮設宴招待柳毅。廣召親朋，設置了大樂隊，準備了上等的美酒，擺列了美味的食品。宴會開始，吹奏起胡笳號角，敲響鼙鼓，約有萬人手持旌旗劍戟在右邊起舞，其中一名武士走上前來說：「這是《錢塘破陣樂》。」旌色劍光，氣勢逼人，武士們顧盼馳突，強悍威猛，座上的客人看了，幾乎毛髮都豎立起來了。接着又傳來金石絲竹一類樂器

的演奏聲，約有上千名身穿綺羅、頭戴珠翠的舞女，在左邊起舞。其中一名女子走上前說：「這是《貴主還宮樂》。」幽雅的樂聲抑揚婉轉，像在傾訴着甚麼，又像在思慕着甚麼，座上的客人聽了，都不禁流下了眼淚。兩段舞蹈表演完了，洞庭君非常高興，取出大量高級的絲織品作為賞賜，分發給舞蹈者。然後大家依次相挨地坐在一起，暢懷飲酒，盡情歡樂，喝到興頭上，洞庭君敲着桌案唱道：

「高天蒼蒼啊大地茫茫，人各有志啊何可思量！

狐朋鼠黨啊倚勢猖狂。雷霆赫怒啊誰敢阻擋？

正直的人啊信義無雙，骨肉親人啊得返故鄉。

齊聲致謝啊恩情難忘！」

洞庭君唱完，錢塘君也行禮唱道：

「姻緣有定啊生死有路，彼此不合啊難為夫婦。

涇水岸邊的人啊內心凄苦，風霜滿鬢啊雨雪打濕衣服。

多虧您捎來啊親人的尺書，才使我們骨肉啊團聚如初。

永記您的恩情啊時刻為您祝福。」

錢塘君歌罷，洞庭君也一齊站起來，向柳毅敬酒。柳毅局促不安地接過酒杯，喝乾，又斟了兩杯酒獻給二位龍君。於是也唱道：

「白雲悠悠啊涇水東流，感傷美人不幸啊雨泣花愁。

尺書遠寄啊想解您的煩憂，冤情昭雪回家啊其樂悠悠。

感激諸位雅意啊美食可口。我家中寂寞啊難以久留。

將辭別而去啊留戀綢繆。」

柳毅唱完，侍從們齊呼萬歲。洞庭君於是拿出了碧玉箱，裡面藏着開水犀，錢塘君又拿出紅珀盤，上面放着照夜璣，都站起身來奉送給柳毅。柳毅辭讓了一番後才接受。然後，宮裡的其他人紛紛把鮫綃、彩緞、珍珠、白璧放在柳毅身邊，重重疊疊，光彩奪目。不一會兒，就快把柳毅埋起來了。柳毅連連向四面含笑道謝，不住地行禮說慚愧。等到酒殘興盡之時，柳毅起身告辭，仍在凝光殿夜宿。

第二天，又在清光閣宴請柳毅，錢塘君藉着酒意，臉色一變，踞坐着對柳毅說：「不知道您是否聽說過這樣幾句話：堅硬的石頭可以將它擊碎，卻不能將它捲曲起來；義士可以殺掉，卻不可以羞辱。我有些心裡話，想對您痛快說說，如果您同意，就等於你我都在天上，誰都幸福；如果您不同意，就好比都在糞土之中，誰也不光彩。您認為怎樣？」柳毅說：「請說吧。」錢塘君說：「涇陽小龍的妻子，是洞庭君心愛的女兒。性情和善，品質美好，受到所有親戚的敬重。不幸被不長進的小子侮辱。如今已徹底斷絕關係了。我們想把她託付給您，永遠做親戚，對受恩的人有所報答，施恩的人也知道自己給予了別人甚麼，這難道不是作為君子有始有終的表現嗎？」柳毅聽了，嚴肅地站起身，忽然放聲笑道：「我真不知道錢塘君是這

樣懦弱無用的人！我原先聽說您跨越九州、圍困五嶽來發泄憤怒，又看見您掙斷金鎖，拽倒玉柱去救人急難，本以為天下剛毅正直的人，沒有一個比得上您的，因為反抗殘暴不避死亡，為正義所感不愛惜生命，正是真正的大丈夫氣概。不料音樂演奏得正融洽，賓客親朋談笑得正高興時，您卻不顧禮貌，憑藉威勢強加於人，這哪裡是我平素景仰的人的行為！假如我和您在洪波巨浪中、玄山之間相遇，您鼓動鱗鬚，興雲作雨，想以死來威脅我，我只把您看作禽獸，死而無恨！然而現在您卻穿衣戴冠，坐在那裡口談仁義，講論甚麼人倫五常的道理，行為道德的準則，即使人世間的聖賢豪士，似乎也不如您，何況江河湖海中靈異的動物呢？而您卻想用您龐大的身軀，驕悍的性格，乘着酒意，藉醉發威，以勢壓人，這難道算是正直的嗎？況且，我的身子雖然還不如您身上一片鱗甲大，但我卻敢於用我誓不屈服的意志，戰勝您那不合道義的氣焰，希望大王仔細考慮一下！」錢塘君聽了，惶恐不安地謝罪說：「我從小生長在宮中，從未受過正確的教導。剛才言辭狂妄無禮，冒犯了您。回過頭來仔細反省，罪過之人，不是責備一下就能算完的。希望先生不要因此疏遠我才好！」當晚，又設宴相待，彼此歡樂相處還和原先一樣。柳毅和錢塘君從此成了知心朋友。

第二天，柳毅告辭。洞庭君的夫人單獨在潛景殿宴請柳毅。男女僕妾等人也全都參加了。夫人哭着對柳毅說：「我的

孩子承受您的深恩，只恨不能充分表達感謝和敬愛的心情，卻又要分別了！」於是叫那在涇陽見過的女子在席間向柳毅下拜道謝。夫人又說：「這一次分別後，還有再相見的日子嗎？」柳毅當初雖然沒有答應錢塘君的請求，但在今天的宴席上，很有些惋惜悔恨的樣子。宴會結束後，柳毅向大家告別，滿宮的人都感到很難過。贈送的珍寶，奇怪得都叫不出名字來。柳毅於是又沿着來路到了岸邊，看到十幾個僕人，挑着布袋跟隨着他，一直送到他家中，才辭別而去。

柳毅於是到廣陵的珠寶店去出售所得的珍寶，還未賣掉百分之一，獲得的錢已經超過百萬了。當時淮西一帶的富豪之家，都自認沒法與他相比。於是娶了張氏女子做妻子，不幸死了。又娶了韓氏女子。幾個月後，韓氏又死了。柳毅把家遷到金陵，常常為自己的獨身生活而感傷，有時也想再找一位新的伴侶。有個媒人來告訴他說：「有位姓盧的女子，范陽人，父親名叫盧浩，曾經當過清流縣令，晚年喜好修道，獨自雲遊名山大川，現在不知在甚麼地方。母親叫鄭氏，盧家女子前年嫁到清河一戶姓張的人家，不幸丈夫過早地去世了。母親可憐她年紀輕輕就守寡，又惋惜她的聰明美麗，想選擇一位品德高尚的人把她嫁出去。不知道您願意嗎？」柳毅於是選擇吉日和她成了婚。由於男女雙方都是豪富大戶，所以婚禮所用的禮儀器物極其豐盛。金陵人沒有不羨慕的。

過了一個多月，一次柳毅晚上回到房中，仔細端詳妻子，覺得她很像龍女。可是美麗豐腴又超過她，便和她談起去洞庭湖傳書的那件往事。妻子對他說：「天下難道會有這樣的事嗎？可是我們就要有一個兒子了。」柳毅更加敬重她。生孩子後，滿了月，他妻子着意打扮了一番，換上華麗的衣服，把親戚們都請到家中，相會之時，她笑着對柳毅說：「你不記得我過去的事了嗎？」柳毅說：「當初我曾為洞庭君的女兒傳送過書信，直到今天還記得。」妻子說：「我就是洞庭君的女兒。在涇川受到的冤屈，是您使我得到洗刷。我感念您的恩情，發誓一定要找機會報答。自從叔父錢塘君為我求婚沒有得到應允，就從此沒有見面。彼此天各一方，不能相互問訊。父母想把我嫁給濯錦江龍王的小兒子，我想心中的誓言決不改變，但雙親的決定也難以違背，婚姻之事已經被您拒絕，大概再也不會有相見的那一天了。而且當初的冤屈，雖然得以告訴父母，但我要報答您的誓言卻還沒有實現，便又想跑來向您傾吐我的心願。正巧您多次結婚，先娶張氏，後來又娶了韓氏。等到張氏、韓氏相繼去世，您遷居在這裡，我的父母才因為我有了報答您的機會而高興。今天能夠侍奉您，共同美好地度過一生，死也沒有甚麼遺憾了！」說着哽咽起來，眼淚不斷地往下掉。又對柳毅說：「當初沒有對您說明，是因為知道您不是沉溺女色的人，現在又對您說了，是因為知道您有懷念我的心意。女

子身份輕微，不足以長久地佔據您的心，所以藉助您愛子的感情，來實現和您共同生活的願望。不知道您是怎麼想的？我真是又愁又憂，無法自我排解。您當年為我捎信的時候，曾經笑着對我說：『以後回到洞庭，千萬不要躲避我。』真不知道在那個時候，您是否心裡曾希望有今天這樣的結果？後來叔父向您求婚，您堅決不答應。您是真的認為我們不該結親呢，還是出於一時氣憤呢？請您告訴我。」柳毅說：「好像一切都是天命注定的。我第一次在涇河岸邊見到你，你心情委屈，面容憔悴，我確實只有打抱不平的意思。所以約束住自己的感情，只想為你傳信報冤，沒有考慮別的，至於所說『千萬不要躲避我』那句話，純屬偶然，哪裡有別的用意呢！到了錢塘君逼迫我的時候，只覺得在道理上說不過去，才激起了我的怒火。當初本來是以主持正義為目的，怎麼能殺了人家丈夫，卻娶他的妻子呢？這是第一個原因。我平時以品德真純為志向，怎麼能迫於威勢而違心屈服呢？這是第二個原因。而且正當直率地放談自己的見解、勸酒應酬紛擾不斷的時候，只想着辯明事理，不及考慮後果。但到了將要分別的那一天，看到你有依依不捨的表情，才感到憾恨不止。到底由於人情的束縛，無法把這種心情傳達給你。唉！今天，你是作為人間的盧氏和我結婚的，那麼並沒有違反我當初拒婚的本意。從今以後，我們永遠幸福地生活在一起，心中再也沒有絲毫顧慮了。」妻子被他的話深深感

動，哭泣不止。過了一會兒，她對柳毅說：「不要以為我不是人類，就沒有良心，我必將會報答你的。龍的壽命長達萬年，現在我願和你共享長壽，無論水中陸上，住在哪裡都行，你不要以為我是亂說的。」柳毅讚許她說：「想不到做了一次龍王的貴賓，又得到了成仙的機會。」

於是兩人一同去看望洞庭君。到達後，賓主間盛大的禮儀，不能詳細記述。後來他們定居在南海郡，將近四十年。擁有的宅第車馬、珍寶服飾，即使是公侯之家，也超不過他。柳毅全族的人都受到他的恩惠。歲月流逝而去，而他的容貌卻始終不見衰老，南海的人，沒有不覺得驚奇的。

等到開元年間，皇帝正留意神仙事跡，到處尋求有道術的人。柳毅不得安寧，就和龍女一同回到洞庭湖。前後十多年，沒有人知道他的蹤跡。

到了開元末年，柳毅的表弟薛嘏擔任京郊屬縣的縣令，被貶官到東南邊遠地區。經過洞庭湖時，正值晴朗的天氣，他向遠處眺望，忽然看見一座青山出現在遙遠的水波中間。船上的人都嚇得斜着身子站着，說：「這裡原來沒有山的呀，怕是水怪吧。」就在指點觀看的工夫，船和山靠攏了，有一條彩船從山那邊飛快地駛過來，迎頭打聽薛嘏。其中有一人呼喚說：「柳公在等候您。」薛嘏猛然想起了柳公是誰，連忙叫船駛到山下，提起衣襟快步登岸上山。山上有和人間一樣的宮闕。只

見柳毅站在宮室之中，前面奏着管弦樂器，後面排列着許多美女，器物珍玩的華麗程度，遠遠超過人間。柳毅談吐更加玄妙，容貌也更年輕了。一看見薛嘏，就走到台階上迎接，拉着薛嘏的手說：「分手的時間不長，你的頭髮已經花白了。」薛嘏笑着說：「哥哥是神仙，小弟我是一把朽骨，這就是命運啊！」柳毅於是取出五十丸藥送給薛嘏，說：「每一丸藥可以增加一年的壽命。年限滿了再來，不要長久留居人間自討苦吃了。」歡宴完畢，薛嘏告辭而出。從此以後，就斷絕了音信。薛嘏常把這段經歷告訴別人。大約過了將近五十年，薛嘏也不知道到哪裡去了。

　　隴西李朝威記述了這件事，並感歎說：「五類動物的首領，一定都是同類中最有靈性的，它們的區別由此可以看出。人屬於裸蟲類，竟然能對鱗蟲類的龍講信義。洞庭湖廣大平正，包容寬洪，錢塘江奔騰突兀，迅猛磊落，正應該有這樣的神物憑藉。薛嘏親身經歷了仙境，向世上講述了柳毅的事跡，卻沒有用文字記載下來。我讚賞柳毅的義氣，所以寫了這篇文章。」

李章武傳

原著　李景亮

　　李章武，字飛，其先中山人。生而敏博，遇事便了。工文學，皆得極至。雖弘道自高，惡為潔飾，而容貌閑美，即之溫然。與清河崔信友善。信亦雅士，多聚古物。以章武精敏，每訪辨論，皆洞達玄微，研究原本，時人比晉之張華。

　　貞元三年，崔信任華州別駕，章武自長安詣之。數日，出行，於市北街見一婦人，甚美。因紿信云：「須州外與親故知聞。」遂賃舍於美人之家。主人姓王，此則其子婦也。乃悅而私焉。居月餘日所，計用直三萬餘，子婦所供費倍之。既而兩心克諧，情好彌切。無何，章武繫事，告歸長安，殷勤敘別。章武留交頸鴛鴦綺一端，仍贈詩曰：

「鴛鴦綺，知結幾千絲。

別後尋交頸，應傷未別時。」

子婦答白玉指環一，又贈詩曰：

「捻指環相思，見環重相憶。

願君永持玩，循環無終極。」

章武有僕楊果者，子婦賚錢一千以獎其敬事之勤。

既別，積八九年。章武家長安，亦無從與之相聞。
至貞元十一年，因友人張元宗寓居下邽縣，章武又自京
師與元會。忽思曩好，乃回車涉渭而訪之。日暝，達華
州，將舍於王氏之室。至其門，則闃無行跡，但外有賓
楊而已。章武以為下里或廢業即農，暫居郊野，或親賓
邀聚，未始歸復。但休止其門，將別適他舍。見東鄰之
婦，就而訪之。乃云，王氏之長老，皆捨業而出遊，其
子婦歿已再周矣。又詳與之談，即云：「某姓楊，第六，
為東鄰妻。」復訪郎何姓，章武具語之。又云：「曩曾有
僕姓楊名果乎？」曰：「有之。」因泣告曰：「某為里中
婦五年，與王氏相善。嘗云：『我夫室猶如傳舍，閱人多
矣。其於往來見調者，皆殫財窮產，甘辭厚誓，未嘗動
心。頃歲有李十八郎，曾舍於我家。我初見之，不覺自
失，後遂私侍枕席，實蒙歡愛，今與之別累年矣。思慕

之心，或竟日不食，終夜無寢。我家人故不可託。復被
彼夫東西，不時會遇。脫有至者，願以物色名氏求之。
如不參差，相託祗奉，並語深意。但有僕夫楊果，即
是。』不二三年，子婦寢疾。臨終，復見託曰：『我本寒
微，曾辱君子厚顧，心常感念。久以成疾，自料不治。
曩所奉託，萬一至此，願申九泉啣恨，千古睽離之歎。
仍乞留止此，冀神會於髣髴之中。』」

　　章武乃求鄰婦為開門，命從者市薪芻食物。方將具
絪席，忽有一婦人，持帚，出房掃地。鄰婦亦不之識。
章武因訪所從者，云是舍中人。又逼而詰之，即徐曰：
「王家亡婦感郎恩情深，將見會。恐生怪怖，故使相聞。」
章武許諾，云：「章武所由來者，正為此也。雖顯晦殊
途，人皆忌憚，而思念情至，實所不疑。」言畢，執帚
人欣然而去，逡巡映門，即不復見。

　　乃具飲饌，呼祭。自食飲畢，安寢。至二更許，燈
在床之東南，忽爾稍暗，如此再三。章武心知有變，因
命移燭背牆，置室東西隅。旋聞室北角悉窣有聲；如有
人形，冉冉而至。五六步，即可辨其狀。視衣服，乃主
人子婦也。與昔見不異，但舉止浮急，音調輕清耳。章
武下床，迎擁攜手，款若平生之歡。自云：「在冥錄以

來，都忘親戚。但思君子之心，如平昔耳。」章武倍與狎暱，亦無他異。但數請令人視明星，若出，當須還，不可久住。每交歡之暇，即懇託在鄰婦楊氏，云：「非此人，誰達幽恨？」

至五更，有人告可還。子婦泣下床，與章武連臂出門，仰望天漢，遂嗚咽悲怨，卻入室，自於裙帶上解錦囊，囊中取一物以贈之。其色紺碧，質又堅密，似玉而冷，狀如小葉。章武不之識也。子婦曰：「此所謂『靺鞨寶』，出崑崙玄圃中。彼亦不可得。妾近於西嶽與玉京夫人戲，見此物在眾寶璫上，愛而訪之。夫人遂假以相授，云：『洞天群仙，每得此一寶，皆為光榮。』以郎奉玄道，有精識，故以投獻，常願寶之，此非人間之有。」遂贈詩曰：

「河漢已傾斜，神魂欲超越。

願郎更回抱，終天從此訣。」

章武取白玉寶簪一以酬之，並答詩曰：

「分從幽顯隔，豈謂有佳期。

寧辭重重別，所歡去何之。」

因相持泣，良久。子婦又贈詩曰：

「昔辭懷後會，今別便終天。

新悲與舊恨，千古閉窮泉。」

章武答曰：

「後期杳無約，前恨已相尋。

別路無行信，何因得寄心。」

款曲敘別訖，遂卻赴西北隅。行數步，猶回顧拭淚云：「李郎無捨，念此泉下人。」復哽咽佇立，視天欲明，急趨至角，即不復見。但空室窅然，寒燈半滅而已。章武乃促裝，卻自下邽歸長安武定堡。下邽郡官與張元宗攜酒宴飲，既酣，章武懷念，因即事賦詩曰：

「水不西歸月暫圓，令人悁悵古城邊。

蕭條明早分歧路，知更相逢何歲年？」

吟畢，與郡官別。

獨行數里，又自諷誦。忽聞空中有歎賞，音調悽惻。更審聽之，乃王氏子婦也，自云：「冥中各有地分。今於此別，無日交會。知郎思眷，故冒陰司之責，遠來奉送。千萬自愛！」章武愈感之。

及至長安，與道友隴西李助話，亦感其誠而賦曰：

「石沉遼海闊，劍別楚天長。

會合知無日，離心滿夕陽。」

章武既事東平丞相府，因閑，召玉工視所得鞢鞡寶，工亦知，不敢雕刻。後奉使大梁，又召玉工，矗能辨，乃因其形，雕作樶葉象。奉使上京，每以此物貯懷

中。至市東街，偶見一胡僧，忽近馬叩頭云：「君有寶玉在懷，乞一見爾。」乃引於靜處開視。僧捧玩移時，云：「此天上至物，非人間有也。」

　　章武後往來華州，訪遺楊六娘，至今不絕。

譯文

　　李章武，字飛，祖先中山郡人。他從小就聰敏博識，對任何事物一看就懂。擅長文學，達到了很高的水準。雖然他重視品德的修養，不願意在外表上修飾打扮，但容貌文雅沉靜，和他接近的人都覺得他性情很溫和。他和清河郡的崔信很要好，崔信也是個高雅的學士，收集了很多古董。因為章武聰敏精細，每次去走訪他，進行鑒別論證，總能透徹地掌握精妙的道理，研究出本源。當時的人把他比作晉代的博物學家張華。

　　貞元三年，崔信任華州副行政長官，章武從長安去拜訪他。到了那裡後，過了幾天，他外出，在市場北邊的街上看見一個女子，長得非常美麗。於是章武就騙崔信說：「我要到州城外面去探訪親友。」就在那個美麗女子的家中租了一間房子住下。主人姓王，那女子是他的兒媳婦。章武於是就與她要好起來，並和她私通了。住了一個多月光景，共花費了三萬多錢，王氏供應李章武所花去的費用更多了一倍。就這樣兩人心心相印，感情十分熱烈。沒多久，章武被事務羈絆，要和她告別回長安去，兩人戀戀不捨地話別，章武留給她織有交頸鴛鴦

形狀的名貴彩綢一端，並贈給她一首詩，說：

「彩綢上織出雙雙鴛鴦花紋，不知用幾千根絲才能編成。

分別後再看鴛鴦交頸圖案，就該要感傷未別時的情景。」

王氏回贈一個白玉指環，也送給他一首詩說：

「捻指環不盡相思環繞胸臆，看指環又回憶起遠別伊人。

但願你永遠保存時時賞玩，讓思念周而復始循環不息。」

章武有個僕人叫楊果，王氏也贈送給他一千錢，獎勵他做事勤快。

分別之後，過了八九年。章武在長安安了家，也無法與她聯繫。到了貞元十一年，因為朋友張元宗旅居住在下邽縣，章武又從京城出發去和張元宗相會。忽然想起舊日的相好，於是把車子回過頭來重渡渭水去看望她。天黑時，到達華州，準備住在王氏的家裡。到了她的門口，卻寂靜無人，只有外面放了一張客床。章武以為她下鄉或者丟下家業去務農了，暫時住在郊外；或者被親朋好友邀請去聚會，沒來得及回來。就在她的門口停下來休息，準備再去找別的住處。這時他看見東面鄰居家的一個婦人，就上前去打聽。回答說，王氏的長輩都捨棄家業出遊去了，他的兒媳婦已死了兩年了。又詳盡地和她談了話，她就說：「我姓楊，排行第六，是東面鄰居家的妻子。」又問章武姓甚麼，章武都一一告訴了她。又問：「你以前曾經有個僕人姓楊名果的嗎？」回答說：「有的。」於是那

婦人哭泣着告訴说：「我嫁到這裡五年了，和王氏很要好。她曾經對我说：『我丈夫的房子好像客房一樣，住過的人多極了。來來往往的人中有想調戲我的，都竭盡財產，甜言蜜語，立下重誓，我都從來沒有動心過。前些年有個李十八郎，曾住在我家。我第一次看見他，就不知不覺地失去自制，後來便陪伴枕席，蒙受他的歡愛了。而今與他分別好幾年了。心中愛慕思念，有時使我整日吃不下飯，整夜睡不着覺。我家裡人當然是不能託付的。他又忽而到東，忽而到西，到處奔走，以致沒有同李十八郎會面的機會。假如有人來這裡的話，希望你能根據容貌、名字找到他，如果沒有錯的話，託你好好招待他，並請告訴他我的深情。只要有個僕人叫楊果的，那就是他。』不到二三年，王氏就臥病不起，臨終時，又託付我说：『我出身本來貧寒低微，曾經承蒙那位先生的厚愛，心中常常感激思念，時間久了思慮積累而得了病，自己知道已治不好了。以前託付給你的事還拜託幫忙，萬一他到這裡來，希望能傳達我含恨九泉、千古永別的遺憾。仍懇求他能留在這裡，期望在似有似無的境界中神魂能夠相會。』」

章武於是請求鄰家婦人為他開了門，讓跟從的人去買柴草食物。剛要鋪設被褥，忽然有個女子拿着掃帚，走出房間來掃地。鄰家的婦人也不認識她。章武於是問跟從的人，说就是這家的人。又逼問她，才慢慢地说：「王家亡婦感激你的大恩深

情，將要來與你相會。怕你害怕，所以派我來通知一聲。」章武點頭說：「章武到這裡來，正是為了這一點。雖然陽世與陰間不是一路，人人都顧忌害怕，但我們思念情分到這種地步，也實在沒甚麼好疑慮的。」剛說完，那拿掃帚的女子就高興地離去，在門口閃了閃，就不見了。

　　章武於是備好食物，呼亡靈而祭奠。又自己吃喝完畢，就睡覺了。到了二更左右，床東南面的燈，忽然漸漸暗了下來，這樣重複了三次。章武心裡明白有變化，於是就讓人把蠟燭移到背牆處，放在房間的東南角。馬上又聽見房間的北角有窸窸窣窣的聲音，好像有個人影緩緩而來。走了五六步，就可以分辨她的樣子了。看她衣服，就是主人的兒媳婦，與昔日見到的沒有兩樣，只是舉動有些飄浮急迫，聲調輕而清晰。章武下了床，迎上去拉着她的手護擁着，就同活着時一樣，十分歡愛。王氏自己說：「自從歸到陰間以來，親戚們都忘了，但思念你的那份心，仍同過去一樣。」章武聽了，與她更加親熱，也沒有異樣的地方。只是她屢屢叫人去看天上的啟明星，如果出來了，就必須回去，不可以久住。每當歡愛有空暇時，就懇切地將鄰家的婦人楊氏託付章武說：「不是這個人，誰能傳達我地下相思之恨呢！」

　　到了五更，有人來告知可以回去了。王氏哭着下了床，與章武手牽手出了門，仰望銀河，便悲傷怨恨地嗚咽起來，又回

到房內，自己從裙帶上解下錦繡荷包，從荷包中拿出一樣東西來送給章武。那東西顏色是天青色的，質地堅硬細密，像玉卻很涼，形狀如同一片小葉子。章武不認識這是甚麼。王氏說：「這就是所謂『靺鞨寶』，出於崑崙山的玄圃仙境。它也是不容易得來的。我最近去西嶽華山與玉京夫人一起遊玩，看見這東西放在各種寶玉飾物之上，十分喜歡，問是甚麼，玉京夫人就取下來送給了我，說：『洞天中的眾神仙，每得到這一寶貝，都引以為榮。』因為郎君信奉道教，有精妙的見識，所以把它送給你，希望你能永遠珍愛它，這可不是人間所能有的。」於是贈詩一首道：

「銀河已西傾星光欲滅，神魂不能留將要飛越。

請郎再回身擁抱一次，可憐我們將從此永別。」

章武取出一根白玉寶簪來謝她，並回贈一首詩道：

「自以為陽世陰間從此隔離，怎麼想得到居然能有佳期。

我豈敢推辭一次次的分別，可歎的是不知你去往哪裡！」

兩人拉着手相對流淚很久。王氏又贈詩道：

「過去告辭總盼重見機緣，如今一別再也不能團圓。

新的悲痛和舊的怨恨啊，千年萬載都將永閉黃泉。」

章武回贈一首詩道：

「後會渺茫沒法約期在先，生前憾恨早已湧上心間。

別去路上哪有行蹤消息，又怎能寄去我思念一片？」

李章武傳 129

兩人又依依不捨説了一些告別的話語，王氏就退向西北角。走了幾步，還擦着眼淚回頭望望道：「李郎不要忘了我，常想想這九泉之下的人。」又哽咽着站在那兒，看看天將要亮了，趕緊走到角落去，就再也不見了。空蕩蕩的房間中一片黑暗寂靜，寒燈半明半滅。章武便整理行李，從下邽縣回長安的武定堡。下邽縣令和張元宗帶着酒來設宴聚飲，酒喝得酣暢時，章武又懷念起王氏來了，就即興賦詩道：

　　「水不向西流月兒暫圓，人在古城旁惆悵無邊。

　　明天分別路上何等冷落，不知再度相逢又在何年。」

　　吟誦完畢，就和縣令告別了。

　　獨自走了幾里地，又自己朗誦着詩句。忽然聽見空中有讚歎的聲音，音調很悽慘。再仔細一聽，是王氏，她説道：「陰間陽界劃分地區，彼此不能逾越。今日在這裡分別，再也不能相見了。知道你思念眷愛我，所以冒着被陰司責罰的危險，遠道來相送，千萬自己保重！」章武更加感激她。

　　到了長安後，與同奉道教的朋友隴西的李助説起此事，他也被王氏的真誠感動，賦詩道：

　　「石沉遼海唯見一片汪洋，飛劍別去楚地仰望天長。

　　多情相會已知永無此日，別緒離情佈滿山川夕陽。」

　　等到章武去東平丞相府做事，因為空閒，就請玉工來看所得的那塊「靺鞨寶」，玉工也認為不是等閒的東西，不敢雕刻。

後奉命出使到大梁，又召來玉工，才略微能分辨。於是根據它原來的形狀雕刻成槲樹葉的樣子。奉命上京都時，每次都將這東西藏在懷裡。一次到市上東街去，偶然碰見一個胡僧，他忽然靠近馬叩頭說：「先生懷中有寶玉，請求看一眼。」章武於是就領他到僻靜的地方拿出來給他看。胡僧把玩一陣後，說：「這是天上的珍寶，不是人間所能有的。」

後來章武往來於華州，常去看望楊六娘，還饋贈她東西，至今沒有停止過。

霍小玉傳

原著　蔣防

　　大曆中，隴西李生名益，年二十，以進士擢第。
其明年，拔萃，俟試於天官。夏六月，至長安，舍於新
昌里。

　　生門族清華，少有才思，麗詞嘉句，時謂無雙。
先達丈人，翕然推伏。每自矜風調，思得佳偶，博求名
妓，久而未諧。

　　長安有媒鮑十一娘者，故薛駙馬家青衣也，折券
從良，十餘年矣。性便辟，巧言語，豪家戚里，無不經
過，追風挾策，推為渠帥。常受生誠託厚賂，意頗德之。

　　經數月，李方閒居舍之南亭。申未間，忽聞叩門甚
急，云是鮑十一娘至。攝衣從之，迎問曰：「鮑卿，今日
何故忽然而來？」鮑笑曰：「蘇姑子作好夢也未？有一仙

人，謫在下界，不邀財貨，但慕風流。如此色目，共十郎相當矣。」生聞之驚躍，神飛體輕，引鮑手且拜且謝曰：「一生作奴，死亦不憚。」因問其名居。鮑具說曰：「故霍王小女，字小玉，王甚愛之。母曰淨持。淨持即王之寵婢也。王之初薨，諸弟兄以其出自賤庶，不甚收錄。因分與資財，遣居於外，易姓為鄭氏，人亦不知其王女。姿質穠豔，一生未見，高情逸態，事事過人，音樂詩書，無不通解。昨遣某求一好兒郎，格調相稱者，某具說十郎。他亦知有李十郎名字，非常歡愜。住在勝業坊古寺曲，甫上車門宅是也。已與他作期約。明日午時，但至曲頭覓桂子，即得矣。」

　　鮑既去，生便備行計。遂令家僮秋鴻，於從兄京兆參軍尚公處假青驪駒，黃金勒。其夕，生澣衣沐浴，修飾容儀，喜躍交並，通夕不寐。遲明，巾幘，引鏡自照，惟懼不諧也。徘徊之間，至於亭午，遂命駕疾驅，直抵勝業。至約之所，果見青衣立候，迎問曰：「莫是李十郎否？」即下馬，令牽入屋底，急急鎖門。見鮑果從內出來，遙笑曰：「何等兒郎，造次入此？」生調誚未畢，引入中門。庭間有四櫻桃樹，西北懸一鸚鵡籠，見生入來，即語曰：「有人入來，急下簾者！」生本性雅淡，心猶疑懼，忽見鳥語，愕然不敢進。

霍小玉傳　133

逡巡,鮑引淨持下階相迎,延入對坐。年可四十餘,綽約多姿,談笑甚媚。因謂生曰:「素聞十郎才調風流,今又見容儀雅秀,名下固無虛士。某有一女子,雖拙教訓,顏色不至醜陋,得配君子,頗為相宜。頻見鮑十一娘說意旨,今亦便令承奉箕帚。」生謝曰:「鄙拙庸愚,不意顧盼,倘垂採錄,生死為榮。」遂命酒饌,即令小玉自堂東閣子中而出。生即拜迎。但覺一室之中,若瓊林玉樹,互相照曜,轉盼精彩射人。既而遂坐母側。母謂曰:「汝嘗愛念『開簾風動竹,疑是故人來』,即此十郎詩也。爾終日吟想,何如一見?」玉乃低鬟微笑,細語曰:「見面不如聞名。才子豈能無貌?」生遂連起拜曰:「小娘子愛才,鄙夫重色,兩好相映,才貌相兼。」母女相顧而笑,遂舉酒數巡。生起,請玉唱歌,初不肯,母固強之,發聲清亮,曲度精奇。

酒闌,及暝,鮑引生就西院憩息。閒庭邃宇,簾幕甚華。鮑令侍兒桂子浣沙與生脫靴解帶。須臾,玉至,言敘溫和,辭氣宛媚。解羅衣之際,態有餘妍,低幃昵枕,極其歡愛。生自以為巫山洛浦不過也。中宵之夜,玉忽流涕觀生曰:「妾本倡家,自知非匹。今以色愛,託其仁賢。但慮一旦色衰,恩移情替,使女蘿無託,秋扇見捐。極歡之際,不覺悲至。」生聞之,不勝感歎,

乃引臂替枕，徐謂玉曰：「平生志願，今日獲從，粉骨碎身，誓不相捨。夫人何發此言？請以素縑，着之盟約。」玉因收淚，命侍兒櫻桃褰幄執燭，授生筆研。玉管絃之暇，雅好詩書，筐箱筆研，皆王家之舊物。遂取繡囊，出越姬烏絲欄素縑三尺以授生。生素多才思，援筆成章，引諭山河，指誠日月，句句懇切，聞之動人。染畢，命藏於寶篋之內。自爾婉孌相得，若翡翠之在雲路也。如此二歲，日夜相從。

其後年春，生以書判拔萃登科，授鄭縣主簿。至四月，將之官，便拜慶於東洛。長安親戚，多就筵餞。時春物尚餘，夏景初麗，酒闌賓散，離思縈懷。玉謂生曰：「以君才地名聲，人多景慕，願結婚媾，固亦眾矣。況堂有嚴親，室無塚婦，君之此去，必就佳姻。盟約之言，徒虛語耳。然妾有短願，欲輒指陳。永委君心，復能聽否？」生驚怪曰：「有何罪過，忽發此辭？試說所言，必當敬奉。」玉曰：「妾年始十八，君才二十有二，迨君壯室之秋，猶有八歲。一生歡愛，願畢此期。然後妙選高門，以諧秦晉，亦未為晚。妾便捨棄人事，剪髮披緇，夙昔之願，於此足矣。」生且愧且感，不覺涕流。因謂玉曰：「皎日之誓，死生以之，與卿偕老，猶恐未愜素志，豈敢輒有二三。固請不疑，但端居相待。至八月，

必當卻到華州，尋使奉迎，相見非遠。」

更數日，生遂訣別東去。到任旬日，求假往東都覲
親。未至家日，太夫人已與商量表妹盧氏，言約已定。
太夫人素嚴毅，生逡巡不敢辭讓。遂就禮謝，便有近
期。盧亦甲族也，嫁女於他門，聘財必以百萬為約，不
滿此數，義在不行。生家素貧，事須求貸，便託假故，
遠投親知，涉歷江淮，自秋及夏。生自以孤負盟約，大
愆回期。寂不知聞，欲斷其望。遙託親故，不遣漏言。

玉自生逾期，數訪音信。虛詞詭說，日日不同。博
求師巫，遍詢卜筮，懷憂抱恨，周歲有餘。羸臥空閨，
遂成沉疾。雖生之書題竟絕，而玉之想望不移，賂遺親
知，使通消息。尋求既切，資用屢空，往往私令侍婢潛
賣篋中服玩之物，多託於西市寄附舖侯景先家貨賣。曾
令侍婢浣沙將紫玉釵一隻，詣景先家貨之。路逢內作老
玉工，見浣沙所執，前來認之曰：「此釵，吾所作也。
昔歲霍王小女將欲上鬟，令我作此，酬我萬錢。我嘗不
忘。汝是何人？從何而得？」浣沙曰：「我小娘子，即霍
王女也。家事破散，失身於人。夫婿昨向東都，更無消
息。悒怏成疾，今欲二年。令我賣此，賂遺於人，使求
音信。」玉工悽然下泣曰：「貴人男女，失機落節，一至
於此。我殘年向盡，見此盛衰，不勝傷感。」遂引至延

先公主宅，具言前事。公主亦為之悲歎良久，給錢十二萬焉。

時生所定盧氏女在長安，生既畢於聘財，還歸鄭縣。其年臘月，又請假入城就親。潛卜靜居，不令人知。有明經崔久明者，生之中表弟也。性甚長厚，昔歲常與生同歡於鄭氏之室，杯盤笑語，曾不相間。每得生信，必誠告於玉。玉常以薪芻衣服，資給於崔，崔頗感之。生既至，崔具以誠告玉，玉恨歎曰：「天下豈有是事乎！」遍請親朋，多方召致。生自以愆期負約，又知玉疾候沉綿，慚恥忍割，終不肯往。晨出暮歸，欲以迴避。玉日夜涕泣，都忘寢食，期一相見，竟無門由。冤憤益興，委頓床枕。自是長安中稍有知者。風流之士，共感玉之多情，豪俠之倫，皆怒生之薄行。

時已三月，人多春遊，生與同輩五六人詣崇敬寺翫牡丹花，步於西廊，遞吟詩句。有京兆韋夏卿者，生之密友，時亦同行。謂生曰：「風光甚麗，草木榮華。傷哉鄭卿，銜冤空室！足下終能棄置，實是忍人。丈夫之心，不宜如此。足下宜為思之！」

歎讓之際，忽有一豪士，衣輕黃布衫，挾弓彈，丰神雋美，衣服輕華，唯有一剪頭胡雛從後，潛行而聽之。俄而前揖生曰：「公非李十郎者乎！某族本山東，姻

霍小玉傳　137

連外戚。雖乏文藻，心嘗樂賢。仰公聲華，常思覿止。今日幸會，得睹清揚。某之敝居，去此不遠，亦有聲樂，足以娛情。妖姬八九人，駿馬十數匹，唯公所欲。但願一過。」生之儕輩，共聆斯語，更相歎美。因與豪士策馬同行，疾轉數坊，遂至勝業。生以近鄭之所止，意不欲過，便託事故，欲回馬首。豪士曰：「敝居咫尺，忍相棄乎？」乃輓挾其馬，牽引而行。遷延之間，已及鄭曲。生神情恍惚，鞭馬欲回。豪士遽命奴僕數人，抱持而進。疾走推入車門，便令鎖卻，報云：「李十郎至也！」一家驚喜，聲聞於外。

先此一夕，玉夢黃衫丈夫抱生來，至席，使玉脫鞋。驚寤而告母。因自解曰：「鞋者，諧也。夫婦再合。脫者，解也。既合而解，亦當永訣。由此徵之，必遂相見，相見之後，當死矣。」凌晨，請母妝梳。母以其久病，心意惑亂，不甚信之。僶勉之間，強為妝梳。妝梳才畢，而生果至。玉沉綿日久，轉側須人。忽聞生來，欻然自起，更衣而出，恍若有神。遂與生相見，含怒凝視，不復有言。羸質嬌姿，如不勝致，時復掩袂，返顧李生。感物傷人，坐皆欷歔。頃之，有酒餚數十盤，自外而來。一座驚視，遽問其故，悉是豪士之所致也。因遂陳設，相就而坐。玉乃側身轉面，斜視生良久，遂舉

杯酒，酬地曰：「我為女子，薄命如斯。君是丈夫，負心若此。韶顏稚齒，飲恨而終。慈母在堂，不能供養。綺羅絃管，從此永休。徵痛黃泉，皆君所致。李君李君，今當永訣！我死之後，必為厲鬼，使君妻妾，終日不安！」乃引左手握其臂，擲杯於地，長慟號哭數聲而絕。母乃舉屍，置於生懷，令喚之，遂不復蘇矣。生為之縞素，旦夕哭泣甚哀。將葬之夕，生忽見玉繐帷之中，容貌妍麗，宛若平生。着石榴裙，紫䘯襠，紅綠帔子。斜身倚帷，手引繡帶，顧謂生曰：「媿君相送，尚有餘情。幽冥之中，能不感歎。」言畢，遂不復見。明日，葬於長安御宿原，生至墓所，盡哀而返。

後月餘，就禮於盧氏。傷情感物，鬱鬱不樂。夏五月，與盧氏偕行，歸於鄭縣。至縣旬日，生方與盧氏寢，忽帳外叱叱作聲。生驚視之，則見一男子，年可二十餘，姿狀溫美，藏身映幔，連招盧氏。生惶遽走起，繞幔數匝，倏然不見。生自此心懷疑惡，猜忌萬端，夫妻之間，無聊生矣。或有親情，曲相勸喻。生意稍解。

後旬日，生復自外歸，盧氏方鼓琴於床，忽見自門拋一斑犀鈿花合子，方圓一寸餘，中有輕絹，作同心結，墜於盧氏懷中。生開而視之，見相思子二，叩頭蟲

一，發殺觜一，驢駒媚少許，生當時憤怒叫吼，聲如豺虎，引琴撞擊其妻，詰令實告。盧氏亦終不自明。爾後往往暴加捶楚，備諸毒虐，竟訟於公庭而遣之。

盧氏既出，生或侍婢媵妾之屬，暫同枕席，便加妒忌，或有因而殺之者。生嘗遊廣陵，得名姬，曰營十一娘，容態潤媚，生甚悅之，每相對坐，嘗謂營曰：「我嘗於某處得某姬，犯某事，我以某法殺之。」日日陳說，欲令懼己，以肅清閨門。出則以浴斛覆營於床，周回封署，歸必詳視，然後乃開。又畜一短劍，甚利，顧謂侍婢曰：「此信州葛溪鐵，唯斷作罪過頭！」大凡生所見婦人，輒加猜忌，至於三娶，率皆如初焉。

譯文

　　大曆年間，隴西有位名叫李益的書生，年僅二十歲，就考中了進士。第二年，吏部舉行拔萃考試，李益準備參加。夏季六月，來到長安，住在新昌里。

　　李益出身於清貴的名門世族，從小就很有才華，詩文美妙出眾，當時輿論以為舉世無雙。前輩長者，也都一致推崇他。他常常為自己的才貌感到驕傲，想找一位理想的伴侶，於是廣泛地尋訪名妓，很久都不能滿意。

　　長安城有位叫鮑十一娘的媒婆，早先是薛駙馬家的丫鬟，後來贖身從良，已經十多年了。生性善於逢迎，能說會道。皇親國戚豪門富家住的地方，沒有她沒去過的，幫助別人出主意、追女人最有辦法，同行都推她為頭兒。她曾受到李生的殷勤囑託和厚禮饋贈，心裡很是感激他。

　　過了幾個月，一天李益正在住處的南亭閒坐，大約申未時分（注文：午後三四點鐘），忽聽見急促的敲門聲，家人通報說是鮑十一娘來了。李生便提起衣襬跟隨家人去門口，迎着鮑氏便問道：「鮑卿今天為甚麼忽然來訪？」鮑氏笑着說：「你這

位幸運郎君昨夜做好夢了沒有？告訴你，有位仙女被罰到了人間，她不貪圖錢財，只愛慕風流少年。這樣好的角色，正和十郎相配。」李生聽說後，猛地跳起身來，只覺得心神飛蕩，身體也輕快了許多，拉着鮑氏的手又拜又謝說：「我情願一輩子為她做奴僕，死也心甘情願。」於是打聽女子的姓名住址。鮑氏一一介紹說：「她是原來霍王的小女兒，字小玉，霍王非常喜歡她。她的母親名叫淨持。淨持，就是霍王寵愛的婢女。霍王剛死的時候，他的兄弟們因為小玉是妾生的女兒，不太想收養她，就分給她一些錢財，讓她單獨住在外面，改姓為鄭氏，別人也不知道她是霍王的女兒。我這輩子從未見過像她這樣美麗的女子，情趣高雅，體態飄逸，各方面條件都出類拔萃，詩書音樂，沒有不精通的，昨天她家託我尋覓一個才貌相當的好小伙子，我就詳細介紹了十郎你的情況。她也聽說過李十郎的名字，非常欣喜滿意。她家住在勝業坊古寺廟旁的小巷中，剛進巷口的第一個大門就是。我已和她約好，明天中午，你只須到巷口找丫頭桂子，就成了。」

鮑氏走後，李生就開始計劃第二天的行動，特意讓家僮秋鴻到堂兄京兆參軍尚公家借來青驪駿馬和黃金裝飾的馬籠頭。當晚，李生洗衣沐浴，修飾儀容，喜悅和激動的心情交織在一起，一夜都沒有合眼。天快亮時，就穿戴好衣服頭巾，不時抓過鏡子來照照自己，唯恐有甚麼地方不合適。在焦急不安的等

待中到了中午，李生就騎上馬一溜快跑，一直來到勝業坊。到了約定的地點，果然看見有名丫鬟站在那裡等候，迎面問道：「來的是李十郎嗎？」李生下馬，婢女讓人把馬牽到屋後，急忙鎖好大門。果然見鮑氏從裡面走出來，遠遠地就笑着說：「哪兒來的小伙子，冒冒失失地闖到這裡？」李生和她調笑譏誚未完，已跟着走進了二門。院子中間有四棵櫻桃樹，西北角懸掛着一隻鳥籠，裡面關着一隻鸚鵡，見李生進來就說：「有人來了，快放簾子！」李生本來性格就恬淡文雅，這時心裡還有些遲疑畏懼，忽然聽到鳥兒說話，吃了一驚，不敢再往裡走了。

正徘徊不定，鮑氏領着淨持走下台階來迎接他，請到屋中，相對坐下。淨持四十多歲年紀，極有風姿，談笑間神態很是嫵媚，她對李生說：「平日就聽說李十郎才調出眾，風流瀟灑，今天又親眼見到本人舉止文雅，容貌清秀，果然名不虛傳。我有一個女兒，雖然缺少教育，但長得還不算太醜，要能和您匹配，倒很合適。常聽鮑十一娘說過這個意思，從今天起就讓小女永遠服侍您吧。」李生致謝說：「我鄙陋笨拙，平庸愚鈍，想不到能得到小姐的青睞，倘若能被小姐選中接納，我將一輩子引以為榮。」於是淨持命人擺設酒飯，當即讓小玉從堂屋東面的小房間中出來和李生見面。李生連忙行禮迎接。只覺得滿屋之中，好像瓊林玉樹相互輝映，小玉那靈動的眼神一瞥，光芒一直射到李生心底。隨後小玉就坐在母親身邊。母親

霍小玉傳　143

對她説:「你經常喜愛念的『開簾風動竹,疑是故人來』,就是這位李十郎的詩句。你整天吟詠思慕,怎比得上親眼一見呢?」小玉於是低頭微笑,細聲説:「見面不如聞名,才子怎能無貌?」李生便起身連連行禮説:「小娘子愛慕才華,鄙人看重姿色。兩人的長處搭配在一起,就才貌雙全了。」母女二人相互看了一眼都笑了。於是大家喝了幾杯酒。李生站起身,請小玉唱支歌。小玉起初不肯,母親堅持要她唱。她嗓音清亮,曲律精妙。

酒盡散席,天已經黑了,鮑氏帶着李生到西院休息。庭院幽靜,房屋深邃,門上的簾幕也十分華貴。鮑氏讓丫頭桂子、浣沙為李生脱去靴子解下衣帶,服侍他睡下。一會兒,小玉來了,和李生溫和地交談,語調婉轉柔媚。脱衣服的時候,神態嬌羞動人。兩人幃中枕上,歡愛無盡。李生自覺即使當年楚懷王夢會巫山神女、曹子建洛水遇見洛神,歡愛也不過如此。半夜,小玉忽然流着眼淚看着李生説:「我出身於娼妓之家,自知配不上你。如今因為你愛戀我的姿色,所以不惜把終身託付給你。只怕有朝一日年老色衰,你就會把對我的感情轉移到別人身上,讓我像離枝的松蘿一樣無依無靠,像秋天的扇子一樣被人拋棄。所以在這歡愛已極的時候,便不知不覺悲哀就襲來心頭。」李生聽了,也感歎不已。於是就讓小玉枕着自己的手臂,緩緩地對小玉説:「我平生的心願今天全都得到滿足,

今後即使粉身碎骨，也發誓決不拋棄你。你怎麼會說出這些話來！請你找出一塊白綢來，我要在上面寫下誓約。」小玉於是擦乾眼淚，叫櫻桃揭開帳子舉着燭火，把筆硯交給李生。小玉平時在彈奏音樂外的空暇時間，喜好詩文，書箱筆硯，都是過去霍王家的東西。於是取過繡囊，拿出三尺長的一段白底黑格的綢子交給李生。李生平素才思敏捷，挺筆成文，所以寫的誓約取山川為喻，指日月為證，表明自己愛情的忠誠，每句話都非常懇切，使人聽了都覺得感動。寫完，讓小玉收藏在珠寶匣中。從此兩人親愛地生活在一起，真好比美麗的翡翠鳥在彩雲間比翼飛翔一樣地幸福美滿。就這樣過了兩年。兩人不分白天黑夜，沒有片刻分離。

　　兩年後的春天，李生以書判拔萃進入仕途，授任華州鄭縣主簿。到了四月，李生即將赴任，還要到東都洛陽向父母請安報喜。長安城中的親友，都來參加宴會為他餞行。這時正是殘春未盡、夏景方生的時節，酒宴結束，賓客們漸漸散去，別離的哀愁不由得縈繞在兩人心頭。小玉對李生說：「憑你的才華、名望，很多人都羨慕你，想要和你結成婚姻的真是太多了，何況家中有父母須侍奉，卻沒有正式的妻室，你這一去，一定會締結一椿美好的姻緣。我們當初許下的誓約，不過是一句空話罷了。但我有一個小小的願望，想就此告訴你，讓你永遠記在心裡，你還肯聽一聽嗎？」李生驚奇地說：「我是不是犯了甚

麼過錯，你為甚麼忽然說出這樣一番話來？你不妨把想講的話說給我聽聽，我一定認真照辦。」小玉說：「我今年剛滿十八歲，你也僅有二十二歲，到你三十歲壯年的時候，還有八年。我希望能在這段日子中，和你共同度過一輩子的幸福時光。然後你再任意選擇名門大族聯姻，也不算晚。到那時我就拋棄人間的一切，剪掉頭髮出家為尼，終生的願望，至此也就滿足了。」李生聽了，又愧疚又感動，不覺流下了眼淚。於是他對小玉說：「我們的誓約就像太陽一樣明白，不論生死都要信守。和你白頭偕老，我還覺得不夠滿足，怎敢變心呢？請你千萬不要胡思亂想，只須好好住在這裡等着我。到八月份，我一定會回到華州來，派人來接你，相見的日子不會太遠的。」

又過了幾天，李生就告別小玉向東去了。李生到任十來天，就請假到東都洛陽探望雙親。沒有到家之前，他的母親太夫人已為他物色了表妹盧氏，婚約已經說定了。太夫人向來嚴厲決斷，李生畏畏縮縮，不敢公開表示抗拒，於是和盧家行了聘禮，決定在短期內完婚。盧家也是有名望的大族，女兒嫁到別人家，一定要索求百萬錢財的聘禮，如果辦不到這個數目，寧肯女兒不嫁。李生家裡一向很窮，籌這筆錢需要四處求借，就請假到遠處投靠親友請求資助，跋涉於江淮之間，從秋天一直忙到第二年夏天。李生自知辜負了和小玉的盟約，歸期已大大地延誤了，便不與小玉通半點消息，想斷絕她的念頭，還囑

託遠在長安的親友，不要泄露自己的行蹤。

　　小玉自從李生超過了約定的時間沒有回來，曾多次設法打聽他的音信，得到的都是不可靠的傳聞，且每天都不一樣。她又到處向巫師、算卦先生求告問詢，心中又是擔憂，又是怨恨，這樣過了一年多。終於病倒在空房之中，落下了深重的病根。雖然始終收不到李生的書信，但小玉的思念之情依然不變，她饋送禮物給李生的親戚朋友，求他們通報李生的消息。因為尋訪十分迫切，錢經常不夠用，常常暗中讓丫頭偷偷地賣掉箱中收藏的玉玩衣服等東西。多數都是託付給西市侯景先家的寄售店舖變賣。曾有一次讓丫頭浣沙將一支紫玉釵拿到侯景先的舖子中變賣，路上遇到一位皇宮內作坊中的老玉工，看見浣沙手中拿的玉釵，上前辨認，說：「這隻玉釵是我做的。當年霍王的小女兒將滿十五歲『上鬟』的時候，命我做了這隻釵，給了我一萬錢報酬。我至今不忘。你是甚麼人，從哪裡得到這隻玉釵的？」浣沙說：「我家小娘子就是霍王的女兒。家業破落後，失身於人。丈夫日前去了洛陽，一點音信也沒有。娘子憂鬱成病，至今快兩年了。讓我賣掉這隻玉釵，把錢送人，求訪丈夫的消息。」玉工傷心地流下眼淚，說：「皇家貴人的子女，因命運不好而落魄遭難，竟然到了這種地步！我沒有幾年可活了，親眼見到這樣的盛衰變化，真是太傷感了。」於是帶浣沙來到延先公主家，詳盡地敘述了事情經過，公主也

為小玉的遭遇悲傷感歎了很久，就送給她十二萬錢。

當時李生聘定的盧氏女子住在長安，李生湊齊了聘禮後，回到鄭縣。當年臘月，再次請假到長安成親。李生到長安後，偷偷找了一個僻靜的住處，不讓別人知道。有位叫崔允明的明經，是李生的中表弟，品性忠厚，過去常和李生在小玉家聚會歡樂，吃喝玩笑，一點也沒有隔閡。每次得到李生的消息，他必定如實告訴小玉。小玉常常用柴米衣服之類的東西在生活上資助崔生。崔生很感激她。李生來到長安後，崔生把情況都詳盡如實地告訴給了小玉，小玉憤恨地歎息說：「天底下難道竟會有這樣的事情嗎！」於是遍請親朋好友，想盡辦法要把李生找來。李生覺得是自己延誤了日期，違背了誓約，又得知小玉病得很厲害，為自己忍心拋棄她感到慚愧羞恥，便始終不肯去見小玉。每天早出晚歸，想躲避小玉。小玉日夜哭泣流淚，顧不上吃飯睡覺，只想見李生一面，都始終沒有機會實現。心中的冤屈憤恨越來越深，便躺倒在床上起不來了。從此長安城中漸漸有人知道了這事，風流才子，都為小玉的癡情所感動；豪俠之輩，無不對李生的無情無義感到憤怒。

這時已是三月間，人們大都到郊外春遊，李生和五六位同輩朋友到崇敬寺觀賞牡丹花，在西邊的長廊下漫步，你一句我一句地吟誦着詩句。有位京兆人韋夏卿，是李生的好朋友，當時也在一起，他對李生說：「眼前風光秀麗，花草繁茂，只

是可憐的鄭家女兒，還懷着滿腔的冤屈獨守在空房之中！你最終還是拋棄了她，真是殘忍的人。男人的心胸，不應該是這樣的。你應該好好想想！」

正在感歎責備的時候，忽然有一位豪俠之士，穿着淡黃色的麻布衫，手持彈弓，神態飄逸，容貌俊秀，衣着輕盈華麗，只帶着一名剪着短髮的胡人小孩做僕從，悄悄地走在一旁聽他們談話。過了一會兒，那人走上前來向李生行禮說：「公子該不是李十郎吧？我家本來祖籍山東，和皇帝外家算得上是遠房親戚。我雖然缺乏文采，心中也常常欽佩有才學德行的人。久仰您的名聲，常想能有機會見上一面，今天有幸遇見，得以親眼目睹您的風采。我家離這裡不遠，也有足以娛樂性情的弦管聲樂，還有八九個美麗的姬妾，十幾匹駿馬，一切任憑您喜歡，只希望您能到我家坐坐。」和李生同遊的一班人，聽了豪士這番話，都讚歎羨慕不已，於是和豪士一起騎馬同行。一路快跑，轉過幾個街區，就到了勝業坊前。李生因為這裡離小玉居住的地方很近，有點不想去了，就找個藉口，想撥轉馬頭回去。豪士說：「我家馬上就要到了，您怎麼能忍心扔下我們大家呢？」說着拽回李生的馬，牽引着朝前走。轉眼工夫，已經到了小玉家的巷口。李生神情恍惚不安，抽打坐馬想要返回。豪士立刻命令幾名僕從，強行把他抱住拉進門去，自己快步走過去把他推進大門，馬上命人把門鎖上，向裡面傳報說：「李

十郎來了！」一家人都非常驚喜，喧鬧的聲音一直傳到院牆以外。

前一天晚上，小玉夢見一位穿黃衫的男人抱着李生前來，在席位上坐下，讓小玉脫去鞋子。驚醒過來後告訴了母親。又自己解夢説：「『鞋』，就是『諧』的意思，指夫婦重新團聚。『脱』，就是『解』的意思，團聚之後又解脱，就一定是永別了。以此看來，一定會見到李生，見到後，我就該死了。」

清晨，小玉請母親為自己梳妝打扮。母親以為她病得時間太長，神志有些不清了，對她説的話不大相信。在她的再三要求下，勉強為她梳妝打扮了一番。剛剛梳妝完畢，李生就果然到了。小玉已經病臥很久，連翻個身都要別人幫助，忽然聽説李生來了，猛地自己坐起身，換了衣服出來，彷彿有神靈在扶持着她。於是和李生相見，含着怨怒直瞪着李生，一句話也不説。那病弱的體質，嬌柔的身姿，好像不能控制自己情緒的樣子，不時地用衣袖遮掩臉面，轉過頭去偷看李生。感物傷人，在座的人都感歎不止。不久，從外面送進幾十盤酒菜。在座的人看到都很吃驚，急忙詢問原因，原來全都是那位豪士送來的。於是擺設好酒菜，兩人並肩坐下。小玉側着身子轉過臉去，斜視着李生好一會兒，於是舉杯把酒灑在地上，發誓説：「我身為女子，竟然如此薄命；你是男人，竟然如此負心！使我正當青春年華，就含恨而死。再不能奉養高堂慈母，也從此

告別了綺羅脂粉、歌舞管弦的生活，痛徹心扉於九泉之下，這都是你一手造成的！李君啊李君，從今天起我們就永別了！我死以後，一定會化作厲鬼，讓你的妻妾整天不得安寧！」於是伸出左手握住李生的手臂，把酒杯摔到地上，放聲痛哭了幾聲，就斷了氣。她母親抱起小玉的屍體，放在李生的懷中，讓他呼喚她，終於再也沒有蘇醒過來。李生為她穿孝服喪，日夜哭泣，十分悲痛。將要下葬的前一天晚上，李生忽然看見小玉坐在停放棺材的靈帳中，容貌艷麗，就像活着時一樣。她穿着石榴裙，紫色長袍，紅綠相間的斗篷。斜着身子倚靠在靈帳上，手裡拿着一條繡帶，回頭對李生說：「感謝你來送行，可見還留有幾分情意。我在陰間，能不感歎嗎！」說完，就不見了。第二天，葬在長安城南御宿原。李生送葬到墓地，盡情發泄了自己的哀痛後才回去。

後來過了一個多月，李生和盧氏結了婚。李生一見到以前小玉用過的東西就會引發感傷的情懷，常常鬱鬱不樂。夏季五月，和盧氏同行，返回鄭縣。到達鄭縣十來天後，一次，李生正和盧氏睡覺，忽然床帳外傳來喂喂喂的聲音。李生吃驚地起來察看，看見有一個男子，年紀大約二十多歲，長得溫文爾雅，躲藏在帳幔後面的陰影裡，不斷向盧氏招手。李生驚慌地連忙躍起，繞着帳幔轉了好幾圈，那人卻突然不見了。李生從此心中對盧氏產生了懷疑、厭惡，多方猜忌，夫妻之間的感情

逐漸變得毫無生趣了。有些親戚婉轉地相勸，李生的心情才漸漸平靜下來。

又過了十來天，李生又從外面回來，盧氏正坐在床邊彈琴，忽然看見由門外拋進一個有斑紋的犀牛角雕成的鑲嵌着金花的盒子，直徑一寸多，裡面有一條輕柔的絹帶，繫成同心結的形狀，落在盧氏的懷中。李生打開來看，看見裡面裝着兩顆寄託相思的紅豆，一隻表示祈求的叩頭蟲，和男女用的春藥：一隻發殺觜、一點驢駒媚。李生當即就憤怒地吼叫起來，聲音就像豺狼嚎叫、老虎咆哮一般，抓起琴來就擊打盧氏，逼着她說出實情。盧氏始終也無法表明自己的清白。此後，李生經常粗暴地毆打盧氏，對她百般虐待，終於告到官府，將她休了。

盧氏被休後，李生有時和侍婢姬妾之類的人偶爾同床共枕，隨後便會大加妒忌。甚至有因此被他殺死的。李生曾經遊歷廣陵郡，得到一位出名的美女營十一娘，容貌鮮瑩，風姿嫵媚，李生很喜愛她。每當兩人相對閒坐的時侯，李生就對營氏說：「我曾經在某某地方得到某某女為妾，因為犯了甚麼甚麼過錯，我用甚麼甚麼樣的方法殺了她。」天天說的都是這些話，想讓她害怕自己，以此整肅閨門風氣。李生出門的時候，就用澡盆把營氏蓋在床上，周圍貼好封條，簽署上字樣，回來後定要仔細檢查半天，然後才打開澡盆放出營氏。又收藏了

一把短劍，非常鋒利，他常常對侍妾婢女們說：「這把劍是用信州葛溪生產的好鐵製成的，專門用來砍犯了罪過的人的腦袋！」凡是李生見過的女人，他總是馬上就會產生猜忌之心，以至於接連娶親三次，都跟當初對待盧氏一樣。

⊙

卷
三

古嶽瀆經

原著　李公佐

　　貞元丁丑歲，隴西李公佐泛瀟湘蒼梧。偶遇征南從事弘農楊衡，泊舟古岸，淹留佛寺，江空月浮，徵異話奇。

　　楊告公佐云：「永泰中，李湯任楚州刺史時，有漁人，夜釣於龜山之下。其釣因物所制，不復出。漁者健水，疾沉於下五十丈。見大鐵鎖，盤繞山足，尋不知極。遂告湯。湯命漁人及能水者數十，獲其鎖，力莫能制。加以牛五十餘頭，鎖乃振動，稍稍就岸。時無風濤，驚浪翻湧。觀者大駭。鎖之末見一獸，狀有如猿，白首長鬐，雪牙金爪，闖然上岸，高五丈許。蹲踞之狀若猿猴。但兩目不能開，兀若昏昧。目鼻水流如泉，涎沫腥穢，人不可近。久，乃引頸伸欠，雙目忽開，光彩若電。顧視人焉，欲發狂怒。觀者奔走。獸亦徐徐引鎖拽牛，入水去，竟不復出。

「時楚多知名士，與湯相顧愕慄，不知其由爾。乃漁者時知鑕所，其獸竟不復見。」

公佐至元和八年冬，自常州餞送給事中孟簡至朱方，廉使薛公蘋館待禮備。時扶風馬植，范陽盧簡能，河東裴蘧，皆同館之，環爐會語終夕焉，公佐復說前事，如楊所言。

至九年春，公佐訪古東吳，從太守元公錫泛洞庭，登包山，宿道者周焦君廬，入靈洞，探仙書。石穴間得古《嶽瀆經》第八卷，文字古奇，編次蠹毀，不能解。公佐與焦君共詳讀之：「禹理水，三至桐柏山，驚風走雷，石號木鳴，五伯擁川，天老肅兵，不能興。禹怒，召集百靈，搜命夔龍。桐柏千君長稽首請命。禹因囚鴻蒙氏，章商氏，兜盧氏，犁婁氏。乃獲淮渦水神，名無支祁，善應對言語，辨江淮之淺深，原隰之遠近。形若猿猴，縮鼻高額，青軀白首，金目雪牙。頸伸百尺，力逾九象，搏擊騰踔疾奔，輕利倏忽，聞視不可久。禹授之章律，不能制；授之鳥木由，不能制；授之庚辰，能制。鴟脾桓木魅水靈山祇石怪，奔號聚繞，以數千載。庚辰以戰逐去。頸鎖大索，鼻穿金鈴，徙淮陰之龜山之足下。俾淮水永安流注海也。庚辰之後，皆圖此形者，免淮濤風雨之難。」即李湯之見，與楊衡之說，與《嶽瀆經》符矣。

譯文

　　唐朝貞元十三年，隴西的李公佐乘船遊瀟湘、蒼梧。偶然遇見弘農郡的征南從事楊衡，於是停船在古岸邊，並在佛寺中逗留。當時江面空曠，月映水中，談起一些奇異古怪的事。

　　楊衡告訴公佐說：「永泰年間，李湯做楚州刺史時，有個捕魚人，晚上在龜山下釣魚，他的魚鈎被東西卡住了，不能拉出來。捕魚人水性很好，很快潛到水下五十丈處，看見一條大鐵鏈條，盤繞在山腳下，找不到哪兒是個頭。於是就告訴了李湯。李湯就命捕魚人和數十個識水性的人，打撈這條鐵鏈，但以他們的力量還是不夠。又加上五十多頭牛，鐵鏈才振動了，逐漸被拉近岸邊。這時並沒有風浪，卻狂濤翻湧，看的人都十分害怕。在鏈條的末端看見一隻野獸，形狀有些像猿猴，白色的腦袋，頸後長着長長的毛，雪白的牙齒，金色的爪子，猛地一下子上了岸，有五丈來高。蹲着的樣子像猿猴。只是兩隻眼睛不能張開，呆呆地好像昏然無知似的。眼中鼻孔裡淌着水如泉湧一般，流出的涎沫散發出腥臭難聞的氣味，使人不能靠近。過了很久，才伸伸脖子，打了個哈欠，兩隻眼睛忽然張

開，目光奕奕如電。環視着周圍的人，要發狂怒似的，看的人都逃走了。怪獸也慢慢地扯着鏈條拉着牛沉入水中，再也沒有出來。

「當時楚州有很多博識有名的人，和李湯互相對視着驚懼萬分，都不知道這怪物的由來。這一帶的漁人這時都知道鎖鏈所在的地方，但這頭怪獸最終也沒有再出現。」

公佐在元和八年的冬天，為給事中孟簡餞別，在常州送他去丹陽，廉使薛蘋招待食宿，禮節周到。當時扶風郡的馬植、范陽郡的盧簡能、河東郡的裴蘧，都一同住在那裡。大家圍在爐旁聊天一直到深夜。公佐重新說起以前那件事，像楊衡講的那樣。

到了元和九年春天，公佐出訪古東吳，跟隨太守元錫乘船遊洞庭湖，登包山，住在修道者周焦君的屋裡。進入靈異的山洞裡，去尋找仙書。在岩石的洞穴裡得到了古時的《嶽瀆經》第八卷，上面文字古老奇特，編排次序被蟲蛀壞，不能明白意思。公佐和周焦若一起仔細地研讀它，有如下一段文字：「大禹治水，三次到桐柏山，狂風雷電大作，岩石怒號，樹木悲鳴，五方首領聚集在水邊，三公部署好了兵力，但在風雷威懾之下，不能作戰。大禹發怒，召來百神，命令夔、龍二人出戰，桐柏的許多首領都來叩頭請戰。大禹於是便將鴻蒙氏、章商氏、兜盧氏、犁婁氏等神怪抓住關了起來。這才抓到

了淮水、渦河的水神，叫無支祁，他善於言辭對答，能察看出長江、淮水的深淺，平地的遠近。樣子像猿猴，縮着鼻子，高高的額頭，青色的身軀，白色的腦袋，金色的眼睛，雪白的牙齒。脖子能伸百尺，力氣超過九頭大象，搏擊跳躍奔跑；十分輕巧迅捷，在面前一晃就跑得看不見聽不見了。大禹把他交給章律，不能制服他；交給鳥木由，不能制服他；交給庚辰，才制服他。貓頭鷹精、木魅、水靈、山妖、石怪，跑着叫着聚集圍繞過來，數以千計。庚辰經過戰鬥將妖怪都趕跑了。於是將無支祁脖子上鎖上大鏈條，鼻子中穿上金鈴，遷到淮陰的龜山腳下，使淮水得以永遠平安地流入大海。庚辰之後，人們都畫他的圖形來鎮怪，免除淮水的大風大雨大浪的災害。」這樣李湯見到的，楊衡所說的，都和《嶽瀆經》相符合。

南柯太守傳

原著　李公佐

東平淳于棼，吳楚遊俠之士。嗜酒使氣，不守細行。累巨產，養豪客。曾以武藝補淮南軍裨將，因使酒忤帥，斥逐落魄，縱誕飲酒為事。家住廣陵郡東十里。所居宅南有大古槐一株，枝幹修密，清陰數畝。淳于生日與群豪，大飲其下。

貞元七年[①]九月，因沉醉致疾。時二友人於坐扶生歸家，臥於堂東廡之下。二友謂生曰：「子其寢矣！余將秣馬濯足，俟子小愈而去。」

生解巾就枕，昏然忽忽，彷彿若夢。見二紫衣使

---

① 貞元七年：即公元 791 年。後文敘其卒年說：「後三年，歲在丁丑，亦終於家。」丁丑為貞元十三年（797）。則「七」字當為「十」字之訛。

者，跪拜生曰：「槐安國王遣小臣致命奉邀。」生不覺下榻整衣，隨二使至門。見青油小車，駕以四牡，左右從者七八，扶生上車，出大戶，指古槐穴而去。使者即驅入穴中。生意頗甚異之，不敢致問。

忽見山川風候草木道路，與人世甚殊。前行數十里，有郛郭城堞。車輿人物，不絕於路。生左右傳車者傳呼甚嚴，行者亦爭闢於左右。又入大城，朱門重樓，樓上有金書，題曰「大槐安國」。

執門者趨拜奔走。旋有一騎傳呼曰：「王以駙馬遠降，令且息東華館。」因前導而去。俄見一門洞開，生降車而入。彩檻雕楹，華木珍果，列植於庭下；几案茵褥，簾幃餚膳，陳設於庭上。生心甚自悅。復有呼曰：「右相且至。」生降階祗奉。有一人紫衣象簡前趨，賓主之儀敬盡焉。右相曰：「寡君不以敝國遠僻，奉迎君子，託以姻親。」生曰：「某以賤劣之軀，豈敢是望？」

右相因請生同詣其所。行可百步，入朱門。矛戟斧鉞，佈列左右，軍吏數百，辟易道側。生有平生酒徒周弁者，亦趨其中，生私心悅之，不敢前問。右相引生升廣殿，御衛嚴肅，若至尊之所。見一人長大端嚴，居正位，衣素練服，簪朱華冠。生戰慄，不敢仰視，左右侍者令生拜。王曰：「前奉賢尊命，不棄小國，許令次女瑤

芳奉事君子。」生但俯伏而已，不敢致詞。王曰：「且就賓宇，續造儀式。」有旨，右相亦與生偕還館舍。生思念之，意以為父在邊將，因歿虜中，不知存亡。將謂父北蕃交遜，而致茲事。心甚迷惑，不知其由。

是夕，羔雁幣帛，威容儀度，妓樂絲竹，餚膳燈燭，車騎禮物之用，無不咸備。有群女，或稱華陽姑，或稱青溪姑，或稱上仙子，或稱下仙子，若是者數輩。皆侍從數十，冠翠鳳冠，衣金霞帔，采碧金鈿，目不可視。遨遊戲樂，往來其門，爭以淳于郎為戲弄。風態妖麗，言詞巧豔，生莫能對。

復有一女謂生曰：「昨上巳日，吾從靈芝夫人過禪智寺，於天竺院觀右延舞《婆羅門》。吾與諸女坐北牖石榻上，時君少年，亦解騎來看。君獨強來親洽，言調笑謔。吾與窮英妹結絳巾，掛於竹枝上，君獨不憶念之乎？又七月十六日，吾於孝感寺侍上真子，聽契玄法師講《觀音經》。吾於講下捨金鳳釵兩隻，上真子捨水犀合子一枚。時君亦講筵中於師處請釵合視之。賞歎再三，嗟異良久。顧余輩曰：『人之與物，皆非世間所有。』或問吾氏，或訪吾里。吾亦不答。情意戀戀，矚盼不捨。君豈不思念之乎？」生曰：「中心藏之，何日忘之。」群女曰：「不意今日與君為眷屬。」

復有三人，冠帶甚偉，前拜生曰：「奉命為駙馬相者。」中一人與生且故。生指曰：「子非馮翊田子華乎？」田曰：「然。」生前，執手敘舊久之。生謂曰：「子何以居此？」子華曰：「吾放遊，獲受知於右相武成侯段公，因以棲託。」生復問曰：「周弁在此，知之乎？」子華曰：「周生，貴人也。職為司隸，權勢甚盛。吾數蒙庇護。」言笑甚歡。

俄傳聲曰：「駙馬可進矣。」三子取劍佩冕服，更衣之。子華曰：「不意今日獲睹盛禮，無以相忘也。」

有仙姬數十，奏諸異樂，婉轉清亮，曲調淒悲，非人間之所聞聽。有執燭引導者，亦數十。左右見金翠步障，彩碧玲瓏，不斷數里。生端坐車中，心意恍惚，甚不自安。田子華數言笑以解之。向者群女姑娣，各乘鳳翼輦，亦往來其間。至一門，號「修儀宮」。群仙姑娣亦紛然在側，令生降車輦拜，揖讓升降，一如人間。徹障去扇，見一女子，云號金枝公主。年可十四五，儼若神仙。交歡之禮，頗亦明顯。

生自爾情義日洽，榮曜日盛。出入車服，遊宴賓御，次於王者。

王命生與群寮備武衛，大獵於國西靈龜山。山阜峻秀，川澤廣遠，林樹豐茂，飛禽走獸，無不蓄之。師徒

大獲,竟夕而還。

生因他日,啟王曰:「臣頃結好之日,大王云奉臣父之命。臣父頃佐邊將,用兵失利,陷沒胡中。爾來絕書信十七八歲矣。王既知所在,臣請一往拜覲。」王遽謂曰:「親家翁職守北土,信問不絕。卿但具書狀知聞,未用便去。」遂命妻致饋賀之禮,一以遣之。

數夕還答。生驗書本意,皆父平生之跡。書中憶念教誨,情意委曲,皆如昔年。復問生親戚存亡,閭里興廢。復言路道乖遠,風煙阻絕。詞意悲苦,言語哀傷。又不令生來覲,云:「歲在丁丑,當與汝相見。」生捧書悲咽,情不自堪。

他日,妻謂生曰:「子豈不思為政乎?」生曰:「我放蕩不習政事。」妻曰:「卿但為之。余當奉贊。」妻遂白於王。累日,謂生曰:「吾南柯政事不理,太守黜廢。欲藉卿才,可曲屈之。便與小女同行。」生敦授教命。王遂勒有司備太守行李。因出金玉錦繡,箱奩僕妾車馬,列於廣衢,以餞公主之行。

生少遊俠,曾不敢有望,至是甚悅。因上表曰:「臣將門餘子,素無藝術,猥當大任,必敗朝章。自悲負乘,坐致覆餗。今欲廣求賢哲,以贊不逮。伏見司隸潁川周弁,忠亮剛直,守法不固,有毗佐之器。處士馮

翊田子華，清慎通變，達政化之源。二人與臣有十年之舊，備知才用。可託政事。周請署南柯司憲，田請署司農。庶使臣政績有聞，憲章不紊也。」王並依表以遣之。

其夕，王與夫人餞於國南。王謂生曰：「南柯國之大郡，土地豐壤，人物豪盛，非惠政不能以治之。況有周田二贊。卿其勉之，以副國念。」夫人戒公主曰：「淳于郎性剛好酒，加之少年。為婦之道，貴乎柔順。爾善事之，吾無憂矣。南柯雖封境不遙，晨昏有間。今日睽別，寧不沾巾。」

生與妻拜首南去，登車擁騎，言笑甚歡。累夕達郡。郡有官吏，僧道，耆老，音樂，車輿，武衛，鑾鈴，爭來迎奉。人物闐咽，鐘鼓喧嘩，不絕十數里。見雉堞台觀，佳氣鬱鬱。入大城門，門亦有大榜，題以金字，曰「南柯郡城」。見朱軒棨戶，森然深邃。生下車，省風俗，療病苦，政事委以周、田，郡中大理。自守郡二十載，風化廣被，百姓歌謠，建功德碑，立生祠宇。王甚重之。賜食邑，錫爵位，居台輔。周、田皆以政治著聞，遞遷大位。生有五男二女。男以門蔭授官，女亦聘於王族。榮耀顯赫，一時之盛，代莫比之。

是歲，有檀蘿國者，來伐是郡。王命生練將訓師以征之。乃表周弁將兵三萬，以拒賊之眾於瑤台城。弁剛

勇輕敵，師徒敗績。弁單騎裸身潛遁，夜歸城。賊亦收
輜重鎧甲而還。生因囚弁以請罪。王並捨之。是月，司
憲周弁疽發背，卒。生妻公主遘疾，旬日又薨。生因請
罷郡，護喪赴國。王許之。便以司農田子華行南柯太守
事。生哀慟發引，威儀在途，男女叫號，人吏奠饌，攀
轅遮道者不可勝數。遂達於國。王與夫人素衣哭於郊，
候靈轝之至。謚公主曰「順儀公主」。備儀仗羽葆鼓吹，
葬於國東十里盤龍岡。是月，故司憲子榮信，亦護喪
赴國。

生久鎮外藩，結好中國，貴門豪族，靡不是洽。自
罷郡還國，出入無恆，交遊賓從，威福日盛。王意疑憚
之。時有國人上表云：「玄象謫見，國有大恐。都邑遷
徙，守廟崩壞。釁起他族，事在蕭牆。」時議以生侈僭
之應也。遂奪生侍衛，禁生遊從，處之私第。生自恃守
郡多年，曾無敗政，流言怨悖，鬱鬱不樂。王亦知之。
因命生曰：「姻親二十餘年，不幸小女夭枉，不得與君子
偕老，良用痛傷。」夫人因留孫自鞠育之。又謂生曰：
「卿離家多時，可暫歸本里，一見親族，諸孫留此，無以
為念，後三年，當令迎卿。」生曰：「此乃家矣，何更歸
焉？」王笑曰：「卿本人間，家非在此。」生忽若昏睡，
曶然久之，方乃發悟前事，遂流涕請還。王顧左右以送

生。生再拜而去，復見前二紫衣使者從焉。至大戶外，見所乘車甚劣，左右親使御僕，遂無一人，心甚歡異。

生上車，行可數里，復出大城。宛是昔年東來之途，山川原野，依然如舊。所送二使者，甚無威勢。生逾怏怏。生問使者曰：「廣陵郡何時可到？」二使謳歌自若，久乃答曰：「少頃即至。」俄出一穴，見本里閭巷，不改往日，潸然自悲，不覺流涕。二使者引生下車，入其門，升其階，己身臥於堂東廡之下。生甚驚畏，不敢前近。二使因大呼生之姓名數聲，生遂發寤如初。見家之僮僕擁篲於庭，二客濯足於榻，斜日未隱於西垣，餘樽尚湛於東牖。夢中倏忽，若度一世矣。

生感念嗟歎，遂呼二客而語之。驚駭，因與生出外，尋槐下穴。生指曰：「此即夢中所經入處。」二客將謂狐狸木媚之所為祟。遂命僕夫荷斤斧，斷擁腫，折查枿，尋穴究源。旁可袤丈。有大穴，根洞然明朗，可容一榻。上有積土壤以為城郭台殿之狀。有蟻數斛，隱聚其中。中有小台，其色若丹，二大蟻處之，素翼朱首，長可三寸。左右大蟻數十輔之，諸蟻不敢近。此其王矣。即槐安國都也。

又窮一穴，直上南枝可四丈，宛轉方中，亦有土城小樓，群蟻亦處其中，即生所領南柯郡也。

又一穴：西去二丈，磅礴空圬，嵌窞異狀。中有一腐龜殼，大如斗。積雨浸潤，小草叢生，繁茂翳薈，掩映振殼，即生所獵靈龜山也。

又窮一穴：東去丈餘，古根盤屈，若龍虺之狀。中有小土壤，高尺餘，即生所葬妻盤龍岡之墓也。

追想前事，感歎於懷，披閱窮跡，皆符所夢。不欲二客壞之，遽令掩塞如舊。

是夕，風雨暴發。旦視其穴，遂失群蟻，莫知所去。故先言「國有大恐，都邑遷徙」，此其驗矣。

復念檀蘿征伐之事，又請二客訪跡於外。宅東一里有古涸澗，側有大檀樹一株，藤蘿擁織，上不見日。旁有小穴，亦有群蟻隱聚其間。檀蘿之國，豈非此耶。

嗟乎！蟻之靈異，猶不可窮，況山藏木伏之大者所變化乎？

時生酒徒周弁、田子華並居六合縣，不與生過從旬日矣。生遽遣家僮疾往候之。周生暴疾已逝，田子華亦寢疾於床。生感南柯之浮虛，悟人世之倏忽，遂棲心道門，絕棄酒色。後三年，歲在丁丑，亦終於家。時年四十七，將符宿契之限矣。

公佐貞元十八年秋八月，自吳之洛，暫泊淮浦，偶覿淳于生棼，詢訪遺跡，翻覆再三，事皆摭實，輒編

錄成傳，以資好事。雖稽神語怪，事涉非經，而竊位着
生，冀將為戒。後之君子，幸以南柯為偶然，無以名位
驕於天壤間云。

　　前華州參軍李肇贊曰：

　　貴極祿位，權傾國都，達人視此，蟻聚何殊！

譯文

　　東平淳于棼，是吳楚地區的一名豪俠。他喜歡喝酒，意氣用事，不拘小節。積攢了巨額家產，並養了一批強橫的有本事的門客，還曾經因為武藝高強，補充缺額做過淮南軍的副將，但因酒後衝撞了主帥，而被罷去官職，攆了出來。於是變得更加放浪不拘，整日飲酒解悶。他家住在廣陵城東面十里處。房子的南面有一株大古槐樹，枝葉繁茂，綠蔭覆蓋着好幾畝地，淳于棼每天與一群豪放的朋友在樹下狂飲。

　　貞元七年 ① 九月的一天，淳于棼因喝得酩酊大醉而得病。兩個朋友把他從席上扶回家，讓他躺在廳堂東邊的廊屋裡。兩個朋友對他說：「你就睡吧，我們去餵馬洗腳，等你好一些再走。」

　　淳于棼解開頭巾就睡了，昏昏沉沉，好像在做夢。看見兩個穿紫衣的差官，向他跪拜道：「槐安國王派小臣前來邀請您。」

---

① 　貞元七年：即公元 791 年。後文敘其卒年說：「後三年，歲在丁丑，亦終於家。」丁丑為貞元十三年（797）。則「七」字當為「十」字之訛。

淳于棼不知不覺地下了床，整整衣服，跟着兩個差官到了門口。看見四匹駿馬拉着一輛青色油漆的小車，兩邊跟着七八個僕從，扶着他上了車，出了大門，向着古槐樹的樹洞跑去。差官把馬車趕進洞中，淳于棼感到十分奇怪，但不敢詢問。

忽然看見眼前的山川景色、風物氣候、草木道路，都和人世間的很不一樣。再往前走了幾十里，便看見了外城的城牆，車輛行人不斷地在路上來來往往。他車旁的隨從人員大聲吆喝着，行人也趕緊躲避到路的兩旁。車又跑進了一座大城，紅色的城門，高高的城樓，城樓上寫着金字，題作「大槐安國」。

守護城門的人急忙跑過來行禮。接着有一個騎馬的人跑來傳令說：「國王說駙馬遠道而來，先在東華館休息。」說着就在前面引路。一會兒就看見一座房子的門敞開着。淳于棼下車走了進去，只見裡面有彩繪的欄桿，雕花的柱子；珍奇的花木果樹整齊地種植在庭院裡；廳上陳設着桌椅、坐墊、幃帳等，還有一桌豐盛的酒席。淳于棼心裡十分高興。又聽見人喊：「右丞相駕到。」淳于棼下階恭敬地迎候。便有一個人穿着紫色官袍，手裡拿着象牙朝笏進來了，賓主雙方都恭敬地行完禮。右丞相說：「國王不顧忌我們小國地處荒遠偏僻而把先生請來，是想把女兒嫁給您，和您結一門姻親。」淳于棼說：「我是個平庸卑微的人，哪裡敢有這種奢望？」

右丞相於是請淳于棼一起前往宮廷。走了大約百步路，

進了一道紅色的大門，便看見矛、戟、斧、鉞等各式兵器佈列在大門兩側，幾百名官兵退立在路旁。淳于棼有個平時喝酒的朋友周弁，也在其中。淳于棼心中暗自高興，但不敢上前去問他。右丞相領着淳于棼走上一座宏偉的宮殿，警衛森嚴，像是到了皇帝所在的地方。他看見一個人身材魁偉，儀態端正嚴肅，坐在正中的寶座上，穿着白色的絹袍，戴着紅色的花冠。淳于棼嚇得直打哆嗦，不敢抬頭看。兩邊的侍衛叫他跪拜。國王說：「前些時候奉令尊之命，承蒙他不嫌棄我這個小國，允許我的二女兒瑤芳，嫁給先生你做妻子。」淳于棼只是俯伏在地上，不敢答話。國王說：「你暫且先到賓館中住下，接下來就舉行婚禮。」下達了聖旨，右丞相也與淳于棼一起回賓館住處。淳于棼想着他父親許婚的事，原以為父親在邊地帶兵，被敵人俘虜，不知生死存亡。難道說父親和北番和解，而促成了這件事，心裡很迷惑，不知道到底是甚麼原因。

這天晚上，羔羊、鴻雁、金錢、綢緞等禮物，隆重氣派的婚禮排場禮節，藝妓、歌舞、音樂、酒菜、燈燭、車馬等無不一應俱備。還有一群女子，有的叫華陽姑，有的叫青溪姑，有的叫上仙子，有的叫下仙子，像這樣的有好幾位。每人都有幾十個侍從跟着，她們戴着翠鳳冠，披着金霞帔，金鑲玉嵌的首飾，光彩奪目。往來於他們的房中，爭着調笑新郎淳于棼。她們風姿妖嬈，言語俏皮，淳于棼連話也答不上來。

又有一個女子對淳于棼說：「從前三月初三上巳節那天，我跟從靈芝夫人經過禪智寺，在天竺院看西域人石延跳《婆羅門》舞。我與女伴們坐在北窗下的石榻上，那時你還年輕，也下馬來觀看。你一個人硬是要過來和我們親近，開玩笑逗樂。我和窮英妹妹用紅手巾打了個結，掛在竹枝上，你難道不記得了嗎？還有七月十六日，我在孝感寺侍奉上真子，聽契玄法師講《觀音經》。我在講壇下施捨了兩隻金鳳釵，上真子施捨了一個水犀盒子。當時你也在講堂中，向法師要求看一看金釵和盒子，看後讚歎詫異了很久，又回頭對我們說：『人和施捨的東西，都不是世上所有的。』接着又是打聽我的姓氏，又是詢問我的住處。我也不回答，你含情脈脈地注視着我，捨不得離去。你難道也想不起來了嗎？」淳于棼引了《詩經》中的兩句話說：「中心藏之，何日忘之。」意謂長記在心。女伴們笑說：「想不到今天與你成為眷屬了吧！」

這時又過來三個男子，穿戴得十分華貴，上前向淳于棼施禮說：「我們奉命來做駙馬的儐相。」其中有一個人和淳于棼還是老朋友。淳于棼指着他說：「你不是馮翊郡的田子華嗎？」田子華說：「正是。」淳于棼上前拉着他的手，和他談了很長時間過去的事。淳于棼問道：「你怎麼住在這裡？」子華回答說：「我到處漫遊，碰上了右丞相武成侯段公，對我知遇賞識，因此就在這裡住下來了。」淳于棼又問：「周弁在這裡，你知

道嗎？」子華說：「周弁是貴人了，現擔任負責京郊治安的司隸官職，權勢很大。我好幾次得到他的庇護。」兩人談笑十分高興。

一會兒傳話說：「駙馬可以進去了。」三位儐相拿來寶劍、佩玉、官帽、官服，請淳于棼更換。子華說：「沒想到今天能看到您盛大的結婚典禮，以後您可別忘了我。」

這時有幾十個仙女奏起了各種美妙奇異的音樂，婉轉清亮，聲調淒愴哀怨，不是人間所能聽到的。還有拿着蠟燭在前面作引導的仙女，也有幾十個。左右兩旁張着金線和翠鳥羽毛裝飾起來的移動屏障，碧光耀彩，精巧玲瓏，連綿不斷，長達數里。淳于棼端端正正坐在車中，心中恍恍惚惚的，十分不安。田子華連連和他說笑來寬慰他。剛才見過的那群女子姑姊，各自坐着鳳翼宮車，也在中間穿插來往。到了一座門前，上面寫着「修儀宮」。那群仙女姑姊紛紛簇擁在旁，讓淳于棼下車拜見，打躬作揖、進退謙讓，禮節都和人間一樣。挑去新娘障面的蓋頭紅紗巾，淳于棼看見一個女子，聽說叫「金枝公主」。年紀大約十四五歲，簡直跟神仙一般。結婚的各項禮儀，都井然有序。

從此以後，淳于棼和公主的感情一天比一天融洽，聲望榮譽也一天比一天高。出入的車馬服飾，宴會的氣派排場，僅次於國王。

國王讓淳于棼和群臣們帶着軍隊，去都城西邊的靈龜山打獵。靈龜山山勢峻峭秀麗，河澤廣闊，樹木茂盛，飛禽走獸，無所不養。將士們都大有獵獲，直到深夜才返回。

　　另外有一天，淳于棼啟奏國王説：「不久之前我結婚的那天，大王説這一切都是遵循我父親的囑託。我父親原來是守邊的將領，因為作戰失利，陷身在番邦。直到現在斷絕書信十七八年了。大王既然知道他在哪裡，我想前去探望一次。」國王馬上説道：「親家翁的職責是守衛北方邊疆，信息一直沒有斷過，你只須寫封信去問候，溝通消息，用不着馬上就去。」淳于棼於是就讓妻子準備了一份饋贈賀禮，派專人送去。

　　過了幾天，回信來了。淳于棼細讀一通，驗證信裡所説，都是父親一生的經歷。信中還寫了想念和教誨的話語，情意委婉曲折，都和當年一樣。還問他親戚中誰健在誰去世了，鄉里情況好壞，等等。又説道路相距遙遠，使得音信隔絕。詞意悲苦，言談中也很感傷。但又不讓淳于棼來拜見，説：「到了丁丑的那一年，我一定會和你見面的。」淳于棼捧着書信嗚咽起來，情不自禁。

　　有一天，妻子對淳于棼説：「你難道不想做官嗎？」淳于棼説：「我生性放蕩，不習慣從事政務。」妻子説：「你只要去做，我會幫助你的。」她就去對國王説了。過了些日子，國王對淳于棼説：「我的南柯郡治理得不好，太守已經被罷免了。

南柯太守傳　177

我想藉助你的才能，委屈你就任此官，就和小女一起去吧！」淳于棼恭敬地接受了國王的命令。國王就敕令有關部門準備太守的行裝。於是拿出金玉、錦繡、箱奩，以及男女僕人、車馬等，都排列在大路上，為公主餞行。

淳于棼年輕時出遊行俠，從來不敢有做官的念頭，碰到現在這樣幸運的事心裡十分高興。就上書說：「我是將門之子，向來沒有學問和治理政事的經驗，卻要擔當這樣的重任，一定會搞壞國家政事的。自己害怕勉強接受了力不勝任的重託，結果把事情搞糟了。現在想多找一些有才能有德行的人，來幫助我照料力所不及的地方。我看現任司隸的潁川人周弁，忠誠正直，嚴守法度而不屈曲，具有輔助政事的才能，還有尚未任職很具才能的馮翊人田子華，清正謹慎，遇事能變通，十分了解政治教化的本源。這兩個人和我都有十年的交情，我完全了解他們的才幹和長處，可以把政事託付給他們。請委派周弁任南柯司法官，委派田子華任司農官。這樣也許能使我在政治上作出一些成績來，使國家的法度章程有條不紊。」國王都按上書的意見派遣了他們。

這天晚上，國王和夫人在京城南門外為他們餞行。國王對淳于棼說：「南柯是我國的大郡，土地肥沃，人才濟濟，非用愛民的政治不能治理好它。況且還有周弁、田子華兩位做助手。你一定要好好幹，不辜負國家對你的期望。」夫人叮囑公

主説：「淳于郎性情剛烈，喜歡喝酒，加上年紀輕。你做妻子的貴在柔順體貼。你要好好服侍他，我就沒甚麼可擔心的了。南柯郡雖然離京城不遠，但早晚不能跟父母見面。今日和你分別，怎能叫我不傷心流淚呢！」

淳于棼和公主磕頭拜別，向南而去。他們乘上車，一行人騎着馬簇擁着，一路言談説笑十分開心。走了幾天就到南柯郡了。郡中的官吏、僧道、老人、樂隊、車子、侍衛，還有太守乘的掛着鸞鈴的車馬，都爭相出來迎接。人馬喧鬧，鐘鼓齊鳴，聲音響徹十多里地。遠遠望見城牆、樓台，一片興旺氣象。進入了高大的城門，門上也有一塊大匾，題着金字「南柯郡城」。又走到太守的府第，只見紅色的門戶外掛着表示威嚴的劍戟，威武森嚴，第宅重重幽深。淳于棼到任之後，就去察看民風民俗，解除百姓疾苦。行政事務委託給周弁、田子華等處理，整個郡被治理得井井有條。在淳于棼做太守的二十年中，好的社會風氣被普遍推行，百姓編了歌謠來頌揚他，為他樹立歌功頌德的石碑，在他生前就為他建好祠堂祈神降福。國王十分看重他，賞賜他封地、爵祿，讓他高居三公的地位。周弁、田子華也都因為治理政務有方，名聲卓著，屢升高官。淳于棼生了五個兒子，兩個女兒。兒子都因父輩的功勞和地位，蔭襲做了官，女兒都和王族子弟訂了婚。榮耀顯赫，一時沒有人能比得上他的。

這一年，有個檀蘿國來侵犯南柯郡。國王命令淳于棼訓練軍隊去討伐他。淳于棼便舉薦周弁，讓他率領三萬兵，在理台城抵禦敵軍主力。周弁勇猛輕敵，結果打了一個大敗仗。周弁單身匹馬，乘着夜色逃回城中。敵軍將敗軍丟棄的糧草、物資、鎧甲擄獲一空，收兵回去了。淳于棼因此把周弁抓起來，解送他去請罪。國王饒恕了他們。就在這個月，司法官周弁背上長了一個大毒瘡，死掉了。淳于棼的妻子金枝公主也得了病，過了十天也去世了。淳于棼於是請求解除自己太守的職務，去京城護靈柩主持喪事。國王答應了，便讓司農田子華代理南柯太守的職務。淳于棼悲痛地自執引索，挽靈車出發。威嚴的儀仗隊走在路上，男男女女都號哭相送，官吏們紛紛陳設饌食祭奠亡靈。沿途攀住車轅，擋住道路，想來挽留淳于棼的人多得數不清，就這樣到達京城。國王和夫人穿着素衣，在郊外哭泣，等候靈車的到來。賜給公主謚號為「順儀公主」。他們還準備了儀仗、華蓋和樂隊為公主送喪，將她葬在京城東面十里的盤龍岡上。同月，才故去的司法官周弁的兒子榮信，也護送他亡父的靈柩來到京城。

　　淳于棼長期鎮守外郡，跟朝中的文武官員都有交情，豪門貴族沒有一個不和他要好的。自從辭去郡守回到京城後，出入無常，結交很廣，威望和享用一天比一天高。國王心中有些疑忌和懼怕。這時有人上書說：「天象有責罰我們的預兆，國

家會有大災難：到時候國都要遷移，宗廟要毀壞，事端是由別姓的宗族引起的，但災禍卻發生在自己內部。」當時人們議論認為是淳于棼權勢太盛並有非分的行為的應驗。於是就調走了淳于棼的衛隊，禁止他交遊，把他軟禁在家中。淳于棼自恃做了多年的州郡太守，沒有甚麼不好的政績，現在反遭流言蜚語的中傷，心裡悶悶不樂。國王也知道他的心境，於是對他說：「我們做了二十多年的親戚，不幸我的小女夭折，不能和你共度晚年，實在令人悲痛。」國王夫人便把外孫和外孫女留在身邊親自撫養。國王又對淳于棼說：「你離家已經很久了，可以暫回故鄉，去探望一下親戚。外孫兒女留在這裡，不必掛念。三年以後，一定會派人去接你的。」淳于棼說：「這就是我的家了，叫我再回到哪裡去呢？」國王笑着說：「你本住在人間，家並不是在這裡。」淳于棼忽然好像在昏昏沉沉的睡夢中，迷迷糊糊過了很長時間，才想起以前的事，於是流着眼淚，請求回去。國王示意左右的人去送他，淳于棼拜了兩拜就出來了。淳于棼又看見以前那兩個穿紫衣的差官跟着他。到了大門外，看見給他準備乘坐的車子很簡陋，身邊的親信僕人一個也沒有了，心中慨歎，感到十分奇怪。

　　他上車走了大約幾里路，又出了大城，一切都像當年東來時走過的路，山川原野，也依然如舊。送他的兩個差官，毫無威嚴聲勢，淳于棼心裡更加不愉快，他問差官道：「廣陵

郡甚麼時候可以到？」兩個差官只管自得其樂地唱着歌，過了很久才回答道：「馬上就到。」一會兒走出一個洞穴，淳于棼看見本鄉的里弄，和以前沒有甚麼改變，忍不住傷感起來，不知不覺地流下了眼淚。兩個差官領着他下了車，進了門，走上台階，他看見自己的身體躺在廳堂東邊的廊屋裡，感到驚奇害怕，不敢靠近。兩個差官就大叫他的姓名好幾聲，他才醒過來。看見家裡的僕人拿着掃帚在掃庭院，兩個客人在床邊洗腳，夕陽還沒從西牆上落下，東窗下的酒杯裡，還有喝剩下來的酒在那裡閃着清光。夢是那麼短暫，卻好像已過了一生一樣。

淳于棼感慨歎息，就把兩個客人叫過來，告訴他們夢中的一切。他們都十分驚訝。於是和淳于棼一道走到外面，尋找槐樹下的那個洞。淳于棼指點說：「這就是我夢中進去的地方。」兩個客人都說恐怕是狐狸精和樹妖在作怪，就叫僕人拿斧子，砍掉樹幹，掘斷樹根，尋找洞穴的源頭。樹旁一丈來遠，有一個大洞相通，樹根下明朗透亮，可以放得下一張床。樹根上的地面堆着土，壘成城郭台殿的樣子。有好幾斛螞蟻暗中聚集在裡面。中間有個小台，顏色好像丹砂，兩隻大螞蟻住在上面，白色的翅膀，紅色的頭，大約三寸來長，周圍有幾十隻大螞蟻護衛着，其他的螞蟻不敢靠近：這就是他們的大王了，也就是槐安國的京城。

接着又挖到一個洞，直通南面的枝丫上，大約四丈遠。曲曲折折的蟻穴如墓道一般，也有土城小樓，也有很多螞蟻住在裡面，這就是淳于棼治理過的南柯郡了。

　　還有一個洞，在西面兩丈光景，廣大寬闊，四面塗抹了泥土，洞穴凹陷得很特別，其中有一個腐爛的烏龜殼，大如斗，因為積在裡面的雨水的濕潤，致使小草叢生，十分茂密，遮掩並拂拭着龜殼，這就是淳于棼打獵過的靈龜山了。

　　又挖出一個洞，在東面一丈多遠，古老的樹根盤盤曲曲，好像龍蛇一般，裡面有個小土堆，一尺多高，那就是淳于棼埋葬妻子的盤龍岡墓地。

　　淳于棼追想夢中發生的事，心中十分感歎，察看挖掘出來的蟻穴痕跡，都和夢中情景相符。他不願意讓兩位朋友毀壞它，就連忙叫人還按原來的樣子將它掩蓋堵塞起來。

　　這天晚上，突然颳起大風，下起了暴雨。天亮去看那些洞，所有的螞蟻都不見了，也不知它們去往哪裡。所以先前說的「國家有大災難，京城要遷移」的話，現在也應驗了。

　　淳于棼又想起了征討檀蘿國的事，又請兩位朋友在外面尋找痕跡。住宅東面一里路的地方，有一條乾涸了的古老山澗，旁邊有一株大檀樹，藤蘿交織纏繞着，抬頭不見天日。旁邊有個小洞，也有一群螞蟻聚集在裡面。檀蘿國莫非就是這個地方嗎！

唉！螞蟻的靈異之處，已經不可知其究竟了，更何況山林之中隱藏着的大動物所能有的變化呢！

當時淳于棼的酒友周弁、田子華都住在六合縣，已經有十來天沒和淳于棼來往了。淳于棼連忙派僕人趕去問候他們。才知周弁得了急病，已經去世；田子華也生病躺在床上。淳于棼感慨南柯一夢的虛妄，領悟到人生的短暫，於是棄絕慾念，一心信奉道教，戒掉了酒色。過了三年，在丁丑那年，也死於家中，享年四十七歲，正符合夢中國王說的和父親來信中約定的期限。

貞元十八年秋八月，公佐從吳郡到洛陽，船暫時停泊在淮水岸邊。因偶然的機會，看到淳于棼的遺像，便尋訪了那些遺跡，再三詢問調查，事情都取得了確證，就把它寫成一篇傳記，以供喜歡奇聞逸事的人作為談論的材料。雖然事涉論神說怪，不合先聖經書的教導，然而對於那些一味鑽營利祿、依附權貴的人，我倒希望他們能從中吸取教訓，引以為戒。後世的人，最好把榮華富貴只看作南柯一夢那樣偶然，不要再拿名利地位在人世間炫耀驕傲了。

前任華州參軍李肇有贊詞說：

爵祿地位尊貴已極，權力之大國中第一。

在見識高超的人看來，與螞蟻相聚有何差異？

廬江馮媼傳

原著　李公佐

　　馮媼者，廬江里中嗇夫之婦，窮寡無子，為鄉民賤棄。元和四年，淮楚大歉。媼逐食於舒，途經牧犢墅。暝值風雨，止於桑下。忽見路隅一室，燈燭熒熒。媼因詣求宿。見一女子，年二十餘，容服美麗，攜三歲兒，倚門悲泣。前，又見老叟與媼，據床而坐。神氣慘戚，言語咕囁，有若徵索財物，追逐之狀。見馮媼至，叟媼默然捨去。女久乃止泣，入戶備饌食，理床榻，邀媼食息焉。媼問其故。女復泣曰：「此兒父，我之夫也。明日別娶。」媼曰：「向者二老人，何人也？於汝何求，而發怒？」女曰：「我舅姑也。今嗣子別娶，徵我筐筥刀尺祭祀舊物，以授新人。我不忍與，是有斯責。」媼曰：「汝前夫何在？」女曰：「我淮陰令梁倩女，適董氏七年。有

二男一女。男皆隨父，女即此也。今前邑中董江，即其
人也。江官為鄞丞，家累巨產。」發言不勝嗚咽，媼不
之異；又久困寒餓，得美食甘寢，不復言。女泣至曉。

媼辭去，行二十里，至桐城縣。縣東有甲第，張
簾帷，具羔雁，人物紛然，云今夕有官家禮事。媼問其
郎，即董江也。媼曰：「董有妻，何更娶焉？」邑人曰：「董
妻及女亡矣。」媼曰：「昨宵我遇雨，寄宿董妻梁氏舍，
何得言亡？」邑人詢其處，即董妻墓也。詢其二老容貌，
即董江之先父母也。

董江本舒州人，里中之人皆得詳之。有告董江者，
董以妖妄罪之，令部者迫逐媼去。媼言於邑人，邑人皆
為感歎。是夕，董竟就婚焉。

元和六年夏五月，江淮從事李公佐使至京，回次漢
南，與渤海高鉞，天水趙儹，河南宇文鼎會於傳舍。宵
話徵異，各盡見聞。鉞具道其事，公佐為之傳。

譯文

　　馮媼原是盧江里中小鄉官的妻子，貧窮守寡沒有兒子，被鄉里人鄙視厭棄。元和四年，淮、楚一帶大災，馮媼就去舒州乞食，路上經過牧犢墅。天色已晚，碰上風雨，就在桑樹下躲雨。忽然看見路旁有間房屋，燭燈之光亮着。馮媼就前去借宿。看見一個女子，二十多歲，長相服飾十分美麗，領着一個三歲的孩子，靠在門邊悲傷地哭泣。再上前，又看見一個老頭和一個老婦人，坐在床椅上。神情很悲慘悽切，低聲說話，嘀嘀咕咕，好像要討財物，逼迫很緊的樣子。見到馮媼來，老頭、老婦人就默默地走開了，那女子很久才止住哭泣，進到屋裡準備招待客人的飯食，整理好床鋪，請馮媼享用休息。馮媼問她緣故。女子又哭泣說：「這孩子的父親，就是我的丈夫，明天就要另外娶親了。」馮媼問：「剛才的兩個老人是誰？對你有甚麼要求，為甚麼生氣？」女子回答說：「是我的公婆。如今他們的孩子另外娶親，向我要籮筐、刀尺、祭祀用的舊物，來給新人。我不忍心給，因此受到責備。」馮媼問：「你的前夫在哪裡？」女子回答說：「我是淮陰縣令梁倩的女兒，嫁給

姓董的已有七年了。生有兩男一女。男孩子都跟隨父親，女孩子就是這個。如今前面縣城裡的董江，就是那個人。董江的官職是鄮縣縣丞，家中積累了巨額的財產。」女子説話時不住地哽咽。馮媼不再覺得奇怪，加上受凍捱餓了好一會，有了可口飯菜，舒適的住處，就不再説甚麼了。女子一直哭泣到天明。

馮媼告辭離去，走了二十里路，到了桐城縣。縣城東面有一座很大的住宅，正在張掛簾帷，準備結婚禮品，人群熙熙攘攘，説今天晚上有官家舉行婚禮。馮媼問新郎姓名，正是董江。馮媼説：「董江有妻子，為甚麼要另娶？」縣裡的人説：「董江的妻子和女兒都死了。」馮媼説：「昨天晚上我碰上下雨，就寄宿在董江妻子梁氏的家中，為甚麼説她已經死了？」縣裡的人問她地點，正是董江妻子的墓地所在。詢問她兩位老人的容貌，正是董江去世的父母。

董江本是舒州人，里中人都很熟悉他。有人將此事告訴董江，董江就以妖言惑眾加罪於馮媼，命令手下人強行驅逐她離去。馮媼對縣裡的人述説了經過，人們都頗為之而感歎。這天晚上，董江還是舉行了婚禮。

元和六年夏五月，江淮從事李公佐被派遣去京都，回來路經漢南，與渤海的高鉞、天水的趙儹、河南的宇文鼎在驛站客房中聚會。通宵談論些奇異的事，大家各自敍説見聞，高鉞詳細地説了這件事，公佐為它寫了傳記。

謝小娥傳

原著　李公佐

　　小娥，姓謝氏，豫章人，估客女也。生八歲，喪母；嫁歷陽俠士段居貞。居貞負氣重義，交遊豪俊。小娥父畜巨產，隱名商賈間，常與段婿同舟貨，往來江湖。時小娥年十四，始及笄。父與夫俱為盜所殺，盡掠金帛。段之弟兄，謝之生侄，與童僕輩數十，悉沉於江。小娥亦傷胸折足，漂流水中，為他船所獲，經夕而活。因流轉乞食至上元縣，依妙果寺尼淨悟之室。初，父之死也，小娥夢父謂曰：「殺我者，車中猴，門東草。」又數日，復夢其夫謂曰：「殺我者，禾中走，一日夫。」小娥不自解悟，常書此語，廣求智者辨之，歷年不能得。

　　元和八年春，余罷江西從事，扁舟東下，淹泊建業，登瓦官寺閣。有僧齊物者，重賢好學，與余善。因

告余曰：「有孀婦名小娥者，每來寺中，示我十二字謎語，某不能辨。」余遂請齊公書於紙，乃憑檻書空，凝思默慮。坐客未倦，了悟其文。令寺童疾召小娥前至，詢訪其由。小娥嗚咽良久，乃曰：「我父及夫，皆為賊所殺。邇後嘗夢父告曰：『殺我者，車中猴，門東草。』又夢夫告曰：『殺我者，禾中走，一日夫。』歲久無人悟之。」余曰：「若然者，吾審詳矣。殺汝父是申蘭，殺汝夫是申春。且『車中猴』，車字去上下各一畫，是『申』字；又申屬猴，故曰『車中猴』。草下有門，門中有東，乃『蘭』字也。又，『禾中走』是穿田過，亦是『申』字也。『一日夫』者，『夫』上更一畫，下有日，是『春』字也。殺汝父是申蘭，殺汝夫是申春，足可明矣。」小娥慟哭再拜，書「申蘭申春」四字於衣中，誓將訪殺二賊，以復其冤。娥因問余姓氏官族，垂涕而去。

　　爾後小娥便為男子服，傭保於江湖間。歲餘，至潯陽郡，見竹戶上有紙榜子，云「召傭者」。小娥乃應召詣門，問其主，乃申蘭也。蘭引歸，娥心憤貌順，在蘭左右，甚見親愛。金帛出入之數，無不委娥。已二歲餘，竟不知娥之女人也。先是謝氏之金寶錦繡衣物器具，悉掠在蘭家，小娥每執舊物，未嘗不暗泣移時。蘭與春，宗昆弟也。時春一家住大江北獨樹浦，與蘭往來密洽。

蘭與春同去經月，多獲財帛而歸。每留娥與蘭妻蘭氏同守家室，酒肉衣服，給娥甚豐。或一日，春攜文鯉兼酒詣蘭，娥私歎曰：「李君精悟玄鑒，皆符夢言。此乃天啟其心，志將就矣。」

是夕，蘭與春會群賊，畢至酣飲。暨諸兇既去，春沉醉，臥於內室，蘭亦露寢於庭。小娥潛鎖春於內，抽佩刀先斷蘭首，呼號鄰人並至，春擒於內，蘭死於外，獲贓收貨，數至千萬。初，蘭、春有黨數十，暗記其名，悉擒就戮。時潯陽太守張公，善其志行，為具其事上旌表，乃得免死。時元和十二年夏歲也。

復父夫之仇畢，歸本里，見親屬。里中豪族爭求聘，娥誓心不嫁。遂剪髮披褐，訪道於牛頭山，師事大士尼將律師。娥志堅行苦，霜舂雨薪，不倦筋力，十三年四月，始受具戒於泗州開元寺，竟以小娥為法號，不忘本也。

其年夏月，余始歸長安，途經泗濱，過善義寺謁大德尼令。操戒新見者數十，淨髮鮮帔，威儀雍容，列侍師之左右。中有一尼問師曰：「此官豈非洪州李判官二十三郎者乎？」師曰：「然。」曰：「使我獲報家仇，得雪冤恥，是判官恩德也。」顧余悲泣。余不之識，詢訪其由。娥對曰：「某名小娥，頃乞食孀婦也。判官時為

辨申蘭、申春二賊名字，豈不憶念乎？」余曰：「初不相記，今即悟也。」娥因泣，具寫記申蘭、申春，復父夫之仇，志願相畢，經營終始艱苦之狀。小娥又謂余曰：「報判官恩，當有日矣。」豈徒然哉！嗟乎，余能辨二盜之姓名，小娥又能竟復父夫之仇冤，神道不昧，昭然可知。小娥厚貌深辭，聰敏端特，煉指跋足，誓求真如。爰自入道，衣無絮帛，齋無鹽酪，非律儀禪理，口無所言。後數日，告我歸牛頭山，扁舟泛淮，雲遊南國，不復再遇。

　　君子曰：「誓志不捨，復父夫之仇，節也。傭保雜處，不知女人，貞也。女子之行，唯貞與節能終始全之而已。如小娥，足以儆天下逆道亂常之心，足以觀天下貞夫孝婦之節。」余備詳前事，發明隱文，暗與冥會，符於人心。知善不錄，非《春秋》之義也。故作傳以旌美之。

譯文

　　小娥，姓謝，豫章人，是販貨商人的女兒。八歲的時候，死了母親；後來嫁給歷陽俠士段居貞。段居貞有意氣重情義，結交一批有本領的朋友。小娥的父親積攢了巨額家產，在商人中隱姓埋名，常常與女婿段居貞一起乘船運貨，在江湖上來來往往。這時小娥年方十四，剛及笄成年，父親和丈夫就都被強盜殺死了，金銀財物全被搶了。段居貞的弟兄，謝小娥的侄兒，與跟從的僕人數十個，都被淹死在江中。小娥也傷了胸，斷了腳，漂在水中，被別的船救起，經過一夜才活了過來。因而要飯流浪到了上元縣，歸到了妙果寺尼姑淨悟的門下。起初，父親死的時候，小娥夢見父親說：「殺我的人，車中猴，門東草。」又過了幾天，又夢見她的丈夫說：「殺我的人，禾中走，一日夫。」小娥自己不明白甚麼意思，就常常寫這幾句話，到處尋找聰明的人來解答它，過了好幾年也沒找到。

　　元和八年的春天，我辭去了江西從事的職務，乘一葉小舟東下，在建業停留，去登瓦官寺的樓閣。有個叫齊物的和尚，重賢好學，和我很好。告訴我說：「有個叫小娥的寡婦，每次

到寺廟中來，總拿着十二字的謎語讓我看，我看不明白。」我就請齊物寫在紙上，然後靠着欄桿對空書寫，潛心思考。坐客還沒疲倦，我已明白這些文字的含義了。叫寺中的小童趕緊把小娥找到這裡來，問她緣由。小娥哭泣了很久，才説：「我的父親和丈夫，都被強盜殺害。不久之後，曾夢見父親告訴説：『殺我的人，車中猴，門東草。』又夢見丈夫告訴説：『殺我的人，禾中走，一日夫。』過了那麼多年沒人明白它。」我説：「如果是這樣，我仔細地想過了。殺你父親的是申蘭，殺你丈夫的是申春。因為車中猴，車字去掉上下各一畫，是申字，又因為申是指猴，所以叫車中猴，草下面有門，門中有束字，是蘭字；又因為禾中走是穿田而過，也是申字。一日夫，夫字上面加一畫，下面有個日，是春字。殺你父親是申蘭，殺你丈夫是申春，完全可以明白了。」小娥大哭着連連拜謝，將申蘭、申春四個字寫在衣服上，發誓要找到並殺掉這兩個強盜，來報冤仇。小娥便問了我的姓名官職，流着淚走了。

此後，小娥就穿上男子服裝，在江湖上做人家的傭工。過了一年多，來到潯陽郡，看見一座竹房子上有一張招貼，説「招聘傭工」。小娥就應招上門去，詢問主人是誰，原來是申蘭。申蘭把她帶回家，小娥心裡憤恨，表面上卻很順從，常在申蘭的旁邊顯出十分親熱的樣子。凡金銀絹帛出入賬目，申蘭都委託小娥照管。這樣過了兩年，竟然不知道小娥是個女人。

當初謝家的金銀珠寶錦繡衣物器具，都被搶來放在申蘭家中，每當小娥拿起舊物，常常暗自落淚傷心很久。申蘭和申春是族兄弟。當時申春一家住在長江北邊的獨樹浦，與申蘭來往很密切。申蘭和申春一同出門一個多月，回家時總是帶來很多財物布帛。每次留小娥和申蘭的妻子蘭氏一起守家，酒肉衣服，供給小娥都十分豐厚。有一天，申春拿着鯉魚和酒來找申蘭，小娥私下感歎說：「李先生真是悟性高超，洞察細微，一切都和夢中所講的相符。這是上天開啟他的心智，我的願望就要實現了。」

　　這天晚上，申蘭、申春和那幫強盜聚會，大家到了後都開懷痛飲。等到這批兇徒離去後，申春大醉，躺在裡屋，申蘭也露天睡在庭院裡。小娥悄悄地把申春鎖在裡面，抽出佩刀先砍斷申蘭的頭，大聲喊叫讓鄰居一起來，在房裡抓住了申春，申蘭死在房外，收繳的贓款贓物，數以千萬計。當初，申蘭、申春有同夥數十個，小娥都暗暗記住了他們的名字，把他們全部抓獲正法。當時潯陽太守張公，很讚賞她的志氣和行為，詳細地記錄了她的事情向上陳述，於是得以免去死刑。時為元和十二年夏天。

　　等到為父親、丈夫報了仇後，小娥回到故鄉，見了親戚。地方上的大戶人家爭着上門求婚，小娥發誓不再嫁。於是剪了頭髮，穿上粗布衣服，去牛頭山尋求有道行的人，拜一位供奉

觀音的尼姑蔣師太為師。小娥志向堅定，修行刻苦，在霜中舂米、雨下砍柴，不惜氣力。元和十三年四月，開始在泗州開元寺受戒，居然就用小娥作為法號，為的是不忘本。

這年夏天，我剛回長安，路上經過泗濱，過善義寺時拜訪一位叫令的德行很高的尼姑。第一次看見幾十人在操持佛教戒律，剃淨頭髮，穿着新的尼袍，樣子端莊而安詳，排列侍奉在師太的左右。其中有一尼姑問師太說：「這位官人不是洪州李判官二十三郎嗎？」師太說：「對。」尼姑說：「使我能夠報了家仇，洗刷冤屈恥辱就是這位判官給予的大恩大德。」她看着我，悲哀地哭泣，我不認識她，問她原因。小娥回答說：「我叫小娥，就是從前那個要飯的寡婦，判官當時為我認出了申蘭、申春兩個強盜的名字，難道不記得了嗎？」我說：「剛才沒記起，現在想起來了。」小娥哭着，詳細地描述了申蘭、申春其人，自己報父親、丈夫之仇，願望得以實現，前後策劃此事所經歷的艱苦狀況，小娥又對我說：「總有一天我會報答判官恩德的。」這一切難道是沒有意義的嗎？唉，我能分析出兩個盜賊的姓名，小娥又能最終報了父親、丈夫的冤仇，神靈不可欺騙，從這件事上顯然可以看出來。小娥相貌忠厚，言辭深刻，聰明端莊，燒自己的手指，弄跛自己的腳，立誓要求得真理。從投入佛門開始，穿的衣服沒有棉絮，吃的飯菜沒有鹽醋，不符合佛教戒律準則的話，從來不說。過了幾天後，她告

訴我説，要回牛頭山去，在淮河上乘一葉小舟，去雲遊南方，我沒有再遇見過她了。

君子説：「立下志向不放棄，報父親、丈夫的仇，這是氣節。在各地做傭工，不被人知曉是女人，這是貞操。女人的品行，只要始終能保全氣節和貞操就夠了。像小娥這樣的，足以告誡天下違背道德倫常的人莫存邪念，足以勸勉天下貞夫孝婦堅守節操。」我盡可能詳盡地敍述以上這些事，闡發它所包含的意義，這正暗中符合神靈的旨意，也合乎人心。知道善行不記錄下來，不是孔子作《春秋》勸善懲惡的本義，所以我寫了這篇傳來讚美她。

李娃傳

原著　白行簡

　　汧國夫人李娃，長安之倡女也，節行瓖奇，有足稱者，故監察御史白行簡為傳述。

　　天寶中，有常州刺史滎陽公者，略其名氏，不書。時望甚崇，家徒甚殷。知命之年，有一子，始弱冠矣，雋朗有詞藻，迥然不群，深為時輩推伏。其父愛而器之，曰：「此吾家千里駒也。」應鄉賦秀才舉，將行，乃盛其服玩車馬之飾，計其京師薪儲之費，謂之曰：「吾觀爾之才，當一戰而霸。今備二載之用，且豐爾之給，將為其志也。」生亦自負，視上第如指掌。

　　自毗陵發，月餘抵長安，居於布政里。嘗遊東市還，自平康東門入，將訪友於西南。至鳴珂曲，見一宅，門庭不甚廣，而室宇嚴邃。闔一扉，有娃方憑一雙

鬟青衣立，妖姿要妙，絕代未有。生忽見之，不覺停驂
久之，徘徊不能去。乃詐墜鞭於地，候其從者，敕取
之。累眄於娃，娃回眸凝睇，情甚相慕。竟不敢措辭
而去。

生自爾意若有失，乃密徵其友遊長安之熟者，以訊
之。友曰：「此狹邪女李氏宅也。」曰：「娃可求乎？」
對曰：「李氏頗贍。前與通之者多貴戚豪族，所得甚廣。
非累百萬，不能動其志也。」生曰：「苟患其不諧，雖百
萬，何惜！」

他日，乃潔其衣服，盛賓從，而往叩其門。俄有侍
兒啟扃。生曰：「此誰之第耶？」侍兒不答，馳走大呼曰：
「前時遺策郎也！」娃大悅曰：「爾姑止之。吾當整妝易
服而出。」生聞之私喜。乃引至蕭牆間，見一姥垂白上
僂，即娃母也。生跪拜前致詞曰：「聞茲地有隙院，願稅
以居，信乎？」姥曰：「懼其淺陋湫隘，不足以辱長者所
處，安敢言直耶？」延生於遲賓之館，館宇甚麗。與生
偶坐，因曰：「某有女嬌小，技藝薄劣，欣見賓客，願將
見之。」乃命娃出。明眸皓腕，舉步豔冶。生遽驚起，
莫敢仰視，與之拜畢，敘寒燠，觸類妍媚，目所未睹。
復坐，烹茶斟酒，器用甚潔。

久之，日暮，鼓聲四動。姥訪其居遠近，生紿之曰：

「在延平門外數里。」冀其遠而見留也。姥曰：「鼓已發矣。當速歸，無犯禁。」生曰：「幸接歡笑，不知日之雲夕。道里遼闊，城內又無親戚，將若之何？」娃曰：「不見責僻陋，方將居之，宿何害焉！」生數目姥。姥曰：「唯唯。」生乃召其家僮，持雙縑，請以備一宵之饌。娃笑而止曰：「賓主之儀，且不然也。今夕之費，願以貧窶之家隨其粗糲以進之。其餘以俟他辰。」固辭，終不許。

俄徙坐西堂，帷幕簾榻，煥然奪目；妝奩衾枕，亦皆侈麗。乃張燭進饌，品味甚盛。徹饌，姥起。生娃談話方切，詼諧調笑，無所不至。生曰：「前偶過卿門，遇卿適在屏間。厥後心常勤念，雖寢與食，未嘗或捨。」娃答曰：「我心亦如之。」生曰：「今之來，非直求居而已，願償平生之志。但未知命也若何？」言未終，姥至，詢其故，具以告。姥笑曰：「男女之際，大欲存焉。情苟相得，雖父母之命，不能制也。女子固陋，曷足以薦君子之枕席？」生遂下階，拜而謝之曰：「願以己為廝養。」姥遂目之為郎，飲酣而散。及旦，盡徙其囊橐，因家於李之第。

自是生屏跡戢身，不復與親知相聞。日會倡優儕類，狎戲遊宴，囊中盡空，乃鬻駿乘及其家童。歲餘，資財僕馬蕩然。邇來姥意漸怠，娃情彌篤。

他日，娃謂生曰：「與郎相知一年，尚無孕嗣。常聞竹林神者，報應如響，將致薦酎求之，可乎？」生不知其計，大喜。乃質衣於肆，以備牢醴，與娃同謁祠宇而禱祝焉，信宿而返。策驢而後。

至裡北門，娃謂生曰：「此東轉小曲中，某之姨宅也。將憩而觀之，可乎？」生如其言，前行不逾百步，果見一車門。窺其際，甚弘敞。其青衣自車後止之曰：「至矣。」生下，適有一人出訪曰：「誰？」曰：「李娃也。」乃入告。

俄有一嫗至，年可四十餘，與生相迎，曰：「吾甥來否？」娃下車，嫗逆訪之曰：「何久疎絕？」相視而笑，娃引生拜之。既見，遂偕入西戟門偏院。中有山亭，竹樹蔥蒨，池榭幽絕。生謂娃曰：「此姨之私第耶？」笑而不答，以他語對。俄獻茶果，甚珍奇。食頃，有一人控大宛，汗流馳至，曰：「姥遇暴疾頗甚，殆不識人。宜速歸。」娃謂姨曰：「方寸亂矣。某騎而前去，當令返乘，便與郎偕來。」生擬隨之。其姨與侍兒偶語，以手揮之，令生止於戶外，曰：「姥且歿矣，當與某議喪事以濟其急。奈何遽相隨而去？」乃止，共計其凶儀齋祭之用。日晚，乘不至。姨言曰：「無復命，何也？郎驛往覘之，某當繼至。」

生遂往，至舊宅，門扃鑰甚密，以泥緘之，生大駭，詰其鄰人。鄰人曰：「李本稅此而居，約已周矣。第主自收。姥徙居，而且再宿矣。」徵徙何處，曰：「不詳其所。」生將馳赴宣陽，以詰其姨，日已晚矣，計程不能達。乃弛其裝服，質饌而食，賃榻而寢。生恚怒方甚，自昏達旦，目不交睫。質明，乃策蹇而去。

既至，連叩其扉，食頃無人應。生大呼數四，有宦者徐出。生遽訪之：「姨氏在乎？」曰：「無之。」生曰：「昨暮在此，何故匿之？」訪其誰氏之第。曰：「此崔尚書宅。昨者有一人稅此院，云遲中表之遠至者。未暮去矣。」生惶惑發狂，罔知所措，因返訪布政舊邸。

邸主哀而進膳。生怨懣，絕食三日，遘疾甚篤，旬餘愈甚。邸主懼其不起，徙之於凶肆之中。綿綴移時，合肆之人共傷歎而互飼之。後稍愈，杖而能起，由是凶肆日假之，令執繐帷，獲其直以自給。累月，漸復壯，每聽其哀歌，自歎不及逝者，輒嗚咽流涕，不能自止。歸則效之。生，聰敏者也。無何，曲盡其妙，雖長安無有倫比。

初，二肆之僱兇器者，互爭勝負。其東肆，車轝皆奇麗，殆不敵，唯哀挽劣焉。其東肆長知生妙絕，乃醵錢二萬索顧焉。其黨耆舊，共較其所能者，陰教生新

聲，而相讚和。累旬，人莫知之。其二肆長相謂曰：
「我欲各閱所傭之器於天門街，以較優劣。不勝者罰直五
萬，以備酒饌之用，可乎？」二肆許諾。乃邀立符契，
署以保證，然後閱之。士女大和會，聚至數萬。於是里
胥告於賊曹，賊曹聞於京尹。四方之士，盡赴趨焉，巷
無居人。

自旦閱之，及亭午，歷舉輦轝威儀之具，西肆皆不
勝，師有慚色。乃置層榻於南隅，有長髯者擁鐸而進，
翊衛數人。於是奮髯揚眉，扼腕頓顙而登，乃歌《白馬》
之詞。恃其夙勝，顧眄左右，旁若無人。齊聲讚揚之，
自以為獨步一時，不可得而屈也。有頃，東肆長於北隅
上設連榻，有烏巾少年，左右五六人，秉翣而至，即
生也。

整衣服，俯仰甚徐，申喉發調，容若不勝。乃歌《薤
露》之章，舉聲清越，響振林木，曲度未終，聞者歔欷
掩泣。西肆長為眾所誚，益慚恥。密置所輸之直於前，
乃潛遁焉。四座愕眙，莫之測也。

先是，天子方下詔，俾外方之牧，歲一至闕下，謂
之入計。時也適遇生之父在京師，與同列者易服章竊往
觀焉。有老豎，即生乳母婿也，見生之舉措辭氣，將認
之而未敢，乃泫然流涕。生父驚而詰之。因告曰：「歌者

之貌，酷似郎之亡子。」父曰：「吾子以多財為盜所害，
奚至是耶？」言訖，亦泣。及歸，豎間馳往，訪於同黨
曰：「向歌者誰？若斯之妙歟？」皆曰：「某氏之子。」
徵其名，且易之矣。豎凜然大驚；徐往，迫而察之。生
見豎色動，回翔將匿於眾中。豎遂持其袂曰：「豈非某
乎？」相持而泣，遂載以歸。

　　至其室，父責曰：「志行若此，污辱吾門。何施面
目，復相見也？」乃徒行出，至曲江西杏園東，去其衣
服，以馬鞭鞭之數百。生不勝其苦而斃。父棄之而去。
其師命相狎暱者陰隨之，歸告同黨，共加傷歎。令二人
齎葦席瘞焉。至，則心下微溫。舉之，良久，氣稍通。
因共荷而歸，以葦筒灌勻飲，經宿乃活。月餘，手足不
能自舉。其楚撻之處皆潰爛，穢甚。同輩患之。一夕，
棄於道周。行路咸傷之，往往投其餘食，得以充腸。十
旬，方杖策而起。

　　被布裘，裘有百結，襤縷如懸鶉。持一破甌，巡於
閭里，以乞食為事。自秋徂冬，夜入於糞壤窟室，晝則
周遊廛肆。

　　一旦大雪，生為凍餒所驅，冒雪而出，乞食之聲甚
苦，聞見者莫不悽惻。時雪方甚，人家外戶多不發。至
安邑東門，循里垣北轉第七八，有一門獨啟左扉，即娃

之第也。生不知之，遂連聲疾呼：「飢凍之甚！」音響悽切，所不忍聽。娃自閣中聞之，謂侍兒曰：「此必生也。我辨其音矣。」連步而出。見生枯瘠疥癘，殆非人狀。娃意感焉，乃謂曰：「豈非某郎也？」生憤懣絕倒，口不能言，頷頤而已。娃前抱其頸，以繡襦擁而歸於西廂。失聲長慟曰：「令子一朝及此，我之罪也！」絕而復蘇。姥大駭，奔至，曰：「何也？」娃曰：「某郎。」姥遽曰：「當逐之。奈何令至此？」娃斂容卻睇曰：「不然。此良家子也。當昔驅高車，持金裝，至某之室，不逾期而蕩盡。且互設詭計，捨而逐之，殆非人。令其失志，不得齒於人倫。父子之道，天性也。使其情絕，殺而棄之。又困躓若此。天下之人盡知為某也。生親戚滿朝，一旦當權者熟察其本末，禍將及矣。況欺天負人，鬼神不佑，無自貽其殃也。某為姥子，迨今有二十歲矣。計其資，不啻直千金。今姥年六十餘，願計二十年衣食之用以贖身，當與此子別卜所詣。所詣非遙，晨昏得以溫凊。某願足矣。」姥度其志不可奪，因許之。

給姥之餘，有百金。北隅四五家稅一隙院。乃與生沐浴，易其衣服；為湯粥，通其腸；次以酥乳潤其臟。旬餘，方薦水陸之饌。頭巾履襪，皆取珍異者衣之。未數月，肌膚稍腴；卒歲，平愈如初。

異時，娃謂生曰：「體已康矣，志已壯矣。淵思寂慮，默想曩昔之藝業，可溫習乎？」生思之，曰：「十得二三耳。」娃命車出遊，生騎而從。至旗亭南偏門鬻墳典之肆，令生揀而市之，計費百金，盡載以歸。因令生斥棄百慮以志學，俾夜作晝，孜孜矻矻。娃常偶坐，宵分乃寐。伺其疲倦，即諭之綴詩賦。二歲而業大就，海內文籍，莫不該覽。生謂娃曰：「可策名試藝矣。」娃曰：「未也。且令精熟，以俟百戰。」更一年，曰：「可行矣。」於是遂一上登甲科，聲振禮闈。雖前輩見其文，罔不斂衽敬羨，願友之而不可得。娃曰：「未也。今秀士苟獲擢一科第，則自謂可以取中朝之顯職，擅天下之美名。子行穢跡鄙，不侔於他士。當礱淬利器，以求再捷。方可以連衡多士，爭霸群英。」生由是益自勤苦，聲價彌甚。

其年，遇大比，詔徵四方之雋，生應直言極諫科，策名第一，授成都府參軍。三事以降，皆其友也。

將之官，娃謂生曰：「今之復子本軀，某不相負也。願以殘年，歸養老姥。君當結媛鼎族，以奉蒸嘗。中外婚媾，無自黷也。勉思自愛。某從此去矣。」生泣曰：「子若棄我，當自剄以就死。」娃固辭不從，生勤請彌懇。娃曰：「送子涉江，至於劍門，當令我回。」生許諾。

月餘，至劍門。未及發而除書至，生父由常州詔

入，拜成都尹，兼劍南採訪使。浹辰，父到。生因投刺，謁於郵亭。父不敢認，見其祖父官諱，方大驚，命登階，撫背慟哭移時，曰：「吾與爾父子如初。」因詰其由，具陳其本末。大奇之，詰娃安在。曰：「送某至此，當令復還。」父曰：「不可。」翌日，命駕與生先之成都，留娃於劍門，築別館以處之。明日，命媒氏通二姓之好，備六禮以迎之，遂如秦晉之偶。

娃既備禮，歲時伏臘，婦道甚修，治家嚴整，極為親所眷。向後數歲，生父母偕歿，持孝甚至。有靈芝產於倚廬，一穗三秀。本道上聞。又有白燕數十，巢其層甍。天子異之，寵錫加等。終制，累遷清顯之任。十年間，至數郡。娃封汧國夫人。有四子，皆為大官，其卑者猶為太原尹。弟兄姻媾皆甲門，內外隆盛，莫之與京。

嗟乎，倡蕩之姬，節行如是，雖古先烈女，不能逾也。焉得不為之歎息哉！

予伯祖嘗牧晉州，轉戶部，為水陸運使。三任皆與生為代，故諳詳其事。貞元中，予與隴西公佐話婦人操烈之品格，因遂述汧國之事。公佐拊掌竦聽，命予為傳。乃握管濡翰，疏而存之。時乙亥歲秋八月，太原白行簡云。

譯文

　　汧國夫人李娃，本是長安的妓女。她的品行奇異出眾，有很值得人稱道的地方，因此監察御史白行簡為她寫了傳。

　　天寶年間，有常州刺史滎陽公，略去他的姓名，不寫。他在當時的威望很高，家中的僕人很多，很富有。五十歲時，有一個兒子才二十歲，人長得很俊秀，文章也做得好，跟一般的人很不一樣，備受當時人的推許。他的父親也很喜歡他，器重他，說：「這是我家的千里駒啊！」他被州縣推薦到京城參加考試，將要成行時，父親為他準備了充足的服裝、玩物、車馬等裝備，又計算好了在京城中日常生活開銷，對他說：「我看你的才能，一定能夠一戰奪魁。今天準備了兩年所需的東西，而且給得十分寬裕，想以此來幫助實現你的志願。」滎陽公子也很自負，把獲取功名看得易如反掌。

　　公子從毗陵出發，一個多月就到了長安，住在布政里。有一次去東市遊逛回來，從平康里的東門進來，將去拜訪住在西南的朋友，到了鳴珂曲，看見一座房子，門庭不算大，但屋子嚴整幽深。關着一扇門，有個女郎正靠着一個梳雙鬟的婢女站

着，姿態之美妙，真是世上少有。公子突然看見她，不自覺地停下了馬呆了很久，徘徊着不忍離去。於是假裝不小心把馬鞭掉在地上，等候隨從的人過來，叫他拾起來。一面不斷地瞧着那女郎，那女郎也轉過眼睛來凝視他，很有愛慕的樣子。但榮陽公子最終也沒敢搭話就離開了。

從此之後，公子心裡好像掉了魂似的，於是暗地裡向那些對長安很熟悉的朋友打聽，詢問那女子的情況。朋友告訴說：「那是妓女李氏的住宅。」公子問：「可以親近李娃嗎？」回答說：「李家很富有，以前與她交往的大都是豪門貴族，得到的東西非常多。沒有上百萬錢，是不能打動她的心的。」公子說：「只怕事情不能成功，要是能成，即使花百萬錢，又有甚麼可惜的呢？」

一天，公子換上了整潔的衣服，帶着很多隨從，前去敲李家的門，一會兒有個婢女來開門。公子問：「這是哪一位的府第？」婢女不回答他，轉身往裡跑，一邊大喊道：「敲門的就是前幾天那個掉鞭子的小伙子！」李娃非常高興，說：「你暫且留住他，我化完妝，換好衣服就出來。」公子聽了暗暗高興。於是他被領到門屏那裡，看見一個老婦人頭髮花白，駝着背，她就是李娃的母親。公子跪拜施禮後，上前說：「我聽說這裡有一所空房子，想租來住。這是真的嗎？」老婦人說：「我怕它太簡陋，低濕狹小，不配你這樣尊貴的客人居住，還怎麼

敢提租金呢？」就將公子請到客廳，客廳的房子很華麗。老婦人與公子一同坐下，說：「我確有一個女兒，長得嬌小，技藝粗淺，很高興會見客人，願意讓她出來見見你。」於是叫李娃出來。她長着一對明亮的眼睛，雪白的臂膀；走起路來，豔麗動人。滎陽公子一下子驚喜地站起身，不敢抬頭正眼看她。公子向她施禮後，又寒暄一番。那女娃一舉一動全都顯得那麼嫵媚可愛，真是從沒見過的。又坐下後，烹茶斟酒，所用的器皿都十分乾淨。

過了許久，天色暗下來了，宵禁的鼓聲從四面響起。老婦人問他住處的遠近，公子騙她說：「在延平門外幾里的地方。」希望因住處遠而能被留下。老婦人說：「鼓聲已敲響了，應趕快回去，不要違反宵禁的命令。」公子說：「承蒙接待，歡談言笑，不知道天已這麼晚了。回家的路又遠，城內又沒有親戚，這怎麼辦呢？」李娃說：「如果不嫌屋子簡陋，正想留你在這兒住下。住一宿又有甚麼關係呢？」公子幾次看老婦人。老婦人說：「好吧，好吧。」公子於是叫來他的家僮，拿着兩匹細絹，讓他去準備晚上的食物。李娃笑着攔阻他說：「賓主之間的禮節，是不應該這樣的。今天晚上的花費，希望讓我們貧賤的家庭，隨便準備一些粗茶淡飯給您吃吧。別的等以後再說。」公子竭力推辭，最後還是不許他破費。

不一會，就請公子到西堂裡坐。只見室內帳幕、門簾、床

榻，光彩奪目；梳妝用品、枕被等物，也都十分奢華。於是點上蠟燭，送來飯菜，花色品種，都很豐盛。吃完飯，撤了席，老婦人起身走了。公子和李娃談話才親切起來，詼諧戲笑，無所顧忌。公子說：「前些日子偶然路過你家門口，剛好看見你在門屏間。從那以後，心中常常思念，即使睡覺吃飯，也沒有忘記過。」李娃說：「我心思也和你一樣。」公子說：「我今天來，並不單單為了租房子，而是想實現平生的願望。但不知道命運如何？」話沒說完，老婦人來了，問他為甚麼這樣說，公子就都告訴了她。老婦人笑着說：「男女之間，這種情慾是自然存在的，如果兩人感情很好，即使是父母的命令，也是不能阻止的。我女兒本來就鄙陋，怎麼配服侍公子寢息呢？」公子於是就下台階，施禮致謝說：「我情願在你家當奴僕。」老婦人就把他看作自己的女婿了。大家暢飲後就散了席。到了早晨，公子把他所有的行李都搬了過來，就在李娃的住處安了家。

從此以後，公子隱跡藏身，不再與親戚聯繫。每天和妓女、歌舞藝人一類人在一起，吃喝玩樂。口袋裡的錢都空了，於是賣掉了車馬以及僮僕。一年多後，錢財、僕人、車馬都蕩然無存。這一來老婦人就漸漸對他疏遠冷淡了，而李娃的感情卻更加深厚了。

有一天，李娃對公子說：「我與公子相處了一年，還沒有懷孕生子。我常聽說竹林神報應迅速，十分靈驗，準備些酒食

李娃傳 211

去祈求它，行嗎？」公子不知道是她們的計謀，非常高興。於是到店舖裡將衣服抵押了，準備牲口甜酒，和李娃一起去祠廟中向神祝禱，在那兒住了兩夜回來。李娃乘車，滎陽公子騎着驢跟在後面。

到了坊裡的北門，李娃對公子說：「從這兒往東轉彎的小胡同裡，是我姨家。我們去休息一下看看她，好嗎？」公子依了她的話。往前走不到百步，果然看見一道側門，張望了一下裡面，非常氣派寬敞。李娃的婢女從車後示意他停步說：「到了！」公子下來後，剛好有一個人出來問：「哪一位？」回答說：「是李娃。」於是進裡面通報。

不一會兒，有個婦人出來，年紀大約四十多歲，見公子，說：「我的外甥女來了嗎？」李娃下了車，婦人又迎上去問她說：「怎麼這麼長時間沒來了？」兩人彼此看着笑了。李娃領着公子拜見了她。見面後，就一同進入西門的偏院中。院中有山有亭，竹林樹木繁茂，池塘水閣幽靜極了。公子問李娃說：「這是阿姨自己的住宅嗎？」李娃笑着不回答，用別的話岔開去。不一會兒又端上茶水、果品，都很珍奇。過了一頓飯的工夫，有個人騎着一匹快馬，汗流滿面地飛馳而至，說：「阿媽得了急病，看來很厲害，幾乎連人都不認識了，最好趕快回去。」李娃對阿姨說：「我心中亂極了，要先乘車回去，我會讓車再回來的，你陪公子一起來吧。」公子想跟她一起去。她

阿姨和婢女兩人竊竊私語，用手招呼他，讓公子留在門口，說：「阿媽就要死了。你該和我一起商量一下喪事，來幫她度過急難，為甚麼要急着跟着去呢？」公子於是留下來，一同計算起舉辦喪事的禮儀、齋飯祭祀等所需的費用來。天色晚了，馬車卻沒有回來。阿姨說：「還沒有回音，不知為甚麼？公子你趕快去看看她，我隨後就到。」

公子就去了。到了老宅前，只見大門緊鎖着，還糊上泥封了起來。公子非常吃驚，就去問鄰居。鄰居說：「李家本來是租用這房子住的，租約已經到期了。房主人自然收回。李家阿媽搬到別的地方去住了，而且已經兩天了。」問搬到哪裡去了，回答說：「住哪裡不清楚。」公子想趕赴宣陽里去問她家的阿姨，但天色已晚，估計路程當天不能趕到了。就脫下身上衣服，用它作抵押，換了一頓飯吃，租了一張床位，住了一宿。公子心中十分惱怒，從傍晚到天亮，沒合過眼。天剛亮，就騎着驢子去了。

到了之後，連連敲門，好長時間都沒人應門。公子又大叫了好幾聲，才有個太監慢慢出來，公子馬上問他：「阿姨在嗎？」回答說：「沒有這個人。」公子說：「昨天晚上還在這兒，為甚麼要把她藏起來？」問這是誰的住宅。回答：「這是崔尚書的住宅。昨天有個人租過這院子，說是要等候一個從遠地來京的中表親戚。沒到天黑就離開了。」公子惶惑得幾乎發瘋，

不知該怎麼辦才好，只好回到布政里他原先住過的地方。

房主人同情他，給他飯吃。公子心中怨恨，絕食了三天，就得了重病，十多天後，更加厲害。房主怕他再也起不來了，就把他抬到殯儀館去了。他沉湎委頓了很長時間，館中的人都感歎可憐他，大家餵他吃的。後來逐漸痊癒，拄着拐杖能站起來了。從此殯儀館就每天讓他幹點事情，讓他執持靈帳，所得的工錢用以自給。過了幾個月，漸漸恢復健壯了。每當他聽人唱哀歌，自歎不如死去的人，就嗚咽流淚，不能自制。回來後就效仿着唱。滎陽公子是很聰明的人，沒有多久，就全都掌握了曲子的妙處，即使是整個長安，也沒有人能與他相比。

當初，兩家出租辦喪事用品的殯儀館，互相競爭，較量勝負。東邊這一家殯儀館的喪車十分華麗，幾乎沒人能比，只是出喪時唱輓歌的人很差。東館的老闆知道滎陽公子輓歌唱得絕妙，就湊了二萬錢聘用他。那些幫東館唱輓歌的老師父，相互比較着彼此的特長，都暗地裡教公子新的曲調，並為他幫腔合唱。過了幾十天，外界都沒有人知道。東、西兩館的老闆互相商量說：「你我將在天門街各自展示出租的器物，來比高下。輸的罰錢五萬，作為備辦酒席之用，行嗎？」兩家殯儀館都答應了。就邀在一起訂立契約，簽名畫押作為保證，然後進行展示。士人婦女大批會合，聚集了數萬人。於是管理街坊的小吏告訴了京城治安官員，治安官員又通報了京城首長。四面八方

的人都趕來了，京城為之而空巷。

從早晨開始展出，一直到中午。一一比了喪車、儀仗之類用具，西邊的殯儀館都輸了，老闆臉上顯出慚愧的表情。於是便在南面設置了高榻，有個長鬍鬚的人，手裡拿着大鈴進場，身邊站着幾名助手。他吹吹鬍鬚，揚揚眉毛，左手握住右腕得意揚揚地向觀眾點頭施禮，登上高榻，就唱起了《白馬歌》。他仗着自己一向總是獲勝，顧盼左右，旁若無人。觀眾齊聲讚揚，他也自以為可獨佔鰲頭，沒有人能夠比得過他了。過了一會兒，東邊殯儀館的老闆在北面設置了高榻，有個戴黑頭巾的少年，兩旁跟着五六個人，拿着大掌扇到了，這人就是滎陽公子。

他整理一下衣服，俯仰之間，從容不迫，放開喉嚨發出音調，表情神態好像不勝哀傷。唱的是《薤露歌》，他聲音清越，響震林木，曲子還沒有唱完，聽的人都悲歎流淚。西館的老闆被眾人譏笑，更加羞愧。暗暗地把所輸掉的錢放在前面，就偷偷地溜走了。大家都驚詫地呆呆看着，不知道這位東館的歌手是從哪裡冒出來的。

以前，皇帝剛剛頒佈詔令時，讓外地各州郡的行政長官，每年到京城來一次，叫作「入計」。這時剛巧碰上滎陽公子的父親也在京城，他和同僚們一起換上便服偷偷前往觀看。有個老僕人，是公子奶媽的丈夫，看見公子的舉止言談，想認又沒

敢認，就禁不住流下了眼淚。公子的父親很驚奇，就問他。僕人於是告訴說：「剛才唱歌的人容貌極像您死去的兒子。」父親說：「我的兒子因為帶了很多錢財被強盜害死了，哪裡會到這裡來呢？」說完，也流下眼淚。等到回去後，僕人找了個機會跑去，問那些與公子一起來的人說：「剛才唱歌的那人是誰？唱得如此美妙？」都說：「是某人的兒子。」問他的姓名，已經改了。僕人很吃驚，就慢慢走過去，靠近他細看。公子看見僕人，面色變了，立即轉身想躲到人群中去。那僕人就扯住他的袖子說：「你不是某人嗎？」於是兩人互相拉着手哭了。僕人就把他帶上車，送回家來。

到家後，父親斥責說：「你這樣的思想行為，玷污了家門，還有甚麼臉面，再來相見呢？」就步行着拉他出去，到曲江西杏園的東頭，扒掉公子的衣服，用馬鞭抽打了他幾百下。公子忍受不了這種痛苦，就倒斃在那裡，他父親拋下他就走了。公子的師父讓和他親近的人暗地裡跟着，回來將情況告知了同伴，大家都為他感傷歎息。師父派兩個人去買蘆葦席準備把他埋了。到了那兒，發現他心口還有一絲熱氣。把他抱起來，過了很久，呼吸才逐漸通暢，於是一道把他背了回來，用葦筒灌水倒在勺子上餵他，經過一夜才活過來。一個多月後，手腳仍然不能行動，他身上被鞭打過的地方都潰爛了，很骯髒。夥計們都怕招來更多的麻煩。一個晚上，把他扔在了路旁。過路的

人都很可憐他，常常丟給他一些吃剩下的東西，使他能填填飢腸。一百天後，才可以拄着拐棍站立起來。

他身上披着布袍，已破爛不堪，絲絲縷縷就像掛着的禿尾巴鵪鶉一樣。拿着一個破瓦盆在各處的里坊人家轉來轉去，以討飯為生。從秋天到冬天，晚上鑽到堆垃圾糞土的窟室裡休息，白天就去四處市場街面討食。

一天早晨下着大雪，滎陽公子受飢寒驅使，頂着雪出去，討食的叫聲十分淒苦。聽見的人無不感到悲慘。這時雪下得正大，人家的外面大門大多不開。走到安邑里的東門，沿着里坊的圍牆向北轉到第七八家住宅，有道門單單開了左邊那扇，那就是李娃的家。公子並不知道，就連聲喊叫：「餓煞啦，凍煞啦！」聲音悽切，使人不忍心聽。李娃在閣中聽到後，對婢女說：「這一定是公子，我能聽得出他的聲音。」連忙走出去，看見公子人已乾枯瘦弱，身上生滿疥瘡，都沒有人樣了。李娃心中很感慨，就對他說：「你不是某公子嗎？」公子憤懣已極，口中說不出話來，只是點點頭。李娃上前摟住他的脖子，用繡襖裹住他，扶着回到了西廂房，失聲痛哭說：「使你到今天這種地步，都是我的罪過啊！」李娃昏過去又醒來。老婦人大吃一驚，跑過來問：「怎麼回事？」李娃說：「是某公子。」老婦人馬上說：「把他趕出去。為甚麼讓他到這兒來？」李娃臉色一沉，轉過目光來看着她說：「不行，他是清白人家的子弟。

當初駕着高大的馬車，帶着裝滿黃金的行李，來到我家，沒過多久就把一切都花光了。我們互相設下計謀，拋下他，把他趕走，已沒人性。還讓他失去志向，被他親人瞧不起。父子之間的感情，是上天賦予的本性，卻使這種感情也斷絕了，做父親的要殺掉兒子，拋棄他。又使他困頓潦倒到如此地步。天下的人都知道這是因為我的緣故。公子的親戚滿朝都是，一旦當權的弄清這件事的經過，我們就要大禍臨頭了。況且，欺騙上天，辜負別人，鬼神也不會保佑，不要再自己招引災難了。我作為您的女兒，至今已有二十年了。計算所賺的錢，已不止千金了。如今您已六十多歲了，我希望計算一下二十年來穿衣吃飯所花的錢來為自己贖身，讓我和這位公子另外找個地方住。住處不會太遠，早晚都能來請安照料，這樣我的心願就滿足了。」老婦人看她的主意不會改變，就答應了她。

李娃給了老婦人錢後，還剩下黃金百兩，就在北面相隔四五家的地方租了一個空閒院子住下。她給公子洗了澡，換了衣服。餵他湯粥，使他腸胃通暢，然後餵他乳製品，來滋潤他的臟腑。十多天後，才送上山珍海味。她給公子穿戴的頭巾鞋襪，都挑選很名貴的。沒有幾個月，公子就漸漸豐滿起來了。過了一年，就完全恢復得與當初一樣了。

有一天，李娃對公子説：「你身體已經康復，氣也壯了，你冷靜地好好思考思考，回想一下你以前為應考而讀過的文

章，還可以重新溫習嗎？」公子想了想，説：「只記得十分之二三了。」李娃讓車子來載自己出遊，公子騎馬跟着，到酒樓南偏門的一家出售古書的店舖裡，讓公子從中選購一些，花錢百金，滿載而歸。於是讓公子摒棄一切雜念而專心致志地學習。把夜晚當作白天，勤奮讀書，刻苦用功。李娃也常常陪坐着，到半夜才睡。等他讀書疲倦的時侯，就勸他吟詩作賦作調劑。過了兩年，學業就大成了。天下文章書籍沒有不讀過的。公子對李娃説：「可以報名應考了。」李娃説：「還不行。還須更精通熟練，才可穩操勝券。」又過了一年，説：「可以去了。」於是一下子就考中了試題最難的甲科，名聲轟動了主持考試的禮部。即使是一些前輩讀了他的文章，也無不表示敬佩，都想與他結交而沒有機會。李娃説：「這沒甚麼。今天你這個秀才，只不過考中了一個進士，就自認為可以謀取朝廷中顯要的官職，揚美名於天下了。可你行為有污點，經歷又不光彩，不同於別的士人。你應該更加艱苦磨煉，使自己本領高強，以求再度取勝。然後才可以結交眾多士人，從而與群英爭霸。」公子於是更加勤奮刻苦，聲譽也更高了。

那一年，遇上全國性的會試，皇帝下詔徵招各地的傑出人才，公子報名參加直言極諫科，考試對策得了第一名，被委派擔任成都府參軍。宰相以下的官員，都是他的朋友。

將要赴任時，李娃對公子説：「今天恢復了你的本來面目，

我也沒有對不起你的了。我希望以我所餘的歲月，回家去侍奉阿媽。你應當找一個貴族人家的女兒結婚，讓她來主持家務。你的婚姻關係到親族的榮辱，不要自己作踐自己。希望你能勉力自愛，我從此離開你去了。」公子哭着說：「你如果拋下我，我就刎頸自殺。」李娃堅決推辭，不肯答應，公子再三請求，愈加懇切。李娃說：「我送你渡過嘉陵江，到劍門，就讓我回來。」公子答應了。

過了一個多月，到了劍門。還沒來得及出發，委任官員的詔書就到了，公子的父親由常州被詔令入京，任命他為成都地方長官，兼任劍南採訪使。過了十二天，就到了。公子遞上名帖，去驛站拜望他。父親都不敢認了，看見名帖上寫着的祖父、父親的官銜、名字，才大吃一驚地讓他登上台階，拍着他後背大哭了很長時間，說：「我和你恢復父子關係。」於是問公子事情變化的經過，公子詳細地從頭到尾告訴了他。父親非常詫異，問李娃在哪裡。回答說：「送我到這兒，就要讓她回去了。」父親說：「不行。」第二天，吩咐準備車輛和公子一起先到成都，讓李娃留在劍門，單獨修建了一座房子讓她住。過了一天，請來媒人給他倆做媒，準備好結婚時的各種禮儀來迎娶李娃，便正式舉行了婚禮。

李娃依禮成婚後，每到逢年過節，作為主婦的規矩和禮數都非常周到，治家嚴整，很受家人親戚的喜愛。幾年後，公

子的父母都去世了，她也很盡孝道。結果在守孝的草屋上長出了靈芝，一根莖上長出了三個蓋，劍南道的官員將此事上奏皇帝。另外又有幾十隻象徵國家吉祥之兆的白燕，在她房屋的頂樑上築巢。皇帝對此很驚奇，格外地給予賞賜嘉獎。三年守喪期滿，公子幾次被提拔授予清貴顯要的官職。十年裡，到好幾個郡去做過刺史。李娃被封為汧國夫人。他們有四個兒子，都做了大官，官職最低的也做到太原府府尹。弟兄幾個都和名門望族聯姻。中表親屬都榮華富貴，沒有誰能比得了。

唉！一個做娼妓的女子，節操行為能做到這樣，即使古代的貞烈女子也沒有超過她的，怎麼能不為之而感歎呢？

我的伯祖曾任晉州刺史，後升入尚書省戶部任職，擔任管理水陸運輸的官員。三任都和滎陽公子為前後任，因此對他的事十分熟悉。貞元年間，我和隴西的李公佐談論起婦女節操貞烈的品格，就講述了李娃的事情。公佐拍手敬聽，讓我為她寫篇傳記。於是我提筆染墨，詳細地記述使它留存下來。時為貞元十一年乙亥秋八月，太原白行簡撰。

三夢記

原著　白行簡

　　人之夢，異於常者有之：或彼夢有所往而此遇之者，或此有所為而彼夢之者，或兩相通夢者。

　　天后時，劉幽求為朝邑丞。常奉使，夜歸。未及家十餘里，適有佛堂院，路出其側，聞寺中歌笑歡洽。寺垣短缺，盡得睹其中。劉俯身窺之，見十數人兒女雜坐，羅列盤饌，環繞之而共食。見其妻在坐中語笑。劉初愕然，不測其故久之。且思其不當至此，復不能捨之。又熟視容止言笑，無異。將就察之，寺門閉不得入。劉擲瓦擊之，中其罍洗，破迸走散，因忽不見。劉踰垣直入，與從者同視，殿廡皆無人，寺局如故。劉訝益甚，遂馳歸。比至其家，妻方寢。聞劉至，乃敘寒暄訖，妻笑曰：「向夢中與數十人遊一寺，皆不相識，會食

於殿庭。有人自外以瓦礫投之，杯盤狼藉，因而遂覺。」劉亦具陳其見。蓋所謂彼夢有所往而此遇之也。

元和四年，河南元微之為監察御史，奉使劍外。去逾旬，予與仲兄樂天，隴西李杓直同遊曲江。詣慈恩佛舍，遍歷僧院，淹留移時，日已晚，同詣杓直修行裡第，命酒對酬，甚歡暢。兄停杯久之，曰：「微之當達梁矣。」命題一篇於屋壁。其詞曰：

「春來無計破春愁，醉折花枝作酒籌。

忽憶故人天際去，計程今日到梁州。」

實二十一日也。十許日，會梁州使適至，獲微之書一函，後記《紀夢》詩一篇，其詞曰：

「夢君兄弟曲江頭，也入慈恩院裡遊。

屬吏喚人排馬去，覺來身在古梁州。」

日月與遊寺題詩日月率同。蓋所謂此有所為而彼夢之者矣。

貞元中，扶風竇質與京兆韋旬同自亳入秦，宿潼關逆旅。竇夢至華嶽祠，見一女巫，黑而長，青裙素襦，迎路拜揖，請為之祝神。竇不獲已，遂聽之。問其姓，自稱趙氏。及覺，具告於韋。明日，至祠下，有巫迎客，容資妝服，皆所夢也。顧謂韋曰：「夢有徵也。」乃命從者視囊中，得錢二鐶，與之。巫撫掌大笑，謂同輩

曰：「如所夢矣！」韋驚問之。對曰：「昨夢二人從東來，一髯而短者祝酹，獲錢二鐶焉。及旦，乃遍述於同輩。今則驗矣。」竇因問巫之姓。同輩曰：「趙氏。」自始及末，若合符契。蓋所謂兩相通夢者矣。

行簡曰：《春秋》及子史，言夢者多，然未有載此三夢者也。世人之夢亦眾矣，亦未有此三夢。豈偶然也，抑亦必前定也？予不能知。今備記其事，以存錄焉。

譯文

人的夢，不同尋常是有的：有的是那人夢中到的地方正是這人碰見的；有的是這人做的事正是那人夢見的；有的是兩個人的夢彼此相通。

武則天時代，劉幽求當朝邑的縣丞，有一次曾奉命外出，晚上回來。在離家十餘里的地方，剛好有一座佛堂院，路就在它的一旁。他聽見寺廟中一片歡歌笑語。寺廟的牆有一截缺口，能看見裡面的一切。劉幽求就趴着身子向裡看，看見十多個男男女女一起坐着，桌上擺着飯菜，大家圍成一圈聚餐。看見他的妻子坐在中間説笑。劉幽求起初大吃一驚，好久都弄不明白是怎麼回事。而且心裡想妻子不應當來這裡的啊，又不能丟下她。又盯着看她的言行舉止，覺得沒有甚麼兩樣。想靠近一些再仔細察看一番，寺廟門關着不能進去。劉幽求就扔了一塊瓦片過去，打中了大酒器，酒器迸裂，人群驚散，一會兒都不見了。劉幽求翻牆進去，和隨從的人一起看時，殿堂下一個人也沒有，寺門還像原來那樣緊閉着。劉幽求更加驚訝，就飛快地趕回家。等到了家裡，妻子剛剛睡着。她聽見劉幽求回

來，就問寒問暖，過後，妻子笑着說：「剛才夢中與幾十個人遊一寺廟，都是不認識的，大家在殿堂中會餐。有人從外面將瓦片扔進來，弄得杯盤狼藉，因此就醒了。」劉幽求也很詳細地說了他見到的事。這就是所謂那人夢中到的地方正是這人所碰見的。

　　元和四年，河南元稹任監察御史，奉命出使劍外。離開十多天後，我和二哥白居易、隴西的李杓直同遊曲江。來到慈恩寺，遊遍了整個僧院，停留的時間比較長。天色已晚，就一起到李杓直在修行裡的住宅，飲酒作詩唱和，十分歡暢。哥哥忽然停下酒杯好久，說：「元稹應該到梁州了。」就在屋子的牆壁上題寫了一首詩，它的詞句是這樣寫的：

　　「春天來臨沒有法子能排遣春愁，

　　　醉中折來花枝當作計數的酒籌。

　　　忽然想起老朋友正去往遠方，

　　　計算路程今天該已到達了梁州。」

　　那是二十一日。十多天後，剛好碰上梁州使者來，捎來一封元稹寫的信，後面寫着一首《紀夢》詩，它的詞句是這樣寫的：

　　「夢入曲江你們兄弟都在江頭，

　　　也曾見你倆進慈恩院裡一遊。

　　　下屬官吏正叫人前去備馬，

醒來的我卻身在古時的梁州。」

日子、月份與遊寺時題詩的日子、月份完全相同。這就是所謂這人做的事正是那人夢中所見的。

貞元年間，扶風人竇質和京兆人韋苟一同從亳州去秦地，住在潼關的旅店中。竇質夢見到了華嶽祠，看見一個女巫，長得黑而高大，穿着青色的裙子，紫色的短上裝，在路上迎着竇質行禮作揖，要為他祈禱神靈。竇質不得已，就聽從她的。問她的姓，她自稱趙氏。等醒來後，詳細地告訴了韋苟。第二天，到了祠下，有個女巫來迎客，長相打扮，都是夢中所見的。回頭對韋苟說：「夢應驗了。」於是命隨從的人看看布袋裡的錢，找出二貫錢來，給了她。女巫拍掌大笑，對同道的人說：「跟夢中一樣！」韋苟驚訝地問她。她回答說：「昨天夢見兩個人從東面來，一個留鬍子的矮個子要我向神祝告，以酒澆地獻神，我因此得到了兩貫錢。到早上，就告訴了所有同道的人，今天果然應驗了。」竇質問女巫的姓。同道的人說：「她姓趙。」從頭至尾，完全吻合，這就是所謂兩人的夢彼此相通。

行簡說：《春秋》及諸子史書中，講到夢的很多，但從來沒有記載過這三種夢幻。世上人的夢也很多，也沒有這三種夢。這難道是偶然的，還是前世注定的？我不知道。今天我詳盡地記載這事，以便將它保存下來。

長恨傳

原著　陳鴻

開元中，泰階平，四海無事。玄宗在位歲久，倦於旰食宵衣，政無大小，始委於右丞相，稍深居遊宴，以聲色自娛。先是，元獻皇后武淑妃皆有寵，相次即世。宮中雖良家子千數，無可悅目者。上心忽忽不樂。

時每歲十月，駕幸華清宮，內外命婦，熠耀景從，浴日餘波，賜以湯沐，春風靈液，澹蕩其間。上心油然，若有所遇，顧左右前後，粉色如土。詔高力士潛搜外宮，得弘農楊玄琰女於壽邸，既笄矣。鬢髮膩理，纖穠中度，舉止閒冶，如漢武帝李夫人。別疏湯泉，詔賜藻瑩。既出水，體弱力微，若不任羅綺。光彩煥發，轉動照人。上甚悅，進見之日，奏《霓裳羽衣曲》以導之；定情之夕，授金釵鈿合以固之。又命戴步搖，垂金璫。

明年，冊為貴妃，半后服用。由是冶其容，敏其詞，婉變萬態，以中上意。上益嬖焉。時省風九州，泥金五嶽，驪山雪夜，上陽春朝，與上行同輦，居同室，宴專席，寢專房。雖有三夫人，九嬪，二十七世婦，八十一御妻，暨後宮才人，樂府妓女，使天子無顧盼意。自是六宮無復進幸者。非徒殊豔尤態致是，蓋才智明慧，善巧便佞，先意希旨，有不可形容者。

叔父昆弟皆列位清貴，爵為通侯。姊妹封國夫人，富埒王宮，車服邸第，與大長公主侔矣。而恩澤勢力，則又過之，出入禁門不問，京師長吏為之側目。故當時謠詠有云：

「生女勿悲酸，生男勿喜歡。」

又曰：

「男不封侯女作妃，看女卻為門上楣。」

其人心羨慕如此。

天寶末，兄國忠盜丞相位，愚弄國柄。及安祿山引兵向闕，以討楊氏為詞。潼關不守，翠華南幸，出咸陽，道次馬嵬亭。六軍徘徊，持戟不進。從官郎吏伏上馬前，請誅晁錯以謝天下。國忠奉氂纓盤水，死於道周。左右之意未快。上問之。當時敢言者，請以貴妃塞天下怨。上知不免，而不忍見其死，反袂掩面，使牽之

而去。倉皇展轉，竟就死於尺組之下。既而玄宗狩成都，肅宗受禪靈武。明年，大赦改元，大駕還都。尊玄宗為太上皇，就養南宮。自南宮遷於西內。時移事去，樂盡悲來。每至春之日，冬之夜，池蓮夏開，宮槐秋落，梨園弟子，玉琯發音，聞《霓裳羽衣》一聲，則天顏不怡，左右歔欷。三載一意，其念不衰。求之夢魂，杳不能得。

適有道士自蜀來，知上皇心念楊妃如是，自言有李少君之術。玄宗大喜，命致其神。方士乃竭其術以索之，不至。又能遊神馭氣，出天界，沒地府以求之不見。又旁求四虛上下，東極天海，跨蓬壺。見最高仙山，上多樓闕，西廂下有洞戶，東向，闔其門，署曰「玉妃太真院」。方士抽簪叩扉，有雙鬟童女，出應其門。方士造次未及言，而雙鬟復入。俄有碧衣侍女又至，詰其所從。方士因稱唐天子使者，且致其命。碧衣云：「玉妃方寢，請少待之。」

於時雲海沉沉，洞天日曉，瓊戶重闔，悄然無聲。方士屏息斂足，拱手門下。久之，而碧衣延入，且曰：「玉妃出。」

見一人冠金蓮，披紫綃，珮紅玉，曳鳳舄，左右侍者七八人，揖方士問皇帝安否，次問天寶十四載已還

事。言訖憫然，指碧衣取金釵鈿合，各折其半，授使者曰：「為我謝太上皇，謹獻是物，尋舊好也。」方士受辭與信，將行，色有不足。玉妃固徵其意。復前跪致詞：「請當時一事，不為他人聞者，驗於太上皇。不然，恐鈿合金釵，負新垣平之詐也。」

玉妃茫然退立，若有所思，徐而言曰：「昔天寶十載，侍輦避暑於驪山宮。秋七月，牽牛織女相見之夕，秦人風俗，是夜張錦繡，陳飲食，樹瓜華，焚香於庭，號為乞巧。宮掖間尤尚之。時夜殆半，休侍衛於東西廂，獨侍上。上憑肩而立，因仰天感牛女事，密相誓心，願世世為夫婦。言畢，執手各嗚咽。此獨君王知之耳。」因自悲曰：「由此一念，又不得居此。復墮下界，且結後緣。或為天，或為人，決再相見，好合如舊。」因言：「太上皇亦不久人間，幸惟自安，無自苦耳。」使者還奏太上皇，皇心震悼，日日不豫。其年夏四月，南宮晏駕。

元和元年冬十二月，太原白樂天自校書郎尉於盩厔。鴻與琅邪王質夫家於是邑，暇日相攜遊仙遊寺，話及此事，相與感歎。質夫舉酒於樂天前曰：「夫希代之事，非遇出世之才潤色之，則與時消沒，不聞於世。樂天，深於詩，多於情者也。試為歌之。如何？」樂天因為《長恨歌》。意者不但感其事，亦欲懲尤物，窒亂階，

垂於將來者也。歌既成，使鴻傳焉。世所不聞者，予非開元遺民，不得知，世所知者，有《玄宗本紀》在。今但傳《長恨歌》云爾。

漢皇重色思傾國，御宇多年求不得。

楊家有女初長成，養在深閨人未識。

天生麗質難自棄，一朝選在君王側。

回頭一笑百媚生，六宮粉黛無顏色。

春寒賜浴華清池，溫泉水滑洗凝脂。

侍兒扶起嬌無力，始是新承恩澤時。

雲鬢花冠金步搖，芙蓉帳裡暖春宵。

春宵苦短日高起，從此君王不早朝。

承歡侍寢無容暇，春從春遊夜專夜。

後宮佳麗三千人，三千寵愛在一身，

金屋妝成嬌侍夜，玉樓宴罷醉和春。

姊妹弟兄皆列土，可憐光彩生門戶。

遂令天下父母心，不重生男重生女。

驪宮高處入青雲，仙樂風飄處處聞。

緩歌慢舞凝絲竹，盡日君王聽不足。

漁陽鼙鼓動地來，驚破《霓裳羽衣》曲。

九重城闕煙塵生，千乘萬騎西南行。

翠華搖搖行復止，西出都門百餘里。

六軍不發知奈何，宛轉蛾眉馬前死。
花鈿委地無人收，翠翹金雀玉搔頭。
君王掩面救不得，回看血淚相和流。
黃埃散漫風蕭索，雲棧縈迴登劍閣。
峨眉山上少人行，旌旗無光日色薄。
蜀江水碧蜀山青，聖主朝朝暮暮情。
行宮見月傷心色，夜雨聞鈴腸斷聲。
天旋地轉回龍馭，到此躊躇不能去，
馬嵬坡下塵土中，不見玉顏空死處。
君臣相顧盡霑衣，東望都門信馬歸。
歸來池苑皆依舊，太液芙蓉未央柳。
芙蓉如面柳如眉，對此如何不淚垂？
春風桃李花開日，秋雨梧桐葉落時。
西宮南內多秋草，落葉滿階紅不掃。
梨園弟子白髮新，椒房阿監青娥老。
夕殿螢飛思悄然，秋燈挑盡未成眠，
遲遲鐘漏初長夜，耿耿星河欲曙天。
鴛鴦瓦冷霜華重，舊枕故衾誰與共？
悠悠生死別經年，魂魄不曾來入夢。
臨邛方士鴻都客，能以精神致魂魄。
為感君王展轉恩，遂教方士殷勤覓。

排空馭氣奔如電，升天入地求之遍，
上窮碧落下黃泉，兩處茫茫皆不見。
忽聞海上有仙山，山在虛無縹緲間。
樓殿玲瓏五雲起，其間綽約多仙子。
中有一人名玉妃，雪膚花貌參差是。
金闕西廂叩玉扃，轉教小玉報雙成。
聞道漢家天子使，九華帳下夢中驚。
攬衣推枕起徘徊，珠箔銀鈎迤邐開。
雲鬢半偏新睡覺，花冠不整下堂來。
風吹仙袂飄飄舉，猶似《霓裳羽衣》舞，
玉容寂寞淚闌干，梨花一枝春帶雨。
含情凝睇謝君王，一別音容兩渺茫，
昭陽殿裡恩愛絕，蓬萊宮中日月長。
回頭下望人寰處，不見長安見塵霧。
空持舊物表深情，鈿合金釵寄將去。
釵留一股合一扇，釵擘黃金合分鈿。
但教心似金鈿堅，天上人間會相見。
臨別殷勤重寄詞，詞中有誓兩心知。
七月七日長生殿，夜半無人私語時。
在天願為比翼鳥，在地願為連理枝。
天長地久有時盡，此恨綿綿無盡期！

譯文

　　唐朝開元年間，天下太平，國家無事。唐玄宗在位已好多年了，對致力於繁忙的政事覺得厭倦。所以國家政務不論大小都委託給右丞相去處理，自己住到深宮裡，宴飲遊樂，以音樂歌舞消磨時光。在此之前，元獻皇后和武淑妃都曾得寵，但她們相繼去世了。宮中雖有幾千良家女子，但皇上沒有一個看得中的，因此常常心中不快。

　　那時每年十月，皇上都要去華清宮，宮廷內外的誥命婦人打扮得漂漂亮亮，整日追隨着他。皇帝洗過澡以後，也讓命婦們入浴，她們蕩漾在水波之中，輕鬆歡暢。此情此景，令皇上忽然心生愛慾，若有所感。但看看周圍的那些女子又覺得都姿色平平。他叫高力士暗地裡去宮外找尋，終於在壽王府裡找到弘農郡楊玄琰的女兒，已經盤髮插笄成年了，頭髮細膩光澤，身材胖瘦適中，一舉一動都顯得嫻靜嬌媚，猶如漢武帝的李夫人。於是另外替她開闢了一個溫泉浴池，下詔讓她去洗澡。她洗畢出水時，身子嬌弱無力，好像穿件輕柔的綢衣也經不住似的。她神采奕奕，顧盼間光彩照人。皇帝十分喜歡。覲見的那

一天，奏着《霓裳羽衣曲》在前作引導；他們結合成夫婦的那天晚上，皇帝賜給她金釵鈿盒，作為鞏固彼此愛情的信物。又叫她頭戴步搖，耳掛金璫。第二年，冊封她為貴妃，服飾享用，照皇后的標準減半。為此她把容貌修飾得更為妖豔，言談更加機巧善辯，做出千嬌百媚的姿態，來博得玄宗的歡心。皇帝就更加寵愛她了。那時候玄宗無論去巡視全國，祭祀天地山川，在五嶽舉行封禪大禮，或者在雪夜的驪山上、春天早晨的上陽宮裡，楊貴妃總是和玄宗出去同乘一輛車，居住同處一室，吃飯專由她一人陪席，睡覺專由她一人做伴。皇宮中雖然有三個夫人，九個嬪妃，二十七個世婦，八十一個御妻，以及眾多的後宮婢妾、樂府歌舞妓，都不能使皇帝多看一眼。從此六宮中再也沒有一個女子能得到玄宗寵幸了。這不僅僅是因為貴妃出眾的容貌和嫵媚的風姿所致，還因為她聰明伶俐，善於巧言奉承，在玄宗未開口之前就能揣測出他的心意去迎合他。這方面她的能力真是難以用語言來形容。

貴妃的叔父兄弟都在朝廷中得到了高位，封為侯爵。姐妹都封為國夫人，家中的財富，跟皇家差不多。車馬、服飾、住宅都和大長公主相同。而所受的恩寵和得到的權勢，又勝過她。出入皇宮大門沒有人敢盤問，京城中的官吏都不敢正眼相看。因此當時民間歌謠中說：

「生女兒不必心酸，生男孩不必喜歡。」

又説：

「男的不必封侯女的做了皇妃，女兒一樣能為全家增添光彩。」

人們羨慕她們之心，大體如此。

天寶末年，她哥哥楊國忠竊踞了丞相的職位，蒙蔽皇帝，把持國家大權。等到安祿山領兵向京城進發，就是以討伐楊國忠為名。潼關失守，皇帝南逃避亂。出了咸陽城，路過馬嵬坡，皇帝的禁衛軍徘徊觀望，拿着武器不肯前進。隨從的大小官員跪在玄宗的馬前，請求殺掉楊國忠來向天下謝罪。楊國忠戴上用氂牛尾毛為冠纓的白帽子，捧上一盤水、一把劍，表示伏罪，被誅殺在路旁。隨從的官兵依然不滿。玄宗問他們原因。當時有敢於直言的人，就請求處死貴妃以消除天下人的怨恨。玄宗知道這已是無可避免的了，而又不忍心親眼看她死，就舉袖遮面，叫人把她帶出去。就在這兵荒馬亂中，貴妃死於三尺白綾之下。等到玄宗逃到了成都，肅宗在靈武繼承了皇位。第二年，叛亂頭子安祿山被他兒子所殺，玄宗回到長安。肅宗尊稱玄宗為太上皇，供養在興慶宮，後又從興慶宮遷向太極宮。隨着時間推移，世事變遷，往日的歡樂已經消逝，不盡的悲哀，湧向心頭。每當遲遲的春日、漫漫的冬夜，池蓮開放的夏季，宮槐飄落的秋天，梨園弟子吹起玉笛，一聽到《霓裳羽衣》曲調，玄宗就愁容滿面，旁邊的人也隨之而歎息。三年

來他對貴妃的思念始終如一，沒有絲毫減退。希望能在夢中見上一面，卻全無跡象，未能如願。

剛巧有個方士從四川來，知道太上皇這樣想念楊妃，説自己有漢代方士李少君那樣的招亡魂的法術。玄宗十分高興，就請他來招貴妃的靈魂。方士於是用盡一切法術來招魂，但楊貴妃並沒有來。他又能騰雲駕霧，神遊四方，便上出天界、下入地府去尋找，還是沒有找見。又向四面八方去找，向東一直到天邊大海的極遠處，登上蓬萊。看見一座最高的仙山，上面有很多樓閣，西廂下有個月洞門，面朝東，門關着，上署「玉妃太真院」。方士拔下頭上的髮簪敲門，有個梳着雙髻的女孩子出來開門。方士匆忙間還沒來得及説話，那女孩子又進去了。過了一會兒，又有一個穿着綠衣的侍女出來，問方士是從哪裡來的。方士於是説自己是大唐天子的使者，來傳達他的命令。綠衣女説：「玉妃剛剛睡下，請稍等一會兒。」

這時候，雲海深沉，洞府外天剛剛亮，石門緊閉着，悄然無聲。道士拱手直立在門口，連大氣都不出。這樣過了好久，那個綠衣侍女才將他請進去，並且説：「玉妃出來了。」

只見一個女子，戴着蓮花金冠，披着紫紗，佩戴着紅玉，穿着鳳頭鞋，兩旁有七八個侍女簇擁着。向方士施禮，問道：「皇帝安好嗎？」接着問天寶十四載以來的事情。説完，臉上露出憂傷的樣子。她讓那綠衣侍女取來金釵鈿盒，每樣斷作兩

份，分出一半，交給使者說：「替我向太上皇請安，獻上這些東西，作為舊日恩愛的留念。」方士聽了這番話，接過信物，將要離開時，臉上還有不滿足的樣子。玉妃再三詢問原因。方士又上前跪下說：「請求您告訴我一件當時不被別人知曉的事，讓太上皇驗證一下；不然的話，光憑這鈿盒金釵，怕被看作如欺蒙漢文帝的新垣平所設的騙局一般。」

玉妃不知如何是好，退後幾步站着，若有所思，慢慢地說道：「從前天寶十載，我侍奉皇帝去驪山行宮避暑。秋天七月裡，牛郎織女相會的那個晚上，按長安的風俗，這一夜要鋪開錦繡，供設飲食，擺上瓜果，在庭院中燒香，叫作『乞巧』。宮中特別崇尚這種事情，那天快到半夜的時候，皇上讓侍衛到東西廂休息，只有我一人侍奉皇上。皇上靠着我的肩站着，仰望天空，感慨牛郎織女的遭遇，我們秘密立下誓言，希望世世代代都能結為夫婦。說完，拉着手各自嗚咽起來。這件事只有君王一個人知道。」說着又自己悲傷道：「只因為有這一念頭，我又不能在這裡住下去了，要再下降到人間，來結後緣。或者飛翔在天空，或者生活在人間，反正一定可以和他再見，恩愛如舊。」又說，「太上皇在人世的時間也不多了，希望他自己保重，不要自尋煩惱。」使者回來報告了太上皇，太上皇又驚又悲，天天悶悶不樂。這年夏天四月，就死在南宮。

元和元年冬十二月，太原白樂天由校書郎調任盩厔縣尉，

那時我陳鴻與琅琊的王質夫安家在這個縣裡，假日一起去仙遊寺遊玩，談起這些事，彼此感歎。質夫在樂天面前舉起酒杯說：「歷代罕見的事情，非得有出類拔萃的人加以描繪修飾不可，否則就會隨着時間的消逝而湮沒，不再被世人所了解。樂天對詩歌有精深的修養，又富有感情，試着為它歌詠一番，如何？」樂天因此寫了《長恨歌》。我揣想他的用意，不但是要將事情本身描述得動人，而且也想藉此來勸戒愛好女色之人，堵塞導致禍亂的源頭，使之能傳至後世。詩歌寫成後，讓我寫一篇傳。我不是開元時代的遺民，因此世人所不知道的，我也不可能知曉；世人所知道的，在《玄宗本紀》中卻有記載。今天我只是為《長恨歌》作傳而已。

漢皇好女色想得到絕代佳人，

在位多年四處求訪總也不成。

楊家有個女兒剛剛長大，

嬌養在深閨中默默無聞。

天賦予她美貌豈能埋沒，

一朝選入宮進了九重君門。

回眸一笑生出百種媚態，

六宮美女的光彩都蕩然無存。

春寒料峭賜浴華清池中，

溫泉滑爽肌膚與凝脂相同。

侍女扶起她來嬌弱無力，
那時她剛蒙受君王的恩寵。
雲鬢花顏頭戴黃金步搖，
暖暖的芙蓉帳裡共度春宵。
春宵可惜太短日已三竿，
從此君王不再早上臨朝。
供尋歡陪宴會她也真忙，
出則同遊夜夜又是她專房。
後宮漂亮的女子足有三千來人，
對三千人的寵愛都集於一身。
夜間伴君王好比金屋藏個阿嬌，
玉樓酒宴散時她已醉臉生春。
兄弟姊妹都加官晉爵分地封疆，
這家族門第顯赫光彩輝煌。
竟使得天下做父母的心裡，
不願再生男孩都盼生個女郎。
山頭的驪宮高插青雲，
美妙的音樂隨風傳播處處可聞。
輕歌曼舞有簫管琴瑟相伴，
君王興致勃勃從早直看到晚。
漁陽的戰鼓震天動地而來，

驚斷《霓裳羽衣曲》才只奏了一半。

長安城九重宮闕煙塵滾滾，

無數車騎亂哄哄向着西南逃奔。

皇家儀仗旌旗飄動走走又停停，

才走出西門一百多里路程。

六軍不肯繼續前進無可奈何，

妃子可憐地在馬前獻出生命。

金鈿無人收拾滿地亂拋，

還有白玉搔頭、金雀和翠翹。

君王雙手遮臉救不了她，

回頭一看血淚橫流不忍再瞧。

灰黃的塵土蔽天，西風蕭索，

入雲的棧道縈繞，登上劍閣。

峨眉山下很少有過往行人，

旌旗失去了光彩日色淡薄。

蜀江之水澄碧蜀山青青，

聖明的君主朝朝暮暮動情。

行宮裡看見月亮無非傷心景色，

夜雨中聽到風鈴總是斷腸聲音。

長安光復皇帝的車駕返回，

到這裡不忍再走心意徘徊。

馬嵬坡下氣象蕭索塵與土，

貴妃何處玉殞香消不歸來。

君臣相看都淚水濕了衣裳，

由着馬兒東去已見都門在望。

回來看看池水和花木都還依舊，

太液池中荷花未央宮內楊柳。

荷花如人畫柳葉恰如眉毛，

對此景象如何不把淚拋！

桃李花開，大地春風微微，

梧桐葉落，連日秋雨瀟瀟。

甘露殿、興慶宮長滿秋草，

階台上的紅葉也無人清掃。

梨園弟子已見白髮上頭，

椒房宮女也都紅顏衰老。

夜間靜思，殿中處處飛螢，

孤燈點盡，睡夢終也難成。

鐘鼓遲遲，長夜才剛開始，

銀河閃閃，天色又將黎明。

濃濃的寒霜結在鴛鴦瓦上面，

翡翠錦被太冷，有誰與他共眠？

生死永隔，分別已經一年，

魂魄也不曾來到夢中相見。

在京城作客的有位臨邛老道，

死者的靈魂他能憑精誠相招。

君王苦苦思念實在使人感動，

便請這位法師用心為他尋找。

只見他飛奔如電一路排雲乘風，

到處求索找遍了地府天宮。

上面遊盡藍天下到黃泉九重，

兩處都茫然不見妃子的影蹤。

忽聽說大海當中有座仙山，

山只存在於虛無縹緲之間。

樓閣玲瓏隱現在五彩雲霞，

住着許多仙女都美麗如花。

其中一個名字叫作太真，

肌膚雪白容貌嬌豔大概是她。

來到仙山瓊閣的西廂前面敲門，

應門的小玉又轉教董雙成報信。

聽說是漢家天子派來了使者，

九華帳裡的仙子從夢中驚醒。

拿起衣服，推開枕頭，她起身徘徊，

只見接連有珠簾捲起，銀屏打開。

如雲的髮髻偏在一邊，睡眼惺忪，

頭上的花冠還未理好便下堂來。

風吹得她衣袖飄飄上揚，

還像當初《霓裳羽衣舞》模樣。

她臉上神情寂寞淚水縱橫，

恰似春天的一枝梨花雨沾芳香。

默默含情凝視着將與君王絕別，

分別後音信容貌彼此都渺茫無聞。

昭陽殿裡的恩愛已經斷絕，

蓬萊宮中的歲月卻無窮無盡。

我回頭向着人間世界下望，

看不見長安只見塵霧茫茫。

唯有藉舊時之物表達深情，

鈿盒和金釵拜託您帶給皇上。

釵我留一股，鈿盒留下一扇，

釵折為兩截，盒也分成兩片。

只要彼此的心能堅似金鈿，

即使是天上人間也總能相見。

臨別時還有話再三囑使者轉告：

「我們曾有誓言只有兩人知道。

那是七月七日在長生殿裡，

半夜無人時刻，我們曾私語悄悄：

『在天空我倆願變成比翼飛鳥，

在地下我倆願化作連理花草。』」

天雖長地雖久也有窮盡時刻，

這遺恨啊，將永遠永遠沒完沒了。

東城老父傳

原著　陳鴻

老父，姓賈名昌，長安宣陽里人。開元元年癸丑生。元和庚寅歲，九十八年矣。視聽不衰，言甚安徐，心力不耗，語太平事歷歷可聽。

父忠，長九尺，力能倒曳牛，以材官為中宮幕士。景龍四年，持幕竿隨玄宗入大明宮，誅韋氏，奉睿宗朝群後，遂為景雲功臣，以長刀備親衛。詔徙家東雲龍門。

昌生七歲，矯捷過人，能搏柱乘梁，善應對，解鳥語音。

玄宗在藩邸時，樂民間清明節鬥雞戲。及即位，治雞坊於兩宮間。索長安雄雞，金毫鐵距、高冠昂尾千數，養於雞坊。選六軍小兒五百人，使馴擾教飼。上之好之，民風尤甚。諸王世家，外戚家，貴主家，侯家，

傾帑破產市雞，以償雞直。都中男女，以弄雞為事；貧者弄假雞。

帝出遊，見昌弄木雞於雲龍門道旁，召入，為雞坊小兒，衣食右龍武軍。三尺童子，入雞群，如狎群小，壯者，弱者，勇者，怯者，水穀之時，疾病之候，悉能知之。舉二雞，雞畏而馴，使令如人。護雞坊中謁者王承恩言於玄宗，召試殿庭，皆中玄宗意。即日為五百小兒長。加之以忠厚謹密，天子甚愛幸之。金帛之賜，日至其家。開元十三年，籠雞三百，從封東嶽。父忠死太山下，得子禮奉屍歸葬雍州。縣官為葬器喪車，乘傳洛陽道。

十四年三月，衣鬥雞服，會玄宗於溫泉。當時天下號為「神雞童」。時人為之語曰：

「生兒不用識文字，鬥雞走馬勝讀書。

賈家小兒年十三，富貴榮華代不如。

能令金距期勝負，白羅繡衫隨軟轝。

父死長安千里外，差夫持道輓喪車。」

昭成皇后之在相王府，誕聖於八月五日。中興之後，制為千秋節，賜天下民牛酒樂三日，命之曰酺，以為常也。大合樂於宮中，歲或酺於洛。元會與清明節，率皆在驪山。每至是日，萬樂具舉，六宮畢從。昌冠雕

翠金華冠，錦袖繡襦褲，執鐸拂道。群雞敘立於廣場，顧眄如神，指揮風生。樹毛振翼，礪吻磨距，抑怒待勝，進退有期，隨鞭指低昂，不失昌度。勝負既決，強者前，弱者後，隨昌雁行，歸於雞坊。角觝萬夫，跳劍尋橦，蹴毬踏繩，舞於竿巔者，索氣沮色，逡巡不敢入。豈教猱擾龍之徒歟？

二十三年，玄宗為娶梨園弟子潘大同女，男服珮玉，女服繡襦，皆出御府。昌男至信、至德。天寶中，妻潘氏以歌舞重幸於楊貴妃。夫婦席寵四十年，恩澤不渝，豈不敏於伎，謹於心乎？

上生於乙酉雞辰，使人朝服鬥雞，兆亂於太平矣。上心不悟。十四載，胡羯陷洛，潼關不守。大駕幸成都，奔衛乘輿。夜出便門，馬蹄道阱，傷足，不能進，杖入南山。每進雞之日，則向西南大哭。祿山往年朝於京師，識昌於橫門外。及亂二京，以千金購昌長安、洛陽市。昌變姓名，依於佛舍，除地擊鐘，施力於佛。

洎太上皇歸興慶宮，肅宗受命於別殿，昌還舊里。居室為兵掠，家無遺物。布衣憔悴，不復得入禁門矣。

明日，復出長安南門，道見妻兒於招國里，菜色黯焉。兒荷薪，妻負故絮。昌聚哭，訣於道。遂長逝息長安佛寺，學大師佛旨。大曆元年，依資聖寺大德僧運平

住東市海池，立陁羅尼石幢。書能紀姓名；讀釋氏經，亦能了其深義至道，以善心化市井人。建僧房佛舍，植美草甘木。晝把土擁根，汲水灌竹，夜正觀於禪室。

建中三年，僧運平人壽盡。服禮畢，奉舍利塔於長安東門外鎮國寺東偏，手植松柏百株。構小舍，居於塔下，朝夕焚香灑掃，事師如生。順宗在東宮，捨錢三十萬，為昌立大師影堂及齋舍。又立外屋，居遊民，取傭給。昌因日食粥一杯，漿水一升，臥草席，絮衣。過是，悉歸於佛。

妻潘氏後亦不知所往。貞元中，長子至信衣并州甲，隨大司徒燧入覲，省昌於長壽里。昌如己不生，絕之使去。次子至德歸，販繒洛陽市，來往長安間，歲以金帛奉昌，皆絕之。遂俱去，不復來。

元和中，潁川陳鴻祖攜友人出春明門，見竹柏森然，香煙聞於道，下馬觀昌於塔下。聽其言，忘日之暮。宿鴻祖於齋舍，話身之出處，皆有條貫。遂及王制。鴻祖問開元之理亂。昌曰：「老人少時，以鬥雞求媚於上。上倡優畜之，家於外宮，安足以知朝廷之事。然有以為吾子言者。老人見黃門侍郎杜暹出為磧西節度，攝御史大夫，始假風憲以威遠。見哥舒翰之鎮涼州也，下石堡戍青海城，出白龍，逾蔥嶺，界鐵關，總管

河左道，七命始攝御史大夫。見張說之領幽州也，每歲入關，輒長轅輓輻車，辇河間、薊州庸調繒布，駕轊連軺，坌入關門，輸於王府，江淮綺縠，巴蜀錦繡，後宮玩好而已。河州敦煌道，歲屯田，實邊食，餘粟轉輸靈州，漕下黃河，入太原倉，備關中凶年。關中粟米，藏於百姓。天子幸五嶽，從官千乘萬騎，不食於民。老人歲時伏臘得歸休，行都市間，見有賣白衫白疊布。行鄰比廛間，有人襀病，法用皂布一匹，持重價不克致，竟以襆頭羅代之。近者，老人扶杖出門，閱街衢中，東西南北視之，見白衫者不滿百。豈天下之人皆執兵乎？開元十二年，詔三省侍郎有缺，先求曾任刺史者。郎官缺，先求曾任縣令者。及老人見四十三省郎吏，有理刑才名，大者出刺郡，小者鎮縣。自老人居大道旁，往往有郡太守休馬於此，皆慘然不樂朝廷沙汰使治郡。開元取士，孝弟理人而已。不聞進士宏詞拔萃之為其得人也。大略如此。」因泣下。復言曰：「上皇北臣穹廬，東臣雞林，南臣滇池，西臣昆夷，三歲一來會。朝覲之禮容，臨照之恩澤，衣之錦絮，飼之酒食，使展事而去，都中無留外國賓。今北胡與京師雜處，娶妻生子。長安中少年，有胡心矣。吾子視首飾靴服之制，不與向同，得非物妖乎？」鴻祖默不敢應而去。

譯文

　　有個老人，姓賈名昌，是長安宣陽里人，開元元年出生，到元和五年，已經九十八歲了。視力聽覺仍沒有減退，講話很有條理，心力也沒損耗，講起太平年間的事來，清清楚楚，十分動聽。

　　他父親賈忠，身高九尺，力氣大得能拉着牛讓它倒着走，以武職任宮廷衛士。景龍四年，拿着一根幕桿跟隨玄宗衝進大明宮，誅殺了韋后，護衛睿宗登上皇位，成為景雲之役的功臣，就執長刀成為皇帝的宿衛侍從。皇帝下詔讓他的家遷往大明宮的東雲龍門住。

　　賈昌七歲時，身手敏捷超過常人，能抱着柱子，爬上屋樑。善於對答，懂得鳥語。

　　玄宗在做臨淄王時，就喜歡民間清明節鬥雞的遊戲。等到做了皇帝之後，在東西兩宮之間營造了一所雞場。搜羅長安城的雄雞，挑選那些毛色金黃，腳爪堅利，雞冠高昂，尾巴上翹的雄雞上千隻，養在雞場裡。又挑選五百個禁衛軍中的少年，來訓練和餵養那群雞。因為皇帝喜歡鬥雞，民間這種風氣就更

流行了。那些皇親國戚、豪門貴族、公主王侯都傾家蕩產來買雞，償付雞價。京城中不少男女，把弄雞作謀生之道；家境窮困的人就玩假的雞。

一次，玄宗出遊，看見賈昌在雲龍門的路旁玩一隻木雞，就將他召入宮中，讓他在雞場做小馴雞手，衣服和糧餉由右龍武軍供給。當時賈昌只是個三尺多高的小孩，進到雞群中，如同和一群小孩玩一樣。哪隻雞強壯，哪隻雞衰弱，哪隻雞勇敢，哪隻雞怯懦，雞甚麼時候要飲水餵食，甚麼樣子是生病的症狀，他都知道得一清二楚。他隨手舉起兩隻雞，就能使雞怕他，服從他，他能讓雞像人一樣地聽從使喚。主管雞場的宮中奏事者王承恩向玄宗報告了這一切。玄宗就把賈昌召到殿外庭院中當場試驗，玄宗看了十分滿意，當天就任命他為五百個養雞少年的頭領，加上他的性情忠厚謹慎，玄宗非常寵愛他。每天都有金銀綢緞等賞賜物品送到他的家裡。開元十三年，賈昌用籠子裝了三百隻雞，跟從玄宗去東嶽泰山舉行封禪禮。他的父親賈忠在泰山下去世，因為兒子受寵的緣故，他的屍體得以送回長安埋葬。朝廷為他備辦了棺材和喪車，從山東經洛陽去長安的一路上，由驛站派差役護送他父親的靈柩。

開元十四年三月，賈昌穿着鬥雞服，在驪山溫泉朝見了玄宗。當時天下人稱他為「神雞童」。人們還為他編了一首歌謠這樣唱道：

「生兒子教識字實在不必要，

鬥鬥雞跑跑馬也比讀書好。

賈家的小鬼頭只有十三歲，

榮華富貴祖祖輩輩誰都比不了。

他能讓金雞利爪勝就勝敗就敗，

身穿繡花白綢衫跟着皇帝到處跑。

父親死在千里外也能運回長安來，

官家的差役們又挽喪車又清道。」

　　昭成皇后還在相王府的時候，是八月五日那天生下玄宗
的。唐朝中興之後，就把這一天定為千秋節。賞賜天下百姓牛
肉和酒玩樂三天，稱它為「酺」，並把它作為常規定下來。皇
宮中尤其鋪張，有的年份還去洛陽舉行大酺的典禮和表演。春
節元旦和清明節大多在驪山上度過，每到這些日子，各種樂器
一齊奏響，六宮嬪妃也全都出來，跟從着皇帝。賈昌頭戴雕翠
金花冠，身穿錦緞袖子的繡花綢衣褲，手執金屬大鈴和拂塵，
引導着雞群，讓雞依着次序排列在廣場上。賈昌目光炯炯，顧
盼有神，指揮如意。那些雞豎起了羽毛，張拍着翅膀，摩嘴擦
爪，抑制着奮發的氣勢準備決鬥時發泄，以爭取勝利。鬥雞開
始，那些雞進退都找準時機，隨着賈昌指揮的鞭子或高昂或低
伏，都不違背賈昌的心意。勝負決出之後，強的在前面，弱的
在後面，跟在賈昌後面依次行走，回到雞場。這時還有許多摔

跤的人，耍劍的人，爬高桿的人，玩踢球的人，走繩索的人，站在竿頂跳舞的人，個個神情沮喪，在場外徘徊，不敢進入廣場表演。賈昌難道就是古人所說的教養猴子馴服龍的那一類人嗎？

　　開元二十三年，玄宗給他娶了梨園弟子潘大同的女兒。新郎穿佩玉的服飾，新娘着刺繡的錦襖，都出自皇家府庫。賈昌後來生了兩個兒子，一個叫至信，一個叫至德。天寶年間，他的妻子潘氏因為能歌善舞深得楊貴妃的寵愛。夫婦二人受寵四十年，玄宗和楊貴妃對他們的恩寵始終沒有改變，這豈不是因為他們的技藝高超、行事謹慎的緣故嗎？

　　玄宗生於乙酉年，屬雞，卻叫人穿着朝服鬥雞，在太平時候，已經顯露禍亂的預兆了。但玄宗並沒覺悟。天寶十四載，安祿山攻破洛陽，潼關失守。玄宗逃往成都，賈昌想追趕上去護駕，黑夜裡出西便門，馬因為踩在路上坑窪裡而跌倒，把賈昌的腳摔傷了，不能繼續前進，只得拄着拐杖躲入終南山。每逢進貢鬥雞的那一天，就面向西南大哭。往年安祿山進京朝見玄宗時，曾在橫門外見過賈昌。等到攻陷長安和洛陽之後，就在兩地出千金懸賞搜求賈昌。賈昌改換姓名，投身到佛堂，掃地敲鐘，皈依佛門。

　　等到太上皇回到興慶宮，肅宗在別殿繼位，賈昌才回到原來住處。家被亂兵搶劫一空，沒有剩下甚麼東西了。身穿布

衣，面容憔悴，不能再進入皇宮了。

第二天，又出長安南門，在招國里路旁碰見了妻子和兒子，個個面黃肌瘦。兒子肩挑柴草，妻子披着破棉襖。賈昌和他們抱頭痛哭，又在路上分別。便長期住在長安的佛寺裡，學習大法師的佛學禪理。大曆元年，賈昌跟隨資聖寺有德行的大和尚運平住到東市海池，建造了一座刻有陀羅經教義的石砌經幢。那時賈昌讀書識字已能夠寫出自己的姓名，讀佛經，也能明白其中深奧的道理，並且用自己的苦心來感化街坊上的人，建造僧房佛舍，種植花草樹木。白天給樹根加土，給竹子澆水，晚上在禪房中打坐參禪。

建中三年，運平和尚去世。賈昌服喪行禮完畢，侍奉運平和尚舍利到長安東門外鎮國寺東邊築塔安葬，親手種植了一百多棵松柏。又蓋了一座小屋，就住在塔下，早晚燒香打掃，侍奉師父仍如他生前一樣。順宗還在東宮當太子時，就捐錢三十萬，替賈昌建造師父的影堂和齋舍。另外又在外圍造了一些屋子，給一些遊民居住，讓賈昌收取些租金，但賈昌每天只吃一杯粥，喝一升湯水，睡草席，穿棉袍。除此之外，收入一概作供佛之用。

他的妻子潘氏後來也不知去向。貞元年間，大兒子至信在并州當兵，跟隨大司徒馬燧入京朝見皇帝，去長壽里看望賈昌。賈昌如同沒有生過兒子一樣，不見他，讓他走。二兒子至

德回來後，在洛陽市場上販賣絲綢，來往於長安之間，每年都給賈昌送去黃金、絲綢等物品，賈昌都拒絕了。於是兩個兒子都離開他，不再來了。

　　元和年間，潁川的陳鴻祖帶着朋友出春明門，看見一片茂盛的竹林、柏樹林，香煙繚繞，在路上都能聞到。一行人下了馬去塔下拜見賈昌。聽他談話，都沒發覺天色已暗下來了。賈昌留鴻祖等人住在齋舍中，講起自己的出身和經歷，都很有條理。後又談到國家的典章制度。鴻祖就問起開元年間盛世和變亂根由。賈昌說：「老漢年輕時，是以鬥雞獻媚於皇上，皇上把我們當作歌妓伶人一般看待，讓我住在宮廷外面，怎麼能夠知道朝廷的大事呢？但我有幾句話要跟你們說。老漢曾看見黃門侍郎杜暹去磧西做節度使，兼御史大夫，這才以他顯要的官銜，使得遠邦的人畏服。我還看見哥舒翰鎮守涼州，攻克石堡城，駐守青海城，又帶兵出白龍，越過蔥嶺，把邊界一直推廣到鐵關，總管河左道，經過七次任命，才得到代理御史大夫的官銜。看見張說管理幽州、薊州一帶軍政事務，每年入關進京，都要用高大的車子裝滿從河間、薊州徵收來的綢布，車子一輛接着一輛，聚集在一起駛入關門。但運送到皇家府庫中的，只有江淮一帶出產的綢子和縐紗，四川來的錦緞，以及後宮妃嬪的一些玩物而已。還有河州敦煌道，每年由駐軍開荒耕種，收穫的糧食，供給邊疆軍民，餘下的糧食轉運到靈州，再

從黃河水路運輸，送入太原的糧倉，以備關中地區荒年之用。關中生產的糧食，由百姓自己存放。玄宗去遊五嶽，跟隨的官員成千上萬，從來不吃百姓的糧食。老漢每到逢年過節，炎夏伏天，寒冬臘月，回家休息的時候，在都市中走走，總能看見有賣白衣衫和白棉布的。走到鄰近的市上看看，有人祭神以求療病時，按辦法要用黑布一匹，但出很多錢也買不到，最後只能用裹頭的黑布來代替。近來，老漢拄着拐杖出門，到街道上走走，四面到處看，看到的穿白衣衫的人連一百個也不到。難道天下的人都去當兵了嗎？開元十年時，皇帝有詔令，朝廷中侍郎有缺，由曾經任外官刺史的人優先補用，朝廷中郎中、員外郎有缺，由曾經任外官縣令的人優先補用。但是近來老漢看到四十個三省的郎官，在政治司法方面有些聲譽的人，都被派出去了，大一點做郡的刺史、太守，小一點做縣令。自從老漢住在大路旁，常常有州郡長官們在這兒歇歇馬，都面色慘淡，不願意被從中央官署裡淘汰出來，去治理外地的州郡。開元時代選用人才，注重人的品德，沒有聽說完全以文才作為取士標準的。我要說的大概就是這一些。」說着流下了眼淚，接着又說，「當年太上皇北邊降伏回紇，東邊降服新羅，南邊降服南詔，西邊降服昆夷族。他們每三年一次來長安朝會。皇上召見他們的禮儀很隆重，給予他們撫慰和照顧，提供他們錦繡的衣服，宴請他們酒飯，使他們完成任務並送他們回去，京城不准

長期留外邦人住。而現在北面的胡人和京城的百姓雜住在一起，互相通婚生子。這樣長安城中的年輕人，都有胡人的思想了。你只要看看現在人的首飾、衣着、靴子，已經和從前不一樣了，這難道不是反常的現象嗎？」鴻祖一聲不響，不敢回答，就離開他走了。

開元升平源

原著　吳兢

　　姚元崇初拒太平得罪，上頗德之。既誅太平，方任元崇以相，進拜同州刺史。張說素不叶，命趙彥昭驛彈之，不許。居無何，上將獵於渭濱，密召元崇會於行所。

　　初，元崇聞上講武於驪山，謂所親曰：「準式，車駕行幸，三百里內刺史合朝覲。元崇必為權臣所擠，若何？」參軍李景初進曰：「某有兒母者，其父即教坊長入內。相公儻致厚賂，使其冒法進狀，可達。」公然之，輒效。

　　燕公說使姜皎入曰：「陛下久卜十河東總管，重難其人。臣有所得，何以見賞？」上曰：「誰邪？如愜，有萬金之賜。」乃曰：「馮翊太守姚元崇，文武全材，即其人

也。」上曰：「此張說意也。卿罔上，當誅。」皎首服萬死。即詔中官追赴行在。

上方獵於渭濱。公至，拜首。上言：「卿頗知獵乎？」元崇曰：「臣少孤，居廣成澤，目不知書，唯以射獵為事。四十年，方遇張憬藏，謂臣當以文學備位將相，無為自棄。爾來折節讀書。今雖官位過忝，至於馳射，老而猶能。」於是呼鷹放犬，遲速稱旨。上大悅。上曰：「朕久不見卿，思有顧問，卿可於宰相行中行！」公行猶後。上縱轡久之，顧曰：「卿行何後？」公曰：「臣官疏賤，不合參宰相行。」上曰：「可兵部尚書同平章事！」公不謝，上顧訝焉。

至頓，上命宰臣坐。公跪奏：「臣適奉作弼之詔不謝者，欲以十事上獻。有不可行，臣不敢奉詔。」上曰：「悉數之。朕當量力而行，然後定可否。」

公曰：「自垂拱已來，朝廷以刑法理天下。臣請聖政先仁義，可乎？」上曰：「朕深心有望於公也。」

又曰：「聖朝自喪師青海，未有牽復之悔。臣請三數十年不求邊功，可乎？」上曰：「可。」

又曰：「自太后臨朝以來，喉舌之任，或出於閹人之口。臣請中官不預公事，可乎？」上曰：「懷之久矣。」

又曰：「自武氏諸親，猥侵清切權要之地，繼以韋

庶人、安樂、太平用事，班序荒雜。臣請國親不任台省官。凡有斜封待闕員外等官，悉請停罷，可乎？」上曰：「朕素志也。」

又曰：「比來近密佞幸之徒，冒犯憲綱者，皆以寵免。臣請行法，可乎？」上曰：「朕切齒久矣。」

又曰：「比因豪家戚里，貢獻求媚，延及公卿方鎮，亦為之。臣請除租庸，賦稅之外，悉杜塞之，可乎？」上曰：「願行之。」

又曰：「太后造福先寺，中宗造聖善寺，上皇造金仙玉真觀，皆費巨百萬，耗蠹生靈。凡寺觀宮殿，臣請止絕建造，可乎？」上曰：「朕每睹之，心即不安，而況敢為者哉！」

又曰：「先朝褻狎大臣，或虧君臣之敬。臣請陛下接之以禮，可乎？」上曰：「事誠當然。有何不可？」

又曰：「自燕欽融、韋月將獻直得罪，由是諫臣沮色。臣請凡在臣子，皆得觸龍鱗，犯忌諱，可乎？」上曰：「朕非唯能容之，亦能行之。」

又曰：「呂氏產祿幾危西京，馬、鄧、閻、梁亦亂東漢，萬古寒心，國朝為甚。臣請陛下書之史冊，永為殷鑒，作萬代法，可乎？」上乃潸然良久曰：「此事真可為刻肌刻骨者也！」

公再拜曰：「此誠陛下致仁政之初，是臣千年一遇之日，臣敢當弼諧之地。天下幸甚，天下幸甚！」又再拜，蹈舞稱萬歲者三。從官千萬，皆出涕。

上曰：「坐！」公坐於燕公之下。燕公讓不敢坐。上問。對曰：「元崇是先朝舊臣，合首坐。」公曰：「張說是紫微宮使，今臣是客宰相，不合首坐。」上曰：「可紫微宮使居首坐！」

譯文

　　姚元崇當初因抗拒太平公主而獲罪，玄宗對他十分感激。等到誅滅太平公主後，玄宗準備任命元崇為宰相，先提拔他擔任同州刺史。張說平素與姚元崇不和，唆使趙彥昭猛烈彈劾元崇，玄宗沒有同意。過了不久，玄宗將前往渭水邊打獵，秘密召元崇到出巡停駐的地方相見。

　　起初，元崇聽說皇上將要到驪山演習軍隊，就和他的親信們商議說：「按照規矩，皇上的車駕出巡所到之處，三百里內的刺史都應該趕去朝見。我姚元崇一定會被當權的大臣排擠，怎麼辦？」有位叫李景初的參軍獻計說：「我有一位侍妾，為我生過一個兒子，她的父親就是教坊中經常出入內宮的樂師。相公倘若能送給他一筆豐厚的賄賂，請他冒着觸犯法律的危險為您說情，可以達到目的。」元崇聽從了他的話，並很快就收到了成效。

　　燕國公張說讓姜皎進宮對皇帝說：「陛下早就在物色河東總管的人選，能勝任這一職務的人太難找了。臣要是想好了一個人選，陛下會賞賜我甚麼？」玄宗說：「你說的是誰？如果

確實合適，我將賞賜你一萬金。」姜皎於是説：「馮翊太守姚元崇，文武全才，他就是您要找的人。」玄宗説：「這肯定是張説的意思。你欺騙君上，應該處死。」姜皎自首服罪，聲稱罪該萬死。玄宗當即詔令宦官通知元崇趕赴皇帝停駐的行所。

　　玄宗正在渭河岸邊狩獵，元崇趕到，磕頭拜見。玄宗説：「你懂得打獵嗎？」元崇説：「臣很小的時候死了父親，居住在廣成澤附近，當時一字不識，整天只幹些騎射圍獵的事。四十歲時，才結識相士張憬藏，他説我命中當憑藉文學才能達到將相的高位，勸我不要自暴自棄。從那時起我才改變志向，發憤讀書。現在雖然所居官位已遠遠超過我的實際才能，但要説到騎馬射獵，我即使到老也還是一把好手。」於是姚元崇呼鷹放犬指揮圍獵，遲速緩急都符合皇上的心意。玄宗非常高興。玄宗説：「我很長時間沒有見到你了，有些事情想隨時徵詢你的意見，愛卿可以到宰相的行列中去，與他們一道走！」元崇仍然遠遠地走在後面。玄宗縱馬奔馳了很久，回顧説：「愛卿為甚麼落到這麼後面？」元崇説：「臣官卑位低，不可以混雜到宰相的行列中。」玄宗立刻説：「可以任命你為兵部尚書，同中書門下平章事！」元崇卻沒有立即謝恩接受任命，玄宗感到很奇怪。

　　到了休息的地方，皇上命令宰相們坐下談話。姚公上前跪奏説：「剛剛陛下任命我為宰相，臣沒有立即謝恩的原因，是

想就十件大事進獻我的主張。如果其中有一條不能實現，臣也不敢接受陛下的任命。」玄宗説：「你一條一條地詳盡説來！我當根據實際情況斟酌，然後再決定是否可以實行。」

姚公説：「自武后垂拱年間以來，朝廷一直依靠刑法治理天下。臣請求陛下治理國家把仁義放在首要地位，可以嗎？」玄宗説：「這正是我對你深切期望的。」

姚公又説：「我朝自從高宗時青海一役大敗以後，始終沒有接受教訓有所悔悟。臣請求陛下至少三十年內不要追求邊功，可以嗎？」玄宗説：「可以。」

姚公又説：「自從則天太后臨朝聽政以來，傳達皇帝敕命的任務多由宦官擔任。臣請求不要讓宦官參與國家事務，可以嗎？」玄宗説：「我早就想這麼做了。」

姚公又説：「自從武氏親屬紛紛竊據朝廷清貴權要的職位以來，又相繼有韋氏、安樂公主、太平公主等把持朝政，官職序列蕪雜混亂。臣請求皇親國戚不充任御史台和尚書、中書、門下三省的官員，凡是斜封、待闕、員外等非正式的官職，一律撤銷，可以嗎？」玄宗説：「這是我一貫的心願。」

姚公又説：「近年以來，與皇帝親密接觸的人如果觸犯法律，往往因為受寵而免予追究。臣請求今後依法處理，可以嗎？」玄宗説：「我對這種現象早就切齒痛恨了。」

姚公又説：「近來一些皇親國戚、權貴大族為了討得皇上

歡心，經常獻納珍寶、財貨等物，這股風氣擴展到公卿大臣和地方長官中間，也紛紛效仿。臣請求除正常的租、庸、賦稅以外，其他貢獻全部杜絕禁止，可以嗎？」玄宗説：「我願意這樣去做。」

姚公又説：「太后建造福先寺，中宗建造聖善寺，上皇建造金仙觀、玉真觀，都耗資數百萬，浪費人力物力。凡是寺觀宮殿，臣請求一律停止建造，可以嗎？」玄宗説：「我每次看到那些寺觀，心中就很不安，更何況再去興建新的呢？」

姚公又説：「前朝中宗和大臣一起嬉樂狎戲，不少地方有損君臣相互敬重之道。臣請求陛下以禮相待臣下，可以嗎？」玄宗説：「這是理所當然的事，有甚麼不可以呢？」

姚公又説：「自從燕欽融、韋月將因進諫直言而獲罪，這一來諫官都有所畏懼，不敢説話了。臣請求所有做臣子的，都可以指責皇帝的短處，甚至觸犯皇帝的忌諱，可以嗎？」玄宗説：「我不僅能容忍進諫者的直率，也能按照他的建議去實行。」

姚公又説：「呂產、呂祿等呂后族人，幾乎顛覆了西漢統治，馬、鄧、閻、梁諸外戚也擾亂了東漢朝政。這種叫後代痛心疾首的歷史悲劇，到了我朝更加嚴重了。臣請求陛下將武氏、韋氏等外戚作亂的事件記錄在史書上，永遠作為歷史的教訓，讓子孫萬代引以為戒，可以嗎？」玄宗流下了眼淚，過了好久才説：「這些事真應該刻骨銘心、永不忘卻呀！」

於是姚公再拜説：「今天可以説是陛下實行仁政的開始，是臣千年一遇的日子，臣恭謹地接受宰相的任命。天下百姓真幸運啊，天下百姓真幸運啊！」又再拜，行蹈舞之禮，山呼萬歲。跟從的官員成千上萬，無不感動得流下熱淚。

玄宗説：「請坐！」姚公就坐在燕國公張説的下首位子上。張説起身辭讓，不敢坐在姚公的上首。玄宗問他原因，張説回答説：「元崇是先朝老臣，應該坐在首位。」姚公也説：「張説是紫微宮使（注文：中書令的別稱），是法定的正宰相；臣以兵部尚書同平章事，是客宰相，不應該坐在首位。」玄宗説：「可以，就讓紫微宮使坐在首位！」

⊙

卷
四

鶯鶯傳

原著　元稹

　　貞元中，有張生者，性溫茂，美風容，內秉堅孤，非禮不可入。或朋從遊宴，擾雜其間，他人皆洶洶拳拳，若將不及，張生容順而已，終不能亂。以是年二十三未嘗近女色。知者詰之。謝而言曰：「登徒子非好色者，是有凶行。余真好色者，而適不我值。何以言之？大凡物之尤者，未嘗不留連於心，是知其非忘情者也。」詰者識之。

　　無幾何，張生遊於蒲。蒲之東十餘里，有僧舍曰普救寺，張生寓焉。適有崔氏孀婦，將歸長安，路出於蒲，亦止茲寺。崔氏婦，鄭女也。張出於鄭，緒其親，乃異派之從母。

　　是歲，渾瑊薨於蒲。有中人丁文雅，不善於軍，

軍人因喪而擾，大掠蒲人。崔氏之家，財產甚厚，多奴僕。旅寓惶駭，不知所託。先是，張與蒲將之黨有善，請吏護之，遂不及於難。十餘日，廉使杜確將天子命以總戎節，令於軍，軍由是戢。

鄭厚張之德甚，因飾饌以命張，中堂宴之。復謂張曰：「姨之孤嫠未亡，提攜幼稚。不幸屬師徒大潰，實不保其身。弱子幼女，猶君之生。豈可比常恩哉！今俾以仁兄禮奉見，冀所以報恩也。」命其子，曰歡郎，可十餘歲，容甚溫美。次命女：「出拜爾兄，爾兄活爾。」久之，辭疾。鄭怒曰：「張兄保爾之命。不然，爾且擄矣。能復遠嫌乎？」久之，乃至。常服晬容，不加新飾，垂鬟接黛，雙臉銷紅而已。顏色豔異，光輝動人。張驚，為之禮。因坐鄭旁，以鄭之抑而見也，凝睇怨絕，若不勝其體者。問其年紀。鄭曰：「今天子甲子歲之七月，終今貞元庚辰，生年十七矣。」張生稍以詞導之，不對。終席而罷。

張自是惑之，願致其情，無由得也。

崔之婢曰紅娘。生私為之禮者數四，乘間遂道其衷。婢果驚沮，腆然而奔。張生悔之。翼日，婢復至。張生乃羞而謝之，不復云所求矣。

婢因謂張曰：「郎之言，所不敢言，亦不敢泄。然而

崔之姻族，君所詳也。何不因其德而求娶焉？」

張曰：「余始自孩提，性不苟合。或時紈綺間居，曾莫流盼。不為當年，終有所蔽，昨日一席間，幾不自持。數日來行忘止，食忘飽，恐不能逾旦暮，若因媒氏而娶，納彩問名，則三數月間，索我於枯魚之肆矣。爾其謂我何？」

婢曰：「崔之貞慎自保，雖所尊不可以非語犯之。下人之謀，固難入矣。然而善屬文，往往沉吟章句，怨慕者久之。君試為喻情詩以亂之。不然，則無由也。」

張大喜，立綴《春詞》二首以授之。

是夕，紅娘復至，持彩箋以授張，曰：「崔所命也。」題其篇曰《明月三五夜》。其詞曰：

「待月西廂下，迎風戶半開。

拂牆花影動，疑是玉人來。」

張亦微喻其旨。

是夕，歲二月旬有四日矣。崔之東有杏花一株，攀援可逾。既望之夕，張因梯其樹而踰焉。達於西廂，則戶半開矣。紅娘寢於床。生因驚之。紅娘駭曰：「郎何以至？」張因紿之曰：「崔氏之箋召我也。爾為我告之。」無幾，紅娘復來，連曰：「至矣，至矣！」張生且喜且駭，必謂獲濟。及崔至，則端服嚴容，大數張曰：「兄之恩，

活我之家，厚矣。是以慈母以弱子幼女見託。奈何因不令之婢，致淫逸之詞。始以護人之亂為義，而終掠亂以求之。是以亂易亂，其去幾何？誠欲寢其詞，則保人之姦，不義；明之子母，則背人之惠，不祥。將寄於婢僕，又懼不得發其真誠。是用託短章，願自陳啟。猶懼兄之見難，是用鄙靡之詞，以求其必至。非禮之動，能不愧心？特願以禮自持，無及於亂！」言畢，翻然而逝。

張自失者久之，復踰而出，於是絕望。

數夕，張生臨軒獨寢，忽有人覺之。驚駭而起，則紅娘斂衾攜枕而至，撫張曰：「至矣，至矣！睡何為哉！」並枕重衾而去。張生拭目危坐久之，猶疑夢寐。然而修謹以俟。俄而紅娘捧崔氏而至。至，則嬌羞融冶，力不能運支體，曩時端莊，不復同矣。

是夕，旬有八日也。斜月晶瑩，幽輝半床。張生飄飄然，且疑神仙之徒，不謂從人間至矣。有頃，寺鐘鳴，天將曉。紅娘促去。崔氏嬌啼宛轉，紅娘又捧之而去，終夕無一言。

張生辨色而興，自疑曰：「豈其夢邪？」及明，睹妝在臂，香在衣，淚光熒熒然，猶瑩於茵席而已。

是後又十餘日，杳不復知。張生賦《會真詩》三十韻，未畢，而紅娘適至，因授之，以貽崔氏。自是復容

之。朝隱而出，暮隱而入，同安於曩所謂西廂者，幾一月矣。張生常詰鄭氏之情。則曰：「我不可奈何矣。」因欲就成之。

無何，張生將之長安，先以情諭之。崔氏宛無難詞，然而愁怨之容動人矣。將行之再夕，不可復見，而張生遂西下。

數月，復遊於蒲，會於崔氏者又累月。崔氏甚工刀札，善屬文。求索再三，終不可見。往往張生自以文挑，亦不甚睹覽。大略崔之出人者，藝必窮極，而貌若不知，言則敏辯，而寡於酬對。待張之意甚厚，然未嘗以詞繼之。時愁幽豔邃，恆若不識，喜慍之容，亦罕形見。異時獨夜操琴，愁弄淒惻。張竊聽之。求之，則終不復鼓矣。以是愈惑之。

張生俄以文調及期，又當西去。當去之夕，不復自言其情，愁歎於崔氏之側。崔已陰知將訣矣，恭貌怡聲，徐謂張曰：「始亂之，終棄之，固其宜矣。愚不敢恨。必也君亂之，君終之，君之惠也。則歿身之誓，其有終矣。又何必深感於此行？然而君既不懌，無以奉寧。君常謂我善鼓琴，向時羞顏，所不能及。今且往矣，既君此誠。」因命拂琴，鼓《霓裳羽衣序》，不數聲，哀音怨亂，不復知其是曲也。左右皆歔欷。崔亦遽止之，投琴，泣下流連，

趨歸鄭所,遂不復至。明旦而張行。

明年,文戰不勝,張遂止於京。因貽書於崔,以廣其意。崔氏緘報之詞,粗載於此,曰:

「捧覽來問,撫愛過深。兒女之情,悲喜交集,兼惠花勝一合,口脂五寸,致耀首膏脣之飾。雖荷殊恩,誰復為容?睹物增懷,但積悲歎耳。伏承便於京中就業,進修之道,固在便安。但恨僻陋之人,永以遐棄。命也如此,知復何言!自去秋已來,常忽忽如有所失。於喧嘩之下,或勉為語笑,閒宵自處,無不淚零。乃至夢寐之間,亦多感咽,離憂之思,綢繆繾綣,暫若尋常。幽會未終,驚魂已斷。雖半衾如暖,而思之甚遙。

「一昨拜辭,倏逾舊歲。長安行樂之地,觸緒牽情;何幸不忘幽微,眷念無斁。鄙薄之志,無以奉酬。至於終始之盟,則固不忒。鄙昔中表相因,或同宴處。婢僕見誘,遂致私誠;兒女之心,不能自固。君子有援琴之挑,鄙人無投梭之拒。及薦寢席,義盛意深。愚陋之情,永謂終託。豈期既見君子,而不能定情。致有自獻之羞,不復明侍巾幘。沒身永恨,含歎何言!倘仁人用心,俯遂幽眇,雖死之日,猶生之年。如或達士略情,捨小從大,以先配為醜行,以要盟為可欺。則當骨化形銷,丹誠不泯,因風委露,猶託清塵。存沒之誠,言盡

於此。臨紙嗚咽，情不能申。千萬珍重，珍重千萬！

「玉環一枚，是兒嬰年所弄，寄充君子下體所佩。玉取其堅潤不渝，環以其終始不絕。兼亂絲一絇，文竹茶碾子一枚。此數物不足見珍。意者欲君子如玉之真，弊志如環不解。淚痕在竹，愁緒縈絲。因物達情，永以為好耳。心邇身遐，拜會無期。幽憤所鍾，千里神合。千萬珍重！春風多厲，強飯為嘉。慎言自保，無以鄙為深念。」

張生發其書於所知，由是時人多聞之。所善楊巨源好屬詞，因為賦《崔娘詩》一絕云：

「清潤潘郎玉不如，中庭蕙草雪銷初。

風流才子多春思，腸斷蕭娘一紙書。」

河南元稹亦續生《會真詩》三十韻，詩曰：

「微月透簾櫳，螢光度碧空。

遙天初縹緲，低樹漸蔥朧。

龍吹過庭竹，鸞歌拂井桐。

羅綃垂薄霧，環珮響輕風。

絳節隨金母，雲心捧玉童。

更深人悄悄，晨會雨濛濛。

珠瑩光文履，花明隱繡龍。

瑤釵行彩鳳，羅帔掩丹虹。

言自瑤華浦，將朝碧玉宮。

因遊洛城北，偶向宋家東。

戲調初微拒，柔情已暗通。

低鬟蟬影動，回步玉塵蒙。

轉面流花雪，登床抱綺叢。

鴛鴦交頸舞，翡翠合歡籠。

眉黛羞偏聚，唇朱暖更融。

氣清蘭蕊馥，膚潤玉肌豐。

無力慵移腕，多嬌愛斂躬。

汗流珠點點，髮亂綠蔥蔥。

方喜千年會，俄聞五夜窮。

留連時有恨，繾綣意難終。

慢臉含愁態，芳詞誓素衷。

贈環明運合，留結表心同。

啼粉流宵鏡，殘燈遠暗蟲。

華光猶苒苒，旭日漸瞳瞳。

乘鶯還歸路，吹簫亦上嵩。

衣香猶染麝，枕膩尚殘紅。

羃羃臨塘草，飄飄思渚蓬。

素琴鳴怨鶴，清漢望歸鴻。

海闊誠難渡，天高不易衝。

行去無處所，蕭史在樓中。」

張之友聞之者莫不聳異之，然而張志亦絕矣。

積特與張厚，因徵其詞。張曰：「大凡天之所命尤物也，不妖其身，必妖於人。使崔氏子遇合富貴，乘寵嬌，不為雲，不為雨，為蛟為螭，吾不知其所變化矣。昔殷之辛，周之幽，據百萬之國，其勢甚厚。然而一女子敗之。潰其眾，屠其身，至今為天下僇笑。予之德不足以勝妖孽，是用忍情。」於時坐者皆為深歎。

後歲餘，崔已委身於人，張亦有所娶。適經所居，乃因其夫言於崔，求以外兄見。夫語之，而崔終不為出。張怨念之誠，動於顏色。崔知之，潛賦一章，詞曰：

「自從消瘦減容光，萬轉千回懶下床。

不為旁人羞不起，為郎憔悴卻羞郎。」

竟不之見。後數日，張生將行，又賦一章以謝絕云：

「棄置今何道，當時且自親。

還將舊時意，憐取眼前人。」

自是，絕不復知矣。

時人多許張為善補過者。予常於朋會之中，往往及此意者，夫使知者不為，為之者不惑。貞元歲九月，執事李公垂宿於予靖安里第，語及於是。公垂卓然稱異，遂為《鶯鶯歌》以傳之。崔氏小名鶯鶯，公垂以命篇。

譯文

貞元年間，有個張生，性情溫文爾雅，容貌清秀俊美，但卻意志堅定而有主見，凡是不合乎禮的事情，他從來不做。有時跟朋友們一起出去吃喝玩樂，別人吵鬧起閧，爭先恐後地表現自己，而張生只是表面隨和順從而已，從不亂來。因此都二十三歲了，還沒有接近過女色。知情的人問他。他婉轉地為自己辯解說：「登徒子實在算不上好色，只是好淫罷了，我才是真正好色的人，可惜遇到的都不是我理想中的人。為甚麼這麼說呢？因為只要有十分出色的女子，我何嘗不是放在心中，由此可知我不是一個沒有感情的人。」問他的人聽了，認為這話很有道理。

沒過多久，張生去蒲州遊玩。蒲州東面十多里處，有個寺院叫普救寺，張生就寄住在那裡。剛巧有個崔家的寡婦將要回到長安去，路過蒲州，也停留在這個寺院裡。這位崔夫人，娘家姓鄭。張生的母親也姓鄭，論起親戚來，還是遠房的姨母。

這一年，宰相渾瑊死在蒲州。監軍的大宦官丁文雅不會帶兵，官兵就趁着喪事開始鬧事，大肆掠奪蒲州百姓的財物。崔

家財產豐厚，奴僕很多，旅居在這裡，感到十分恐慌，不知道該去依附誰。在這之前，張生和蒲州軍隊中的將官們很要好，於是請求他們派手下人來保護崔家，這樣才免受了劫掠的災難。十多天後，觀察使杜確奉皇帝的命令來主持軍務，嚴明軍紀，軍隊從此就安定了下來。

崔夫人非常感激張生的恩德，整辦了酒菜來款待張生，在中堂宴請他。還對他說：「你姨媽是個守寡的未亡人，拖帶着兩個幼小的孩子。不幸遇上軍隊大亂，真是難以自保。我幼弱的子女，多虧你保全了他們的性命，這可不比一般的恩惠啊！今天我想讓他們以對待兄長的禮節來拜見你，希望他們將來有機會報答你的恩情。」於是叫她的兒子歡郎出來拜見。歡郎大約十多歲，長得溫文秀美。接着又叫她的女兒道：「快出來拜見你的哥哥，是你哥哥救了你的命。」過了很久，女兒推說有病不肯出來。崔夫人發怒道：「是張家哥哥保全了你的性命，不然的話，你也許已經被擄走了。還能避男女嫌疑的嗎？」過了很長時間，她才出來。穿着平常的衣服，面色滋潤，沒有新加的修飾，只不過雙鬟下垂，接近黛眉，兩頰飛紅罷了。她容貌十分豔麗，光彩動人。張生看了很吃驚，連忙向她施禮。她就坐到母親身旁。因為母親強迫她出來相見，眼光中流露出委屈和埋怨的神氣，嬌弱的體態好像支持不住似的。張生詢問她的年齡。崔夫人答道：「她生於興元元年七月，到今年貞元

十六年，已經十七歲了。」張生不住地用話來引她開口，她都不回答。宴席結束後，就各自散去了。

從此以後張生就迷戀上了她，很想去向她表達自己的情感，可都沒有辦到。

崔家女兒叫鶯鶯，她的丫頭叫紅娘，張生私下裡曾經好多次送給紅娘東西，趁機便向她說出了自己的心事。那丫頭聽了，果然給嚇壞了，害羞地跑掉了。張生感到很後悔。第二天，那丫頭又來了。張生很羞愧地向她謝罪，不再提起所求之事。

那丫頭於是對張生說：「公子說的那番話，我不敢對小姐說，但也不會洩露出去的。但崔家的親戚，你是了解的，何不乘他們對你感激之際，去正式求婚呢？」

張生說：「我這人從小性格就不肯隨便遷就。有時和女子處在一起，也不曾偷看過一眼。想不到過去那樣的不把女人放在眼裡，終於也會被迷惑住。日前在酒席上，幾乎克制不住自己了。這幾天來，走路忘記停步，吃飯忘記飢飽，恐怕快要因相思而死了。如果請人做媒後再娶親，必須經過納采、問名等一系列訂婚手續，總得好幾個月，到那時候，我就像水將乾涸的魚，早已變成乾魚舖裡的魚乾了。你叫我怎麼辦才好？」

那丫頭說：「鶯鶯小姐是個堅貞自重的人，即使她的長輩也不能拿不正經的話冒犯她。底下人出的主意，就更加難以被

接受了。但她很會寫詩文，常常心中默默地吟詠着詩句，為了能巧構佳作而苦思冥想。公子你不妨試着寫些寄託愛慕之情的詩來打動她。否則，也就沒有別的辦法了。」

張生聽了，十分高興，立刻寫了兩首《春詞》交給那丫頭。

這天晚上，紅娘又來了，拿着彩箋來交給張生，説：「這是鶯鶯小姐讓我送來的。」原來是詩一首，題名為《明月三五夜》。詩是這樣寫的：

「西廂下把月兒等待，迎着風那房門半開。

牆頭的花影兒搖動，疑是我意中人到來。」

張生也暗中明白了詩中的含意。

這天，是二月十四日。崔家住處東面有一株杏花樹，攀着樹枝就可越過牆去，到了十五月圓的那天晚上，張生將那棵樹當作梯子越過牆去。到了西廂房，那房門早半開着了。紅娘睡在床上，被張生驚醒了，紅娘嚇了一跳問：「公子怎麼到這裡來了？」張生便騙她説：「是你小姐寫了信叫我來的，你替我去通報她一聲。」不多一會，紅娘又出來，連聲説：「來了！來了！」張生又驚又喜，以為事情一定會成功。等到鶯鶯出來，見她衣着整齊，面容嚴肅，狠狠地數落張生道：「哥哥救了我們一家，恩德確實很大，因此母親才把幼兒弱女託付給你，但你怎麼能讓不懂事的丫頭送來不正經的詩詞？你當初出於道義救人危難，最終卻乘人之危以求私慾，這是用一種強暴

方式代替另一種強暴方式，兩者之間又有甚麼差別？本來想對你寫的《春詞》瞞住不提，但掩蓋人的不良行為，是不應該的。想去告訴母親，又怕辜負了你的恩惠，也不好。想託丫頭轉告，又怕她不能表達我真正的意思，因此藉一首短詩，想自己對你說明白，又怕你讀了後難堪，這才用了些鄙陋庸俗的詞句，想用這辦法讓你一定能來，以便當面說清楚。對於這種非禮的舉動，我能不感到慚愧嗎？所以我很希望你能用禮來約束自己，不要有淫亂的事發生！」說完，轉身就進去了。

張生失神落魄了好一會，才又翻牆出去了，從此便絕望了。

幾天後的一個晚上，張生靠近窗子獨自睡着，忽然有人弄醒他。張生吃驚地起來，看見紅娘抱着被子、枕頭來了，拍着張生說：「來了，來了！還睡甚麼覺呀！」放好被子、枕頭就走了。張生擦擦眼睛端坐着，好一會，仍以為在做夢。但仍恭恭敬敬地等待着。不一會兒，紅娘扶着鶯鶯來了。到了面前，見鶯鶯滿面嬌羞，柔弱無力，好像不能支撐身體，和從前那端莊的樣子，完全不同了。

這天晚上是農曆十八日，晶瑩的月光斜照着，將銀色的冷光灑落在半張床上。張生心中飄飄然，疑心她是天上的仙子，卻不料下凡到人間來了。過了一會兒，寺院的鐘聲敲響了，天快要亮了，紅娘催鶯鶯趕快回去，鶯鶯幽幽地哭泣起來。紅娘

又扶着她回去，整夜沒有說一句話。

張生天蒙蒙亮就起床了，自己還疑心道：「這難道是做夢嗎？」等到天亮，只見手臂上尚留有脂粉痕跡，衣服上尚染有餘香，點點淚珠尚在褥席間發亮。

這以後又過了十多天，杳無音信。張生寫了一首三十韻的《會真詩》[①]，詩還沒寫完，恰巧紅娘來了，就將詩交給她，託她送給鶯鶯。從此鶯鶯又接納了張生。張生每天早晨偷偷地出去，晚上偷偷地來，和鶯鶯同宿在以前所說的西廂房中，差不多有一個月了。張生常常向鶯鶯問起她母親鄭氏的心意，回答說：「我想即使她知道，也無可奈何了。所以願意將就着成全這件婚事的。」

沒多久，張生將去長安，先表了衷腸對她安撫開導，鶯鶯沒有說一句不樂意的話，但臉上卻流露出愁苦哀怨的表情。要動身的前一天晚上，就再也沒有見到她。張生就向西去了長安。

幾個月後，張生又來到蒲州，和鶯鶯相見了，在她那兒住了幾個月。鶯鶯文章、書簡之類寫得很好，又善於詩賦。張生再三懇求她出示，還是不肯拿出來給人看。張生常常用自己寫的文章來逗引她，她也不大理會。大概鶯鶯高出常人的地方，

①　會真，就是遇仙的意思。

在於技藝超凡，而從不賣弄，口齒伶俐，而很少與別人應對。她對張生的感情十分深厚，但從來不用語言來表達。時常心中深藏愁緒，但表面上仍然跟平常一樣，喜怒哀樂，也很少在臉上表露。有一天，鶯鶯一個人在晚上彈琴，聲調十分悽慘哀怨。張生偷聽到後，要求她再彈一遍，鶯鶯就再也不彈了。因此張生就更加迷戀她了。

沒過多久，張生參加科舉考試的時間到了，又要西去長安。去的頭天晚上，不再像上次別離那樣訴說情感，只是在鶯鶯身邊唉聲歎氣。鶯鶯已暗暗知道將要訣別了，就面色恭敬，聲音柔和地慢慢對張生說：「你開始玩弄我，結果又拋棄我，那是我應得的報應。我不敢怨恨你。如果你能有始有終，是你對我的恩惠。我們所發的至死不分離的誓言，就有了結局。又何必對這次離去感傷不已呢！但既然你心中不愉快，我又沒有甚麼可安慰你的。你曾經說我琴彈得好，以前怕難為情，沒有彈給你聽。你現在就要走了，我彈一曲來滿足你的願望吧。」於是就叫丫頭把琴拂拭一下，彈起了《霓裳羽衣曲》的序曲，沒彈幾下，琴聲就變得十分哀怨淒惻，簡直聽不出彈的是這首曲子了。在旁的人聽了都歎息不已。鶯鶯也突然停下了彈奏，扔下琴，淚流不止，快步地奔向母親的房裡，就沒有再出來。第二天早晨，張生就動身走了。

第二年，考試失利，張生就留在京城。於是寄信給鶯鶯，

以寬慰她的心情。鶯鶯的回信，大意記錄在這裡，信中說：

「捧讀了你的來信，你對我的關懷愛戀實在是太深厚了。我被愛情所感動，悲喜交集。又贈我首飾一盒，口紅五寸，讓我妝點頭面，潤澤嘴唇。雖然承蒙你對我特別的恩愛，但你不在身邊，我裝飾打扮起來又給誰看呢？看見這些東西，徒然增添我心中的思念，只是讓我多了幾聲悲傷的長歎罷了。聽送信人說你正在京城攻讀學業。進修的方法，本在於心情平靜，只恨我這偏遠無知的弱女子，將被你永久遺棄。這是命中注定如此，還有甚麼話可說！自從去年秋天以來，我經常恍恍惚惚，好像丟了甚麼似的，在熱鬧的場合，有時也勉強說笑幾句，但一到寂靜的夜晚，一個人呆著的時候，總是忍不住就要流下眼淚。甚至睡夢之中，也常常為別離的憂思而感傷哭泣。夢中與你情愛綿綿，還和平常一樣。可是幽會未完，就突然驚醒了。雖然被褥中似乎還保留著一些溫暖，但靜靜一想，我們的相隔又是多麼的遙遠。

「前些日子和你分別，很快已過了一年。長安是個行樂的地方，隨處都能牽絆人的感情。多虧你沒忘記身處僻遠的我，時刻想念著我。使見識淺薄的我，不知道如何來報答你。至於同生共死的誓言，我不會改變。想起以前我們因為中表親戚的關係，有時在一起吃飯相處。由於被婢女所引誘，向你表露了內心，再也管束不住男女情慾。你猶如司馬相如彈琴挑逗卓文

鶯鶯傳　287

君一樣向我示愛，我卻沒有像高家女子向謝鯤投梭那樣地拒絕你。等到和你同枕共席時，彼此的情義就更加深厚了。我以為自己的感情終身有了依託。哪裡知道委身於你後，你卻不能和我確定婚約，使我蒙受自願獻身的恥辱，而不能再像一個妻子那樣公然地服侍你。我將終生抱恨，除了悲歎還有甚麼可說的！如果你有一片仁愛的好心，能委屈地成全我的願望，即使我死的那一天，也會同活着的時候一樣地感到幸福。如果你要做個達觀的人把感情的事不放在心上，拋開在你看來是區區小事而去尋找更大的利益，把未婚的結合當作醜行，拿過去的誓盟不當一回事，那麼我即使屍骨化灰、形體消滅了，那一點誠心也不會泯滅。我的靈魂將要隨着風露飄蕩，跟在你的身邊。無論是生是死，我的真情能說的也就只有這些了。對着信紙，我淚流嗚咽，我的情感無法全都表達出來。請你千萬珍重，珍重千萬！

「我有一枚玉環，是我幼年時的玩物，送給你隨身佩戴。玉，表示堅貞不渝；環，表示始終不絕。同時奉上頭髮一縷、湘妃竹茶碾子一個。這幾樣東西不見得珍貴，只是希望你能像玉一樣地純真，而我的心就像環一樣地脫不開。我的淚痕留在竹上，我的愁緒縈繞如髮絲。用這些東西表達着我的情意，希望我們能永遠相愛。我和你心近身遠，相見遙遙無期。幽怨憤恨積聚在心，雖相隔千里，精神也能互相溝通。千萬珍重！春

風料峭，容易得病，你要多吃一點飯才好。自己多多保重身體。不要太記掛着我了。」

張生把她的這封信給一些朋友看，因此當時有不少人聽說過這件事。張生的好朋友楊巨源喜歡寫詩，為此，寫過一首《崔娘詩》的絕句：

「潘安似的情郎玉也比他不上，

殘雪初消庭中蘭蕙已經飄香。

風流才子總愛懷着青春夢想，

蕭娘一紙書信令人痛斷柔腸。」

河南的元稹也為張生的《會真詩》續寫了三十韻，詩說：

「微微的月色透過簾櫳，淡淡的銀光飛度碧空。

遙遙青天正似見非見，低矮的樹已漸現蔥蘢。

風吹庭中竹龍吟細細，梧桐葉兒鳴聲似鸞鳳。

羅衣下垂如披着薄霧，環佩輕響搖擺於微風。

仙人儀仗簇擁着王母，彩雲中扶出玉女金童。

更鼓報夜深四周悄悄，幽會在凌晨細雨濛濛。

繡花鞋移動閃着珍珠，錦花襖鮮明隱見繡龍。

頭上鳳凰釵美玉搖曳，身披輕羅衣色如彩虹。

聽說她來自瑤華仙浦，將要去朝拜碧玉神宮。

只因想遨遊洛水之濱。偶而便走向宋玉家東，

調戲之初還微微抵拒，柔情似水已暗暗相通。

鬢髮低垂時蟬翼影動，蓮步迴旋處羅襪塵蒙。

美嬌容轉側如花似雪，登床榻忙將錦被抱擁。

雙鴛鴦翩翩交頸共舞，翡翠鳥親熱合歡聚攏。

黛眉帶羞赧偏又輕顰，朱唇多暖熱更覺和融。

氣息清似蘭香沁心脾，肌膚潤如玉潔白腴豐。

移動手腕也慵倦無力，縮身多嬌卻令人憐寵。

汗水流面見珠光點點，鬢髮散枕如亂雲蓬鬆。

正暗喜千載難逢此會，忽聞報五更良夜已終。

流連光景短內心有恨，繾綣不能盡意恨無窮。

悵然的面容露出悲愁，美好的語言誓明曲衷。

贈君玉環但願命運合，留下同心結聊表心同。

紅淚濕脂粉殘夜照鏡，青燈殘唯聞遠處鳴蟲。

重梳妝依然光彩奕奕，窗戶外已見旭日曈曈。

神女乘水鳥飛回洛水，王子喬吹簫上了高嵩。

衣衫上還帶蘭麝餘香，衾枕間尚留幾處殘紅。

此時像塘邊青草茂密，他日只怕變渚間飄蓬。

哀怨的琴聲如鳴別鶴，仰望着銀河期盼歸鴻。

大海遼闊啊實在難渡，長空高遠啊如何能衝？

巫山的行雲總無定處，寂寞的蕭史獨居樓中。

　　張生的朋友聽說這件事後無不驚詫萬分。然而張生卻決定
與她斷絕關係了。

元稹和張生特別要好，就詢問他這樣做的原因。張生說：「一般說來，上天對特別美麗女子所作的安排，不是使她自己受害，就是讓她去禍害別人。假使崔鶯鶯嫁給富貴人家，憑仗得人寵愛，不是為雲為雨，如巫山神女，便是為蛟為螭，去興風作浪。我不知道她會變化成個甚麼樣子。從前殷朝的紂王和周朝的幽王，擁有百萬人口的大國，勢力非常雄厚，但是一個女子就將他們給毀了。弄得國破身亡，至今被天下人恥笑。我的道德修養還不足以勝過妖孽，所以只好用控制感情、忍心割棄的辦法來對待了！」當時在座的人都深為感歎。

　　一年多以後，崔鶯鶯已經嫁了人，張生也另外娶了親。有一次張生剛巧經過鶯鶯的住處，就通過她的丈夫對鶯鶯說，要求以表兄的身份見她一面。她的丈夫告訴了她，但鶯鶯始終不肯出來。張生一副非常怨恨失望的表情流露在臉上。鶯鶯知道後，就偷偷寫了一首詩送給他，詩說：

　　「自從消瘦後已減損了容光，思緒千回萬轉總懶得下床。

　　並非為見他人而含羞不起，我為郎而憔悴卻羞於見郎。」

　　最終也不出來相見。幾天後，張生準備走了，鶯鶯又寫了一首詩謝絕他說：

　　「既丟棄說甚麼也都不必，當時卻是何等親親密密！

　　還是將你過去那番情意，對眼前人多加愛憐體恤。」

　　從此，再也不知道她的情況了。

當時不少人都推許張生是善於彌補過失的人。我曾在朋友聚會當中，多次談及這件事的用意：是要讓明智的人不去做這種事；已經做了這種事的人，不被美色所迷惑。貞元年間九月，友人李公垂寄宿在我靖安里的寓所中，我們聊天時談到這件事，公垂很感興趣，認為事情奇特，就寫了《鶯鶯歌》來敍述它。鶯鶯是崔家女子的小名，公垂就把它作了詩篇的題目。

周秦行紀

原著　牛僧孺

　　余貞元中舉進士落第，歸宛葉間。至伊闕南道鳴皋
山下，將宿大安民舍。會暮，失道，不至。更十餘里，
行一道，甚易。夜月始出，忽聞有異香氣，因趨進行，
不知近遠。見火明，意謂莊家。更前驅，至一大宅，門
庭若富豪家。

　　有黃衣閽人曰：「郎君何至？」余答曰：「僧孺，姓牛，
應進士落第往家。本往大安民舍，誤道來此。直乞宿，
無他。」中有小鬟青衣出，責黃衣曰：「門外誰何？」黃
衣曰：「有客。」黃衣入告，少時，出曰：「請郎君入。」
余問誰氏宅。黃衣曰：「第進，無須問。」

　　入十餘門，至大殿。殿蔽以珠簾，有朱衣紫衣人百
數，立階陛間。左右曰：「拜殿下。」簾中語曰：「妾漢

文帝母薄太后。此是廟，郎不當來。何辱至？」余曰：「臣家宛下，將歸，失道，恐死豺虎，敢託命乞宿。太后幸聽受。」太后遣軸簾，避席曰：「妾故漢文君母，君唐朝名士，不相君臣，幸希簡敬，便上殿來見。」

太后着練衣，狀貌瑰偉，不甚妝飾。勞余曰：「行役無苦乎？」召坐。食頃間，殿內庖廚聲。太后曰：「今夜風月甚佳，偶有二女伴相尋。況又遇嘉賓，不可不成一會。」呼左右：「屈兩個娘子出見秀才。」

良久，有女二人從中至，從者數百，前立者一人，狹腰長面，多髮不妝，衣青衣，僅可二十餘。太后曰：「此高祖戚夫人。」余下拜，夫人亦拜。更有一人，圓題柔臉穩身，貌舒態逸，光彩射遠近，時時好睇，多服花繡，年低薄后。后顧指曰：「此元帝王嬙。」余拜如戚夫人，王嬙復拜。各就坐。

坐定，太后使紫衣中貴人曰：「迎楊家潘家來。」久之，空中見五色雲下，聞笑語聲浸近。太后曰：「楊潘至矣。」忽車音馬跡相雜，羅綺煥耀，旁視不給。有二女子從雲中下，余起立於側。見前一人纖腰身修，睟容，甚閒暇，衣黃衣，冠玉冠，年三十以來。太后顧指曰：「此是唐朝太真妃子。」予即伏謁，肅拜如臣禮。太真曰：「妾得罪先帝（先帝謂肅宗也），皇朝不置妾在后妃數中。

設此禮，豈不虛乎？不敢受。」卻答拜。更一人厚肌敏視，身小，材質潔白，齒極卑，被寬博衣。太后顧而指曰：「此齊潘淑妃。」余拜如王昭君，妃復拜。

既而太后命進饌。少時，饌至，芳潔萬端，皆不得名字。粗欲充腹，不能足食。已，更具酒。其器盡寶玉。太后語太真曰：「何久不來相看？」太真謹容對曰：「三郎（天寶中，宮人呼玄宗多曰三郎）數幸華清宮，扈從不暇至。」太后又謂潘妃曰：「子亦不來，何也？」潘妃匿笑不禁，不成對。太真乃視潘妃而對曰：「潘妃向玉奴（太真名也）說，懊惱東昏侯疎狂，終日出獵，故不得時謁耳。」太后問余：「今天子為誰？」余對曰：「今皇帝名適，代宗皇帝長子。」太真笑曰：「沈婆兒作天子也，大奇！」太后曰：「何如主？」余對曰：「小臣不足以知君德。」太后曰：「然無嫌，但言之。」余曰：「民間傳英明聖武。」太后首肯三四。

太后命進酒加樂，樂妓皆年少女子。酒環行數周，樂亦隨輟。太后請戚夫人鼓琴，夫人約指以玉環，光照於手（《西京雜記》云：高祖與夫人百鍊金環，照見指骨也），引琴而鼓，聲甚怨。太后曰：「牛秀才邂逅逆旅到此，諸娘子又偶相訪，今無以盡平生歡。牛秀才固才士。盍各賦詩言志，不亦善乎？」遂各授與箋筆，逡巡

詩成。太后詩曰：

「月寢花宮得奉君，至今猶愧管夫人。

漢家舊日笙歌地，煙草幾經秋又春。」

王嬙詩曰：

「雪裡穹廬不見春，漢衣雖舊淚長新。

如今猶恨毛延壽，愛把丹青錯畫人。」

戚夫人詩曰：

「自別漢宮休楚舞，不能妝粉恨君王。

無金豈得迎商叟，呂氏何曾畏木強。」

太真詩曰：

「金釵墮地別君王，紅淚流珠滿御床。

雲雨馬嵬分散後，驪宮無復聽《霓裳》。」

潘妃詩曰：

「秋月春風幾度歸，江山猶是鄴宮非。

東昏舊作蓮花地，空想曾拖金縷衣。」

再三趣余作詩。余不得辭，遂應教作詩曰：

「香風引到大羅天，月地雲階拜洞仙。

共道人間惆悵事，不知今夕是何年。」

別有善笛女子，短鬟，衫吳帶，貌甚美，多媚，潘
妃偕來。太后以接坐居之。時令吹笛，往往亦及酒。太
后顧而謂曰：「識此否？石家綠珠也，潘妃養作妹，故潘

妃與俱來。」太后因曰：「綠珠豈能無詩乎？」綠珠拜謝，作詩曰：

「此地原非昔日人，笛聲空怨趙王倫。

紅殘綠碎花樓下，金谷千年更不春。」

詩畢，酒既至。太后曰：「牛秀才遠來，今夕誰人與伴？」戚夫人先起辭曰：「如意兒長成，固不可。且不宜如此。況實為非乎？」潘妃辭曰：「東昏以玉兒（妃名）身死國除，玉兒不擬負他。」綠珠辭曰：「石衛尉性嚴忌，今有死，不可及亂。」太后曰：「太真今朝先帝貴妃，不可言其他。」乃顧謂王嬙曰：「昭君始嫁呼韓單于，復為株累若鞮單于婦，固自用。且苦寒地胡鬼何能為？昭君幸無辭。」昭君不對，低眉羞恨。俄各歸休。余為左右送入昭君院。

會將旦，詩人告起得也。昭君泣以持別，忽聞外有太后命，余遂出見太后。太后曰：「此非郎君久留地，宜亟還。便別矣。幸無忘向來歡。」更索酒。酒再行，戚夫人潘妃綠珠皆泣下，竟辭去。

太后使朱衣人送往大安，抵西道，旋失使人所在，時始明矣。余就大安里，問其里人。里人云：「去此十餘里有薄后廟。」余卻回，望廟宇，荒毀不可入。非向者所見矣。

余衣上香經十餘日不歇，竟不知其如何。

譯文

　　我貞元年間入京參加進士科考試未被錄取，返回宛縣、葉縣一帶。走到伊闕縣南路的鳴皋山下，打算投宿到大安里百姓家中。正巧天色已晚，迷了路，不能趕到。又走了十多里，走在一條路上，道路十分平坦。這時夜晚的月亮剛剛升起，忽然聞到一股奇異的香氣，於是加快腳步向前趕，也不知道走了多遠。看見前面有燈火閃爍，心想可能是住家。再往前走，來到一所大宅院前。從門庭的規模來看，像是一家富豪大戶。

　　穿黃衣的看門人問我道：「郎君從哪裡來？」我回答說：「我名僧孺，姓牛，參加進士考試沒有考中，正要返回家鄉。本來要去大安里農家，走錯了路來到這裡。只想請求借宿一晚，沒有別的目的。」裡面又出來一個青衣婢女，責問黃衣門人說：「門外是甚麼人？」黃衣門人說：「有客人。」黃衣門人入內通報，過了一會兒，出來說：「請郎君進去。」我問這是誰家的宅第，黃衣門人說：「只管進去，不必多問。」

　　進了十多座院門，來到一座大殿。殿上被珠簾遮擋，有百來個身着朱衣、紫衣的侍者，站立在台階之間。左右的侍者

説:「參拜殿下。」只聽見簾內有人對我説:「妾身是漢文帝的母親薄太后。這裡是廟宇,郎君本不該來的,你是怎麼走到這裡來的呢?」我説:「我家住在宛縣,想要回家,迷路了。恐怕被豺虎一類的野獸吃掉,斗胆請求借宿一夜,還望太后能接受我的請求。」太后命人捲起珠簾,離開座位説:「妾是故漢文帝的母親,您是唐朝的名士,我們沒有君臣的關係,希望你不要過於拘禮,就請上殿相見。」

太后身穿白色熟羅織成的衣服,身材高大,沒怎樣妝飾打扮。慰勞我説:「旅途中很辛苦吧?」請我坐下。過了一頓飯的工夫,殿內傳來做飯的聲音。太后説:「今夜月色很美,正巧有兩位女伴前來訪問。況且又遇貴客臨門,不可不成一次聚會。」招呼左右侍從説:「請兩位娘子出來和牛秀才見見面。」

過了許久,從裡面出來兩位女子,後面隨從着數百人。站在前面的一位,細腰長臉,頭髮濃密,臉上沒有化妝,穿着一件青色的衣衫。年紀僅有二十多歲。太后説:「這是高祖的戚夫人。」我下拜,戚夫人也回拜。還有一人,圓圓的額角,柔柔的臉龐,匀稱的身材,容貌和美,儀態瀟灑,光彩四射,不時喜歡皺皺眉頭,衣服上繡滿了花樣。年紀比薄太后小。太后指着她説:「這是元帝的王嬙。」我也像對待戚夫人一樣下拜,王嬙也回拜了,然後各自就座。

坐定後,太后命穿紫衣的宦官説:「迎請楊家、潘家夫人

來。」又過了很久，只見有五色彩雲從空中冉冉降下，聽得談笑聲逐漸由遠及近。太后説：「楊、潘到了。」忽然間車聲馬聲雜亂而至，羅綺織就的衣裳光彩照耀，叫旁觀的人眼花繚亂看不過來。有兩位女子從雲彩中飄然降下，我連忙起身站在一旁。只見前面一人細腰長身，容貌瑩潤，儀態十分悠閒，身穿黃衣，頭戴玉冠，年約三十來歲。太后指着她説：「這位是唐朝太真妃了。」我當即伏地拜謁，按照臣子的禮儀恭謹地參拜。太真説：「妾得罪了先帝[①]，皇朝不把我算在后妃之列。現在你行此大禮，不是白贊了嗎？妾不敢接受。」退後幾步答拜我。還有一人，肌膚豐滿，目光敏銳，身材嬌小，膚色潔白，年齡最小，穿着寬大的衣袍。太后為我指引説：「這位是南齊潘淑妃。」我也像對待王昭君一樣拜見她，潘妃也回拜了。

接着太后命令擺設飯食。一會兒，飯食端上來了，品類繁多，芳香潔美，全都叫不上名字。我只想吃飽肚子，沒能樣樣都嘗遍。吃完飯，又準備好酒菜。酒具全部是由寶玉製成，太后對楊太真説：「為甚麼這麼久不來看我？」太真恭謹地回答：「三郎[②]幾次臨倖華清宮，我隨駕前去，沒有時間來這裡。」太后又對潘妃説：「你也不來，為甚麼？」潘妃偷笑不止，不能

① 指唐肅宗。
② 天寶年間，宮中人大多稱玄宗為三郎。

回答。太真就望着潘妃回答太后説：「潘妃對玉奴①説，可恨東
昏侯太不檢點，天天出外打獵，所以不能常來拜見。」太后問
我：「現在的天子是誰？」我回答説：「當今皇帝名適，是代宗
皇帝的長子。」太真笑着説：「沈婆的兒子竟然當上了皇帝，
太出人意料了！」太后問：「當今皇帝是個甚麼樣的君主？」
我回答説：「小臣不足以評價君主的德行。」太后説：「沒有關
係，放心講吧。」我説：「民間都傳稱當今天子英明聖武。」
太后聽了不住點頭。

　　太后命令獻上美酒，奏起音樂，樂妓都是年輕的女孩子。
酒過數巡，音樂也隨之停止，太后請戚夫人彈琴助興，戚夫人
在手指上套上玉環，光澤映照着手指②，擺好琴演奏，琴聲十分
悽怨。太后説：「牛秀才碰巧到這裡借宿，各位娘子又恰好來
訪，今天真是平生難得的歡會，卻沒有甚麼可以助興。牛秀才
本是才學之士，我們何不各自賦詩抒發自己的情懷，不也很好
嗎？」於是分別發給每人紙筆，一會兒工夫詩都寫好了。太后
的詩是這樣寫的：

　　「月圓花好夜留在寢宮裡侍君，

　　　至今依然感愧管夫人的深思。

----

① 太真小名玉環。
② 《西京雜記》説，漢高祖給戚夫人一枚百煉金環，能照見指骨。

漢家天子舊日笙簫歌舞的館閣啊，

迷離的野草又已幾度秋去幾度春。」

　王嬙的詩是這樣寫的：

「雪中的氈帳裡永遠望不到春天，

漢衣雖舊懷鄉之淚卻日日新添。

至今我還痛恨畫工毛延壽啊，

總愛用畫筆醜化美人的容顏。」

　戚夫人的詩是這樣寫的：

「自從辭別漢宮不曾跳過楚地的舞蹈，

不再梳妝打扮心中惱恨早逝的君王。

我身無黃金怎麼也請不起商山四皓，

驕橫的呂后何曾懼怕過倔強的周昌。」

　楊太真的詩是這樣寫的：

「金釵墮地時淒然拜別君王，

如珠的血淚灑滿御座龍床。

一經馬嵬坡生死永隔啊，

驪宮裡再也聽不到舞曲《霓裳》。」

　潘妃的詩是這樣寫的：

「秋月春風記不清幾度回歸，

江山依舊鄴宮已面目全非。

東昏侯當年鑿的蓮花地啊，

令我空憶曾在此拖着金縷舞衣。」

太后再三催促我作詩，我無法推辭，就應命寫了一首，詩中寫道：

「縹緲的香風把我引到大羅神天，

月色中登上雲階拜會洞府神仙。

相互談起人世間的惆悵事啊，

也不知今夜世上已是何年。」

另有一位善吹笛的女子，短鬢，穿着飄動飛揚的衣衫，容貌非常美麗，嬌媚多姿，是和潘妃一道來的，太后讓她坐在自己旁邊，不時命她吹笛助興，常常也讓她喝兩杯。太后回頭對我説：「認識她嗎？她就是石崇家的綠珠姑娘。潘妃將她認養為妹，所以潘妃帶着她一起來了。」太后於是説：「綠珠怎能沒有詩呢？」綠珠拜謝太后的美意後，也作了一首詩，詩是這樣寫的：

「今天在座的賓客已不是當年的故人，

淒咽的笛聲空自埋怨着趙王司馬倫。

紅殘綠碎香消玉殞在萬花樓下啊，

金谷園從此千年不復明媚的陽春。」

詩作完了，酒也喝得差不多了。太后説：「牛秀才遠道而來，今晚誰與他做伴？」戚夫人首先起身推辭説：「我兒子如意已經長大，我自然不合適。而且於禮法也不應該這樣。」潘

妃也推辭說：「東昏侯為了我滅國亡身，我不想做對不起他的事。」綠珠也推辭說：「石衛尉生性怯刻多疑，今天我寧可去死，也不願做苟且之事。」太后說：「太真是本朝先帝的貴妃，自然不好說起。」於是回頭對王嬙說：「昭君最初嫁給呼韓邪單于，又做了株累若鞮單于的妻子，本來就能自己做主。況且苦寒地區胡人的亡魂能有甚麼靈應？希望昭君不要推辭了。」昭君不作聲，只低垂着頭好像又羞又恨的樣子。不久各自歸房休息。我被左右侍從送到昭君院內。

待到天就要亮了，侍者告訴我可以啟程了。昭君哭泣着拉着我的手道別。忽然聽到外面傳來太后的召命，我便出來拜見太后。太后說：「這裡不是郎君永留之地，最好立刻回去。我們就此告別了，希望不要忘記昨日的歡聚。」又命擺上酒菜。戚夫人、潘妃、綠珠都流下了眼淚，終於告辭而去。

太后派朱衣使者送我去大安里，到了西邊的大路上，轉眼間使者的身影不見了，這時天已開始亮了。我來到大安里，向當地人詢問。當地人告訴我：「距離此地十多里有座薄太后廟。」我沿路返回，看見那座廟宇，荒廢毀圮不能進入，不是我從前看到的樣子了。

我衣服上的香氣十多天不散，始終不知道是甚麼緣故。

湘中怨辭並序

原著　沈亞之

　　《湘中怨》者，事本怪媚，為學者未嘗有述。然而淫溺之人，往往不寤。今欲概其論，以着誠而已。從生韋敖，善撰樂府，故牽而廣之，以應其詠。

　　垂拱年中，駕幸上陽宮。大學進士鄭生，晨發銅駝里，乘曉月度洛橋。聞橋下有哭聲，甚哀。生下馬，循聲索之。見有豔女，縈然蒙袖曰：「我孤，養於兄。嫂惡，常苦我。今欲赴水，故留哀須臾。」生曰：「能遂我歸之乎？」女應曰：「婢御無悔！」遂與居，號曰汜人。能誦楚人《九歌》《招魂》《九辯》之書，亦嘗擬其調，賦為怨句，其詞麗絕，世莫有屬者。因撰《光風詞》，曰：

「隆佳秀兮昭盛時，播薰綠兮淑華歸。

願室邃與處萼兮，潛重房以飾姿。

見雅態之韶羞兮，蒙長靄以為幃。

醉融光兮渺瀰。

迷千里兮涵涊湄，晨陶陶兮暮熙熙。

舞婑娜之穧條兮，娉盈盈以披遲。

酡遊顏兮倡蔓卉，縠流電兮石發髓施。」

生居貧，汜人嘗解篋，出輕繒一端，與賣，胡人酬之千金。居數歲，生遊長安。是夕，謂生曰：「我湘中蛟宮之娣也，謫而從君。今歲滿，無以久留君所，欲為訣耳。」即相持啼泣。生留之，不能，竟去。

後十餘年，生之兄為岳州刺史。會上巳日，與家徒登岳陽樓，望鄂渚，張宴。樂酣，生愁吟曰：

「情無垠兮蕩洋洋，懷佳期兮屬三湘。」

聲未終，有畫艫浮漾而來。中為彩樓，高百尺餘，其上施幃帳，欄籠畫飾。帷褰，有彈弦鼓吹者，皆神仙蛾眉，被服煙霓，裾袖皆廣長。其中一人起舞，含顰悽怨，形類汜人。舞而歌曰：

「沂青山兮江之隅，拖煙波兮裊綠裾。

荷卷卷兮未舒，匪同歸兮將焉如！」

舞畢，斂袖，翔然凝望。樓中縱觀方怡。須臾，風濤崩怒，遂迷所往。

元和十三年，余聞之於朋中，因悉補其詞，題之曰《湘中怨》，蓋欲使南昭嗣《煙中之志》，為偶倡也。

譯文

《湘中怨》的故事十分怪誕美麗，是以前的文人從未講述過的，然而沉溺於兒女之情的人，往往並不覺悟。現在我想概述它的內容，目的只在彰明真誠的感情罷了。我的朋友韋敖擅長寫樂府詩，所以我將本事增飾成一篇文字，以配合他的詩作。

垂拱年間，皇上駕臨洛陽上陽宮，有位姓鄭的太學生，早晨從銅駝里出發，趁着拂曉的月光經過洛河橋。忽然聽到橋下有哭泣的聲音，十分悲哀。鄭生跳下馬，循着聲音傳來的方向尋找。看見有一個非常美麗的女子，歎息着用衣袖遮住臉説：「我很小的時候就失去了父親，由哥哥撫養。嫂子十分兇惡，經常虐待我。現在我想投水自盡，正趁赴死之前的最後一點時間哀傷自己的不幸。」鄭生説：「你肯和我一起回去嗎？」女子答應説：「即使做婢女僕妾也不後悔！」兩人就同居了，女子因而就叫作汜人。汜人能吟誦楚人《九歌》《招魂》《九辯》等作品，還曾經模擬楚辭的格調，寫成悲怨的詩句，文辭十分華麗，當時無人可比。又創作了《光風詞》，詞中寫道：

「珍重美好的年華啊展現青春的時光，

播種下香草和綠竹啊收穫芬芳，

願用辛夷做成房子，住在花叢中啊，

隱居在深閨中把自己的姿容打扮梳妝。

窺見我年輕純真的體態是多麼羞澀啊，

蒙上長長的雲霧作為遮掩的幃帳。

陶醉於浩淼無際的水光煙波中啊，

目光為澄明一色的流水淺灘所迷惘，

清晨興致盎然啊傍晚也心情歡暢。

舞態像濃密的柳條那樣柔媚啊，

一動一靜都輕盈地煥發着容光。

帶着沉醉的紅暈歌唱百花繁茂啊，

看那水藻在閃爍的波紋下隨水蕩漾。」

　　鄭生生活貧困，氾人曾打開自己的箱子，取出一段輕柔的絲綢交給鄭生去變賣，有位番幫客商用千金的價錢買走了它。過了幾年，鄭生前往長安遊學。這天晚上，氾人對鄭生說：「我是湘水中鮫宮裡的姬妾，因過失被貶到人間，得以隨從郎君。現在受罰的期限已滿，我不能再留在郎君這裡，就此和你永別了。」兩人於是相對哭泣。鄭生再三挽留她，終於無法留住，氾人還是離去了。

　　十多年後，鄭生的哥哥出任岳州刺史。正趕上上巳節，鄭

刺史和家人一起登臨岳陽樓，遙望鄂渚，舉行家宴。正在興頭上，鄭生卻滿懷愁苦地吟唱道：

「情無盡啊水洋洋，

對美好時光的追憶啊，比三湘之水還長。」

吟詩之聲未落，有一艘彩繪的大船浮水而來。船上有座彩樓，高達一百多尺，上面張設着羅幃紗帳，欄桿窗框都用圖案裝飾。帷幕拉起，裏面有人在彈奏鼓吹樂曲，全是些美如天仙的女子，穿着像雲煙彩虹一樣華美的衣服，前襟和衣袖都十分寬長。其中一人起身舞蹈，神色似愁似怨，體態容貌有點像汜人的樣子，她邊舞邊唱道：

「青山下逆流而上啊沿着江堤，

船後的波紋啊好像綠裙搖曳。

我好比卷卷的荷葉啊心懷不展，

不能和他同歸啊我將去向哪裡？」

跳完舞，那女子低垂衣袖，凝望着遠處。岳陽樓中的賓客正觀望得出神，忽然，狂風捲着波濤洶湧而來，頃刻間畫船就不見了蹤影。

元和十三年，我從朋友那裡聽到了這個故事，於是將故事中缺失的辭賦全部補上，將它命名為《湘中怨》，想使這篇故事能與南昭嗣的《煙中之志》相配合，共同流傳於世間。

異夢錄

原著　沈亞之

　　元和十年，亞之以記室從隴西公軍涇州。而長安中賢士，皆來客之。五月十八日，隴西公與客期，宴於東池便館。既坐，隴西公曰：「余少從邢鳳遊，得記其異，請語之。」客曰：「願備聽。」隴西公曰：「鳳帥家子，無他能。後寓居長安平康里南，以錢百萬質得故豪家洞門曲房之第，即其寢而晝偃。夢一美人，自西楹來，環步從容，執卷且吟。為古妝，而高鬟長眉，衣方領，繡帶修紳，被廣袖之襦。鳳大說曰：『麗者何自而臨我哉？』美人笑曰：『此妾家也。而君容妾宇下，焉有自邪？』鳳曰：『願示其書之目。』美人曰：『妾好詩，而常綴此。』鳳曰：『麗人幸少留，得觀覽。』於是美人授詩，坐西床。鳳發卷，示其首篇，題之曰《春陽曲》，才四句。

其後他篇，皆累數十句。美人曰：『君必欲傳之，無令過一篇。』鳳即起，從東廡下几上取彩箋，傳《春陽曲》。其詞曰：

『長安少女踏春陽，何處春陽不斷腸！

舞袖弓彎渾忘卻，羅衣空換九秋霜。』

鳳卒詩，謂曰：『何謂弓彎？』曰：『昔年父母使妾學此舞。』美人乃起，整衣張袖，舞數拍，為弓彎以示鳳。既罷，美人泫然良久，即辭去。鳳曰：『願復少留。』須臾間，竟去。鳳亦覺，昏然忘有所記。及更衣，於襟袖得其詞，驚眈復省所夢。事在貞元中，後鳳為余言如是。」

是日，監軍使與賓府郡佐，及宴客隴西獨孤鉉，范陽盧簡辭，常山張又新，武功蘇滌，皆歎息曰：「可記！」故亞之退而著錄。

明日，客有後至者，渤海高允中，京兆韋諒，晉昌唐炎，廣漢李瑀，吳興姚合，洎亞之，復集於明玉泉，因出所著以示之。於是姚合曰：「吾友王炎者，元和初，夕夢遊吳，侍吳王久。聞宮中出輦，鳴箛簫擊鼓，言葬西施。王悼悲不止，立詔詞客作輓歌。炎遂應教，詩曰：

『西望吳王國，雲書鳳字牌。

連江起珠帳，擇水葬金釵。

滿地紅心草，三層碧玉階。

春風無處所，淒恨不勝懷。』

「詞進，王甚嘉之。及寤，能記其事。炎，本太原
人也。」

譯文

　　元和十年，亞之以記室身份隨從隴西公駐軍於涇州。長安城中的賢士才子，都紛紛前來做客。隴西公與賓客相約，定於五月十八日在東池便館舉行宴會。大家坐定之後，隴西公說：「我年輕時曾跟着邢鳳遊學，得知他的一段奇特經歷。請允許我講給大家聽。」賓客們都說：「願聞其詳。」

　　隴西公說：「邢鳳是將門之子，沒有別的才能。後來住在長安平康里的南面，用一百萬錢買得一座以前某豪門幽深曲折的宅院。有一天他在宅中的臥室裡午睡，夢見一位美貌的女子從西邊的屋子裡走來，從容地繞着圈子踱步，手拿書卷，一邊走一邊吟誦。美人一身古代裝束，高高的髮鬢，長長的畫眉，衣領是方的，繡花腰帶垂得很長，穿着寬袖的短襖。邢鳳非常高興，就問她說：『這麼漂亮的人是從哪裡來的啊？』美人笑着說：『這裡就是我的家呀。你住在我的屋宇下面，怎麼還問我從哪裡來呢？』邢鳳說：『請讓我看看你拿的是甚麼書。』美人說：『我喜歡詩歌，經常隨身攜帶着它。』邢鳳說：『我希望美人在這裡稍待一會兒，讓我瀏覽一下。』於是美人把詩集

遞給他，自己坐在西邊的椅子上。邢鳳翻開詩集，看到第一篇題目是《春陽曲》，僅有四句。後面各篇，都長達幾十句。美人說：『你要真想記下它們，請不要超過一篇。』邢鳳就起身從東檐下的桌子上取來彩色箋紙，記下了《春陽曲》。曲詞是這樣的：

『長安少女踏着春天的陽光，何處春光不勾起心頭憂傷。

舞袖弓彎的技藝都已忘卻，輕羅衣衫空換得九秋寒霜。』

「邢鳳記下全詩後，問美人說：『甚麼叫「弓彎」？』美人回答說：『昔年父母曾讓我學過這種舞姿。』美人於是站起來，整整衣服，張開雙袖，跳了幾拍舞蹈，做出形如彎弓的姿勢給邢鳳看。舞完後，美人默默流淚很久，就要告辭離去。邢鳳說：『希望能再留一會兒。』然而轉眼之間，美人已經不見了。邢鳳也從夢中醒來，昏昏沉沉地忘記了曾抄錄過詩句的事，等到起來換衣服的時候，在襟袖中發現那張抄有詩句的彩箋，吃驚地看了以後，才又回想起夢中的情景。事情發生在貞元年間。這是後來邢鳳親口對我說的。」

那天，在座的有監軍使和節度使府內的幕僚，以及來賓隴西的獨孤鉉，范陽的盧簡辭，常山的張又新，武功的蘇滌等，大家都歎息說：「這故事值得記錄下來。」所以亞之回來後就把它寫成了文字。

第二天，一些後到的賓客，有渤海的高允中、京兆的韋

諒、晉昌的唐炎、廣漢的李瑀、吳興的姚合等，加上本人沈亞之，在明玉泉又聚會，我就拿出寫好的文稿給大家看。於是姚合說：「我的朋友王炎，在元和初年，有一天晚上夢遊吳國，侍奉了吳王很長時間。一次聽到吳宮中宮車出動，還有鳴笳、吹簫、擊鼓的聲音，聽人說是西施出葬。吳王哀痛不已，當場命詞客作輓歌為西施送行。王炎於是奉命作詩，詩說：

『西面可望見吳王都城，雲間鳳字牌書寫分明。

架起連江的羅幕珠帳，擇流水埋葬絕代佳人。

紅心草兒長滿了遍地，碧玉台階鋪砌着三層。

和煦的春風處處吹送，淒愴與遺恨幾不勝情。』

「詩成獻給吳王，吳王對王炎所作十分欣賞。王炎醒過來後，還能記得夢中的事情。王炎，原是太原人。」

秦夢記

原著　沈亞之

　　太和初，沈亞之將之邠，出長安城，客橐泉邸舍。春時，晝夢入秦，主內史廖家。內史廖舉亞之。秦公召之殿，膝前席曰：「寡人欲強國，願知其方。先生何以教寡人？」亞之以昆彭、齊桓對。公悅，遂試補中涓（秦官名），使佐西乞伐河西（晉秦郊也）。

　　亞之帥將卒前，攻下五城，還報，公大悅。起勞曰：「大夫良苦，休矣。」

　　居久之，公幼女弄玉婿蕭史先死。公謂亞之曰：「微大夫，晉五城非寡人有。盛德大夫。寡人有愛女，而欲與大夫備灑掃，可乎？」亞之少自立，雅不欲幸臣蓄之。固辭，不得請，拜左庶長，尚公主，賜金二百斤。民間猶謂蕭家公主。其日，有黃衣中貴騎疾馬來，迎亞

之入，宮闕甚嚴。呼公主出，鬂髮，着偏袖衣，裝不多飾。其芳姝明媚，筆不可模樣。侍女祇承，分立左右者數百人。召見亞之便館，居亞之於宮。題其門曰「翠微宮」，宮人呼「沈郎院」。雖備位下大夫，由公主故，出入禁衛。公主喜鳳簫，每吹簫，必翠微宮高樓上，聲調遠逸，能悲人，聞者莫不自廢。公主七月七日生，亞之嘗無貺壽。內史廖曾為秦以女樂遺西戎，戎主與廖水犀小合。亞之從廖得以獻公主。主悅，嘗愛重，結裙帶之上。穆公遇亞之禮兼同列，恩賜相望於道。

復一年春，秦公之始平，公主忽無疾卒。公追傷不已。將葬咸陽原，公命亞之作輓歌，應教而作曰：

「泣葬一枝紅，生同死不同。

金鈿墜芳草，香繡滿春風。

舊日聞簫處，高樓當月中。

梨花寒食夜，深閉翠微宮。」

進公，公讀詞，善之。時宮中有出聲若不忍者，公隨泣下。又使亞之作墓誌銘，獨憶其銘，曰：

「白楊風哭兮石鬣髯莎。雜英滿地兮春色煙和。

珠愁粉瘦兮不生綺羅。深深埋玉兮其恨如何！」

亞之亦送葬咸陽原，宮中十四人殉之，亞之以悼悃過戚，被病，臥在翠微宮。然處殿外室，不入宮中矣，

居月餘，病良已。公謂亞之曰：「本以小女相託久要，不謂不得周奉君子，而先物故。敝秦區區小國，不足辱大夫。然寡人每見子，即不能不悲悼。大夫盍適大國乎？」亞之對曰：「臣無狀，肺腑公室，待罪右庶長，不能從死公主。幸免罪戾，使得歸骨父母國，臣不忘君恩，如今日。」將去，公追酒高會，聲秦聲，舞秦舞，舞者擊髀拊髀鳴鳴，而音有不快，聲甚怨。公執酒亞之前曰：「予顧此聲少善。願沈郎賡揚歌以塞別。」公命遂進筆硯。亞之受命，立為歌，辭曰：

「擊體舞，恨滿煙光無處所。

淚如雨，欲擬着辭不成語。

金鳳銜紅舊繡衣，幾度宮中同看舞。

人間春日正歡樂，日暮東風何處去？」

歌卒，授舞者，雜其聲而道之，四座皆泣。既，再拜辭去。公復命至翠微宮，與公主侍人別。重入殿內時，見珠翠遺碎青階下，窗紗檀點依然。宮人泣對亞之。亞之感咽良久，因題宮門，詩曰：

「君王多感放東歸，從此秦宮不復期。

春景自傷秦喪主，落花如雨淚臙脂。」

竟別去。公命車駕送出函谷關。出關已，送吏曰：「公命盡此。且去。」亞之與別，未卒，忽驚覺，臥邸舍。

明日，亞之與友人崔九萬具道。九萬，博陵人，諳
古。謂余曰：「《皇覽》云：『秦穆公葬雍橐泉祈年宮下。』
非其神靈憑乎？」亞之更求得秦時地志，說如九萬雲。
嗚呼！弄玉既仙矣，惡又死乎？

譯文

太和初年，沈亞之將要前往邠州，出了長安城，寄宿在橐泉驛的客舍中。當時正是春天，亞之白天裡做夢進入了秦國，住在廖內史的家裡，廖內史向秦穆公薦舉了亞之。秦穆公召請亞之到大殿相見，移膝向前靠近亞之説：「寡人想要富強國家，希望能知道實現這一目標的方法。先生有甚麼可以指教寡人的嗎？」亞之用昆吾、彭祖修道養生和齊桓公自強稱霸的事例回答他。秦穆公很滿意，就讓亞之嘗試着替補中涓官的缺額，派他輔佐西乞討伐晉、秦交界的河西地區。

亞之率領將士充當前鋒，一舉攻下敵人五座城池。回來向穆公報告戰績，穆公非常高興，親自起身慰勞説：「大夫實在辛苦了，好好休息吧。」

過了很長一段時間，穆公的小女兒弄玉的丈夫蕭史先去世了。穆公對亞之説：「如果沒有您，晉國的五座城池不會為我所有。萬分感謝您。寡人有一個心愛的女兒，想要讓她侍候大夫您的起居，可以嗎？」亞之剛剛憑自己的才能在秦國站住腳跟，心中很不願意憑藉裙帶關係被國君寵幸，所以堅決推辭。

穆公不同意，於是亞之被任命為左庶長，娶了公主為妻，穆公賞賜他黃銅二百斤。然而民間仍然稱公主為蕭家公主。迎娶那天，有身穿黃衣的宦官騎着快馬前來，迎接亞之進入王宮，宮闕十分莊嚴宏偉。呼喚公主出來相見，公主秀髮烏黑，穿着一件短袖寬鬆的上衣，衣服沒有過多的裝飾。她那美好的體態，明媚的容貌，非筆墨可以形容。聽候差遣的侍女，分立兩旁，多達數百人。穆公於便殿召見亞之，安頓亞之在宮中居住。將他居住的宮殿命名為「翠微宮」，宮中人都稱它做「沈郎院」。亞之雖然官位在下大夫之列，但由於公主的關係，出入都有衛士隨從保衛。公主喜歡吹奏鳳簫。每次吹簫，一定要站在翠微宮的高樓上，聲調悠揚，能使人感動悲傷，聽到的人無不沉醉其中，忘卻自己身在何處。公主生於七月七日，亞之在公主生日時一時沒有合適的禮物。廖內史曾經代表秦國向西戎王贈送女樂，戎王送給廖內史一個水犀小盒。亞之從廖內史那裡得到那個小盒，把它獻給公主。公主很高興，時常愛惜珍重它，把它繫在裙帶上隨身佩戴着。穆公對待亞之的禮遇，比對其他同等的官加倍隆厚，頒恩賜賞的使者接連不斷。

又到了一年的春天，秦穆公離開京城前往始平，公主忽然無病而逝。穆公追念感傷不已。公主即將下葬於咸陽城外的高地，穆公命亞之作一首輓歌為她送行，亞之應命寫了下面的詩句：

「哭泣着埋葬一枝豔紅，生同時死卻各不相同。

金鈿墜落在芳草地上，香繡飄揚着鼓滿春風。

往日聽你吹簫的地方，唯見高樓上明月當空。

梨花盛開的寒食夜晚，紫微宮門都緊鎖重重。」

亞之把輓詩呈獻給穆公，穆公讀後，認為寫得很好。當時宮中有人忍不住痛哭失聲，穆公也隨着流下了眼淚。穆公又命亞之為公主作墓誌銘，只記得其中的銘文是這樣寫的：

「白楊風如泣，莎草如鬢蓬，雜花遍地春色煙朦朧。

珠翠生愁紅粉綺羅成塵土，玉殞香消歎息恨無窮。」

亞之也送葬到咸陽城外，有十四位宮中侍女為公主殉葬。亞之因為哀悼悲傷過度，得病躺在翠微宮中。但只是住在大殿外面的房間，不再進入內宮了。過了一個多月，病情大有好轉。穆公對亞之説：「本來把小女託付給您長伴終生，不想她不能始終侍奉君子，而先去世了。我們秦國是個微不足道的小國家，不值得長久埋沒大夫您這樣的人才。而且寡人每次看到先生，都不能不引起對已故女兒的悲傷、悼念。大夫何不到其他大國去呢？」亞之回答説：「臣舉止無禮，作為公室的至親，忝位右庶長之職，不能隨公主一同死去。承蒙您赦免了我的罪過，使我得以生還故國，臣永生不忘您的恩德，就像當頭的白日一樣昭明、久長。」亞之即將離去的時候，穆公命張設酒宴舉行盛大的聚會，宴會上唱着秦地的歌曲，跳着秦地的舞蹈，

舞蹈者擊肩胛，拍腿股，口中發出嗚嗚的聲音，音節低沉抑鬱，歌聲也十分悽怨。穆公手持酒杯來到亞之面前說：「我聽這歌聲沒甚麼好聽的。希望沈郎能再寫作一曲以紀念我們的離別。」穆公命下人迅速獻上筆硯用具。亞之奉命，當即作了一首歌。歌詞是這樣的：

「拍肩舞，恨似煙光滿處處。

淚如雨，欲作歌詞不成語。

金鳳銜紅巾，此是舊繡衣。

幾番宮中你我同看舞。

人間春日正歡樂，

日暮東風欲往何處去？」

寫罷，交給舞蹈者。樂隊和眾人都吟詠應和着歌者的曲調，滿座的賓客都流下了眼淚。宴會後，亞之再拜告辭。穆公又命亞之到翠微宮，與公主的侍女們告別。亞之又一次進入翠微宮殿內，只見珠翠首飾的碎片散落在青石階砌的下面，窗紗上點點唾絨的印跡依然如舊。宮人面對亞之泣不成聲，亞之感傷哽咽了許久，就在宮門上題寫了一首詩，詩說：

「秦穆公多感觸放我東歸，

從此沒有再到秦宮的機會。

面對春景我傷悼公主的夭亡，

落花如雨正是和着胭脂的眼淚。」

終於辭別而去。穆公命車馬侍從一直護送亞之到函谷關外。出關後，送行的官吏說：「秦公命令我們送到這裡為止。我們將要回去了。」亞之和他們道別。道別未完，忽然驚醒，發現自己仍然躺在客舍之中。

　　第二天，亞之向朋友崔九萬詳細講述了夢中的經歷。九萬是博陵人，熟悉古代史事。對我說：「《皇覽》中記載：『秦穆公葬於雍橐泉祈年宮下。』莫非是他的神靈顯現了嗎？」亞之又尋求到秦代的地理志，說法和崔九萬一致。唉，弄玉既然已經成了仙人，怎麼又會死去的呢？

無雙傳

原著　薛調

　　王仙客者，建中中朝臣劉震之甥也。初，仙客父亡，與母同歸外氏。震有女曰無雙，小仙客數歲，皆幼稚，戲弄相狎。震之妻常戲呼仙客為王郎子。如是者凡數歲，而震奉孀姊及撫仙客尤至。

　　一旦，王氏姊疾，且重，召震約曰：「我一子，念之可知也。恨不見其婚室。無雙端麗聰慧，我深念之。異日無令歸他族。我以仙客為託。爾誠許我，瞑目無所恨也。」震曰：「姊宜安靜自頤養，無以他事自撓。」其姊竟不痊。仙客護喪，歸葬襄鄧。

　　服闋，思念：「身世孤子如此，宜求婚娶，以廣後嗣。無雙長成矣。我舅氏豈以位尊官顯，而廢舊約耶？」於是飾裝抵京師。

時震為尚書租庸使，門館赫奕，冠蓋填塞。仙客既觀，置於學舍，弟子為伍。舅甥之分，依然如故，但寂然不聞選取之議。又於窗隙間窺見無雙，姿質明豔，若神仙中人。仙客發狂，唯恐姻親之事不諧也。遂鬻囊橐，得錢數百萬。舅氏舅母左右給使，逮於廝養，皆厚遺之。又因復設酒饌，中門之內，皆得入之矣。諸表同處，悉敬事之。

遇舅母生日，市新奇以獻，雕鏤犀玉，以為首飾。舅母大喜。又旬日，仙客遣老嫗，以求親之事聞於舅母。舅母曰：「是我所願也。即當議其事。」又數夕，有青衣告仙客曰：「娘子適以親情事言於阿郎，阿郎云：『向前亦未許之。』模樣云云，恐是參差也。」仙客聞之，心氣俱喪，達旦不寐，恐舅氏之見棄也。然奉事不敢懈怠。

一日，震趨朝，至日初出，忽然走馬入宅，汗流氣促，唯言：「鏁卻大門，鏁卻大門！」一家惶駭，不測其由。良久，乃言：「涇原兵士反，姚令言領兵入含元殿，天子出苑北門，百官奔赴行在。我以妻女為念，略歸部署。」疾召仙客：「與我勾當家事。我嫁與爾無雙。」仙客聞命，驚喜拜謝。乃裝金銀羅錦二十馱，謂仙客曰：「汝易衣服，押領此物出開遠門，覓一深隙店安下。我與

無雙傳　327

汝舅母及無雙出啟夏門，繞城續至。」仙客依所教。

至日落，城外店中待久不至。城門自午後扃鎖，南望目斷。遂乘驄，秉燭繞城至啟夏門。門亦鎖。守門者不一，持白棓，或立，或坐。仙客下馬，徐問曰：「城中有何事如此？」又問：「今日有何人出此？」門者曰：「朱太尉已作天子。午後有一人重戴，領婦人四五輩，欲出此門。街中人皆識，云是租庸使劉尚書。門司不敢放出。近夜，追騎至，一時驅向北去矣。」仙客失聲慟哭，卻歸店。三更向盡，城門忽開，見火炬如晝。兵士皆持兵挺刃，傳呼斬斫使出城，搜城外朝官。仙客捨輜騎驚走，歸襄陽，村居三年。

後知克復，京師重整，海內無事。乃入京，訪舅氏消息。至新昌南街，立馬彷徨之際，忽有一人馬前拜，熟視之，乃舊使蒼頭塞鴻也。鴻本王家生，其舅常使得力，遂留之。握手垂涕。仙客謂鴻曰：「阿舅舅母安否？」鴻云：「並在興化宅。」仙客喜極云：「我便過街去。」鴻曰：「某已得從良，客戶有一小宅子，販繒為業。今日已夜，郎君且就客戶一宿，來早同去未晚。」遂引至所居，飲饌甚備。至昏黑，乃聞報曰：「尚書受偽命官，與夫人皆處極刑。無雙已入掖庭矣。」仙客哀冤號絕，感動鄰里。謂鴻曰：「四海至廣，舉目無親戚，未知託身之所。」又

問曰：「舊家人誰在？」鴻曰：「唯無雙所使婢採蘋者，今在金吾將軍王遂中宅。」仙客曰：「無雙固無見期。得見採蘋，死亦足矣。」由是乃刺謁，以從侄禮見遂中，具道本末，願納厚價以贖採蘋。遂中深見相知，感其事而許之。

仙客稅屋，與鴻蘋居。塞鴻每言：「郎君年漸長，合求官職。悒悒不樂，何以遣時？」仙客感其言，以情懇告遂中。遂中薦見仙客於京兆尹李齊運。齊運以仙客前銜，為富平縣尹，知長樂驛。

累月，忽報有中使押領內家三十人往園陵，以備灑掃，宿長樂驛，氈車子十乘下訖。仙客謂塞鴻曰：「我聞宮嬪選在掖庭，多是衣冠子女。我恐無雙在焉。汝為我一窺，可乎？」鴻曰：「宮嬪數千，豈便及無雙。」仙客曰：「汝但去，人事亦未可定。」因令塞鴻假為驛吏，烹茗於簾外，仍給錢三千，約曰：「堅守茗具，無暫捨去。忽有所睹，即疾報來。」塞鴻唯唯而去。

宮人悉在簾下，不可得見之，但夜語喧嘩而已。至夜深，群動皆息。塞鴻滌器構火，不敢輒寐。忽聞簾下語曰：「塞鴻，塞鴻，汝爭得知我在此耶？郎健否？」言訖，嗚咽。塞鴻曰：「郎君見知此驛。今日疑娘子在此，令塞鴻問候。」又曰：「我不久語。明日我去後，汝於東

北舍閣子中紫褥下，取書送郎君。」言訖，便去。忽聞簾下極鬧，云：「內家中惡。」中使索湯藥甚急，乃無雙也。塞鴻疾告仙客，仙客驚曰：「我何得一見？」塞鴻曰：「今方修渭橋。郎君可假作理橋官，車子過橋時，近車子立。無雙若認得，必開簾子，當得瞥見耳。」仙客如其言，至第三車子，果開簾子，窺見，真無雙也。仙客悲感怨慕，不勝其情。

塞鴻於閣子中褥下得書送仙客。花箋五幅，皆無雙真跡，詞理哀切，敘述周盡，仙客覽之，茹恨涕下。自此永訣矣。其書後云：「常見敕使說富平縣古押衙人間有心人。今能求之否？」

仙客遂申府，請解驛務，歸本官。遂尋訪古押衙，則居於村墅。仙客造謁，見古生。生所願，必力致之，繒彩寶玉之贈，不可勝紀。一年未開口，秩滿，閒居於縣。

古生忽來，謂仙客曰：「洪一武夫，年且老，何所用？郎君於某竭分。察郎君之意，將有求於老夫。老夫乃一片有心人也。感郎君之深恩，願粉身以答效。」仙客泣拜，以實告古生。古生仰天，以手拍腦數四，曰：「此事大不易。然與郎試求，不可朝夕便望。」仙客拜曰：「但生前得見，豈敢以遲晚為限耶。」半歲無消息。

一日，叩門，乃古生送書。書云：「茅山使者回。且來此。」仙客奔馬去。見古生，生乃無一言。又啟使者。復云：「殺卻也。且吃茶。」夜深，謂仙客曰：「宅中有女家人識無雙否？」仙客以採蘋對。仙客立取而至。古生端相，且笑且喜云：「借留三五日。郎君且歸。」

　後累日，忽傳說曰：「有高品過，處置園陵宮人。」仙客心甚異之。令塞鴻探所殺者，乃無雙也。仙客號哭，乃歎曰：「本望古生，今死矣！為之奈何？」流涕歔欷，不能自已。

　是夕更深，聞叩門甚急。及開門，乃古生也。領一筍子入，謂仙客曰：「此無雙也。今死矣。心頭微暖，後日當活，微灌湯藥，切須靜密。」言訖，仙客抱入閣子中，獨守之。至明，遍體有暖氣。見仙客，哭一聲遂絕。救療至夜，方愈。古生又曰：「暫借塞鴻於舍後掘一坑。」坑稍深，抽刀斷塞鴻頭於坑中。仙客驚怕。古生曰：「郎君莫怕。今日報郎君恩足矣。比聞茅山道士有藥術。其藥服之者立死，三日卻活。某使人專求，得一丸。昨令採蘋假作中使，以無雙逆黨，賜此藥令自盡。至陵下，託以親故，百縑贖其屍。凡道路郵傳，皆厚賂矣，必免漏泄。茅山使者及舁篼人，在野外處置訖。老夫為郎君，亦自剄。君不得更居此。門外有檐子一十

人，馬五匹，絹兩百匹。五更挈無雙便發，變姓名浪跡以避禍。」言訖，舉刀。仙客救之，頭已落矣。遂並屍蓋覆訖。

未明發，歷四蜀下峽，寓居於渚宮。悄不聞京兆之耗，乃挈家歸襄鄧別業，與無雙偕老矣。男女成群。

噫！人生之契闊會合多矣，罕有若斯之比。常謂古今所無。無雙遭亂世籍沒，而仙客之志，死而不奪。卒遇古生之奇法取之，冤死者十餘人。艱難走竄後，得歸故鄉，為夫婦五十年，何其異哉！

譯文

　　王仙客，是建中年間朝廷大臣劉震的外甥。當初，仙客的父親去世，他隨母親回到外婆家。劉震有個女兒，名叫無雙，比仙客小幾歲，都還是天真無邪的幼童，在一起嬉戲玩耍。劉震的妻子常常開玩笑地稱呼仙客為「王姑爺」。就這樣過了幾年，而劉震侍奉寡居的姐姐，撫養幼小的仙客，始終非常周到。

　　一天，姐姐王氏患病，病情逐漸加重，就召來劉震與他相約說：「我只有一個兒子，對他的掛念之情可想而知。只恨看不到他成婚、出仕的那一天了。無雙端莊秀麗，聰明靈慧，我很喜歡她。以後不要把她嫁給外人。我把仙客託付給你了，你如果真能答應我的請求，我眼睛閉了就沒有甚麼遺憾了。」劉震說：「姐姐現在應該安心好好休養，不要用別的事使自己煩惱。」他的姐姐終於不癒而逝。仙客護送着母親的靈柩，回到襄州、鄧州一帶的家鄉安葬。

　　服喪期滿，仙客想：「自己的身世如此孤苦伶仃，應該早些結婚，多生子女為王家傳宗接代。無雙已經長成大人了，我

的親舅舅難道會因為他地位尊貴官職顯要，就毀棄從前的婚約嗎？」於是他整理行裝，又來到京城。

當時劉震官任尚書租庸使，公館豪華氣派，達官貴人爭相往來，幾乎踏破了門檻。仙客拜見舅舅後，被安置在學館，和劉震的門生住在一起。舅甥之間的情分依然如故，只是一點也沒有聽到關於擇吉娶親的言談。仙客又從窗縫中偷看無雙，容貌美麗，氣質淑雅，就像神話傳說中的仙女一樣。仙客愛慕得幾乎發瘋，心中唯恐這門親事不能成就。於是仙客賣掉了行李背囊，得到數百萬錢。舅父、舅母身邊親近的侍從、使女，直至小廝、奴僕，仙客都贈送給豐厚的禮品。又為此多次擺設酒飯宴請他們，於是中門以內的各個地方，都可以自由出入了。各家表親同住在一起，仙客都恭敬地對待他們。

正趕上舅母生日，仙客買了新奇的禮物獻給舅母，是在犀角和美玉上雕刻出花紋圖案做成的首飾，舅母非常高興。又過了十多天，仙客派一位年老的婦女，向舅母提起求親的事。舅母說：「這也是我的願望。我們馬上就會商議這件事的。」又過了幾天，有位丫鬟告訴仙客說：「夫人剛才和主人談起了結親的事情。主人說：『從前也並未答應呀。』聽他說話的口氣，恐怕事情不妙。」仙客聽說後，喪氣失望，通宵難以入睡，恐怕舅父會拒絕這門親事。但是仍舊恭敬地侍奉舅父，絲毫不敢懈怠。

一天，劉震趕去上朝，到太陽剛升起的時候，忽然騎馬奔回家中，大汗淋漓，呼吸急促，只是說：「鎖上大門，鎖上大門！」一家人驚慌不安，不知道發生了甚麼事。過了很久，劉震才說：「涇原節度使的士兵反叛了，姚令言帶兵衝入含元殿，皇上已從禁苑北門出逃，朝廷百官都追趕皇上去了。我掛念妻子女兒，暫時回來安排家事。」就命人快把仙客召來，對仙客說：「你為我好好照料家中事務，我把無雙嫁給你。」仙客聽了，又驚又喜，連聲拜謝。劉震於是將家中金銀錦緞裝載在二十匹馬上，對仙客說：「你換件百姓衣服，押送着這些東西從西北的開遠門出城，找一個偏僻的客店安頓下來。我和你舅母，還有無雙從東南面的啟夏門出城，沿城繞行，隨後就到。」仙客按照他的吩咐去做了。

到太陽下山的時候，仙客在城外客店等了很久，總不見他們到來，開遠門從午後起就關閉上鎖了，仙客無法看到南面的情景。於是他騎着馬，舉着火燭繞城牆來到了啟夏門。城門也上了鎖。守門的人有好些，都手持白木棒，有的站着，有的坐着。仙客跳下馬，小心地詢問說：「城中出了甚麼事情，要如此戒備森嚴？」又問：「今天有甚麼人從此出城？」守門人說：「朱泚朱太尉已經做了皇帝，午後有一人頭巾上罩頂帽子，帶着四五個婦女，要出此門，街上的百姓都認得他，說是租庸使劉尚書。守城門的官吏因此不敢放他出城。快到夜晚的時候，

追捕的騎兵趕來，一時間都被趕到北邊去了。」仙客不禁放聲大哭，返回客店。三更天快過的時候，城門忽然開啟，只見數不清的火把，照得夜空如同白晝一般。士兵都手持兵刃，連聲高呼斬斫使出城，搜捕逃亡在城外的朝廷官員。仙客拋棄馱載着金銀的馬匹，驚慌逃走，回到襄陽，在鄉下住了三年。

後來仙客聞知官軍收復了失地，京城重新恢復了秩序，全國又太平無事了，就再次進京，訪求舅父的消息。走到新昌南街，正在彷徨不知往何處去時，忽然有一人拜倒在他的馬前，仔細一看，原來是過去使喚的家奴塞鴻。塞鴻本是王家的家生奴，仙客的舅舅經常使喚他，感到很得力，就留他在自己身邊。兩人相見，不由得手拉着手流下了眼淚。仙客問塞鴻說：「舅父、舅母都平安嗎？」塞鴻說：「都住在興化里的房子中。」仙客高興地說：「我馬上過街去看望他們。」塞鴻說：「我已經脫離奴籍了，現在寄居的人家有一所小宅院，靠販賣絲織品為生。今天天色已晚，公子暫且到我寄居的地方住一夜。明天一早我和你一同前去也不遲。」於是帶仙客來到他住的地方，供給飲食，照顧得十分周到。直到天黑後，塞鴻才告訴仙客說：「劉尚書接受了朱泚偽朝的任命當了偽官，和夫人一起都被極刑處死了。無雙也已被投入宮中為奴婢了。」仙客哀呼冤枉，號啕大哭，悲痛欲絕，使街坊四鄰都深為感動。仙客對塞鴻說：「天下雖然廣大無邊，我卻舉目無親，不知哪裡是我安身

之處。」又問道:「劉家過去的家人還有誰在?」塞鴻説:「只有無雙的使女採蘋,如今在金吾將軍王遂中家為婢。」仙客説:「無雙固然再也沒有機會相見,如果能見到採蘋,死也可以滿足了。」於是準備了名帖,以從侄的禮節謁見遂中,向他詳細地敍述了事情的緣由,願意出高價為採蘋贖身。遂中十分器重仙客的為人,又為他的遭遇感動,就答應了他的請求。

　　仙客租了房子,和塞鴻、採蘋住在一起。塞鴻常説:「公子年歲逐漸長大,應該謀求一官半職。整天鬱鬱不樂,怎麼能打發時光呢?」仙客為他的話所打動,就憑着交情懇求遂中幫助他。遂中把仙客推薦給京兆尹李齊運。齊運根據仙客從前的資歷,讓他仍以富平縣尹的官銜,去主管長樂驛的驛務。

　　過了幾個月,忽然報告説有宮廷使者押護三十名宮人前往皇帝的陵墓,供打掃陵園使喚,要在長樂驛過夜。十輛氈車子安頓好後,仙客對塞鴻説:「我聽説選入內廷的宮嬪,很多都是官宦人家的女兒。我恐怕無雙也在其中。你為我去打探一下,行嗎?」塞鴻説:「宮中女子有好幾千人,哪裡這麼巧就會派上無雙」仙客説:「你只管去看一看,人事是不可預料的。」於是讓塞鴻假充驛吏,在宮女住處的簾外煮茶。又給了塞鴻三千錢,和他約定説:「你要一直守在茶具旁邊,一刻也不要離開。如果看到了甚麼,馬上來告訴我。」塞鴻答應着去了。

宮女們都在簾子裡面，塞鴻看不到她們，只能聽到晚上喊喊喳喳的説話聲。等到深夜，各種動靜都停息了。塞鴻洗滌茶具，看護爐火，一刻也不敢入睡。忽然聽見簾內有人喚他説：「塞鴻，塞鴻，你怎麼知道我在這裡？王郎身體還好嗎？」説完，傳來哽咽的哭泣聲。塞鴻説：「公子現在主管這個驛站。今天他疑心娘子在這群人當中，特地讓塞鴻前來問候你。」無雙又説：「我不能多説。明天我離開後，你從東北角房間閣子裡的紫色褥子下面，取出我的書信送給公子。」説完，便離開了。過了一會兒，塞鴻忽然聽到簾內一片喧鬧，都説：「宮女突然中惡暈倒了。」使者十分急迫地索求湯藥，暈倒的宮女正是無雙。塞鴻急忙報告仙客，仙客大吃一驚，説：「我怎麼才能見她一面？」塞鴻説：「現在渭河橋正在修理，公子可裝作修橋的長官，等車子過橋時，靠近車邊站立。無雙如果認出你來，一定會掀開簾子，你就可以瞥見她了。」仙客就照他的話去做了。到第三輛車子經過時，果然簾子掀開了，仙客偷偷看到，真的是無雙在裡面。仙客悲感怨慕交集，難以控制自己的情感。

　　塞鴻在閣子中的床褥下找到無雙的書信交給仙客。信寫在五張印花箋紙上，都是無雙的筆跡，文辭淒哀真切，敍述詳盡，仙客看完後，含恨流下了淚水，感到從此再無相見之期了。信的最後説：「我常聽傳宣皇帝敕命的宦官説，富平縣古

押衙是一位當今世上的熱心人，如今你能不能去求求他？」

　　仙客於是呈遞公文給京兆府，請求解除驛站的職務，回去擔任富平縣尹的本職。仙客回任後，就去尋訪古押衙，原來他住在鄉下。仙客登門拜訪，見到了古生。凡是古生所想要的，仙客一定盡全力為他尋到，贈送給古生的彩緞、珠寶，數不勝數。一年過去了，仙客始終沒有向古生開口。仙客任職期滿後，在縣中閒居。

　　古生忽然前來，對仙客說：「我古洪是一個魯莽的武夫，年歲也快老了，能有甚麼用處？公子對我的情分也實在太深厚了。我觀察公子的心意，好像有事要求助於我這老頭。我是一個知恩圖報的有心人。感激公子對我深厚的恩情，我情願粉身碎骨報效您。」仙客含淚下拜，把實情告訴了古生。古生仰面朝天，用手連連拍打自己的頭，說：「這件事太不容易辦到了。但可以為公子試試看，請不要指望短時間內會有結果。」仙客拜謝說：「只求在我活着的時候能夠重新見到無雙，怎麼敢用時間早晚來限制您呢？」此後過了半年沒有消息。

　　一天，有人敲門，原來是古生託人送來書信。信中說：「派往茅山的使者回來了。請您到我這裡來一趟。」仙客騎馬趕去，見到古生，古生卻一句話也不提那件事，仙客問使者在哪裡，古生說：「殺掉了。請喝茶。」到了夜深人靜的時候，古生對仙客說：「府上有沒有認得無雙的女家人？」仙客回答說

婢女採蘋認識。仙客馬上把採蘋喚來，古生仔細打量她，又喜又笑，說：「暫且借採蘋留下住幾天，公子先回去吧。」

很多天後，忽然聽人傳說：「有位大官路過本地，前去處置皇帝園陵的宮女。」仙客心中十分奇怪。讓塞鴻去打聽被處死的宮女是誰，原來正是無雙。仙客放聲痛哭，長歎說：「本來寄希望於古生，現在無雙死了！我該怎麼辦呢！」痛哭流淚，感情無法控制。

當天深夜，仙客聽到急促的敲門聲，等到打開門一看，來人正是古生，古生領着一乘竹轎進入房間，對仙客說：「無雙就在這裡面。現在已經死了。心口還微微有些熱氣，後天會重新活過來。你用少量湯藥灌餵她，一定要保證安靜、隱密。」說完，仙客把無雙抱進閣中，獨自守候在她身邊。到天亮時，無雙全身都已經恢復了溫暖。睜眼看到仙客，哭了一聲，又昏迷過去。一直搶救到半夜，方才恢復過來。古生又說：「暫時借塞鴻在房後挖一個土坑。」土坑漸漸挖深，古生突然拔出佩刀砍下塞鴻的頭，屍首落入坑中。仙客又驚又怕。古生說：「公子不必害怕，今天的事足以報答公子對我的恩德了。最近我聽說茅山道士用藥的本領很大。他的藥服用後，人立刻就會死去，三天後卻能復活。我派人專門求索，終於得到了一丸，昨天我讓採蘋假扮作宮中使者，聲稱無雙是叛臣的子女，賜她服下這藥自盡。到了陵園中，我又假稱是死者的親戚，用一百匹

絲綢贖得了她的『屍體』。一路上經過的驛站，都重重地賄賂過了，決不會泄露出去。茅山使者和抬轎子的人，都在野外被我殺了。老夫為了公子，也將自殺。你不能再待在這裡了。門外有一頂轎子，十個僕人，五匹馬和二百匹絲綢，你五更時分帶着無雙立刻出發，從此改變姓名，浪跡漂泊來躲避災禍。」說完，舉起佩刀。仙客急忙上去搶救，古生的腦袋已經落地了。仙客於是將古生的頭和屍身一起掩埋了。

仙客一行天不亮就啟程出發，流浪於四川各地，後來又順三峽出川，寓居於湖北江陵。一直沒有聽到京城中有關此事的消息傳聞。仙客於是帶着全家回到襄州、鄧州一帶的自家別宅中，和無雙白頭到老，子孫成群。

唉，人生中的離別聚會實在太多了，但很少有比得上這件事的。可以說這是古今從未有過的奇事。無雙遭遇動亂的年代，家產被抄，本人也被沒為宮婢，然而仙客的決心，卻至死也不動搖。終於遇到古生，用離奇的手法取回無雙，為此冤死的有十多人。又經過艱難流竄後，得以返回故鄉，做了五十年的夫妻，這是多麼的奇異啊！

上清傳

原著 柳珵

貞元壬申歲春三月，相國竇公居光福里第，月夜閒步於中庭。有常所寵青衣上清者，乃曰：「今欲啟事。郎須到堂前，方敢言之。」竇公亟上堂。上清曰：「庭樹上有人，恐驚郎，請謹避之。」竇公曰：「陸贄久欲傾奪吾權位。今有人在庭樹上，吾禍將至。且此事將奏與不奏皆受禍，必竄死於道路。汝在輩流中，不可多得。吾身死家破，汝定為宮婢。聖君若顧問，善為我辭焉。」上清泣曰：「誠如是，死生以之！」

竇公下階，大呼曰：「樹上君子，應是陸贄使來。能全老夫性命，敢不厚報！」樹上應聲而下，乃衣繢龘者也。曰：「家有大喪。貧甚，不辦葬禮。伏知相公推心濟物，所以卜夜而來。幸相公無怪。」公曰：「某罄所有，

堂封絹千匹而已。方擬修私廟次。今且輟贈，可乎？」
繚者拜謝。竇公答之，如禮。

又曰：「便辭相公。請左右齎所賜絹，擲於牆外。某
先於街中俟之。」竇公依其請。命僕，使偵其絕蹤且久，
方敢歸寢。

翌日，執金吾先奏其事。竇公得次，又奏之。德宗
厲聲曰：「卿交通節將，蓄養俠刺。位崇台鼎，更欲何
求？」竇公頓首曰：「臣起自刀筆小才，官以至貴。皆陛
下獎拔，實不由人。今不幸至此，抑乃仇家所為耳。陛
下忽震雷霆之怒，臣便合萬死。」中使下殿宣曰：「卿且
歸私第，待候進止。」

越月，貶郴州別駕。會宣武節度劉士寧通好於郴，
廉使條疏上聞。德宗曰：「交通節將，信而有徵。」流
竇公於驩州，沒入家資。一簪不着身，竟未達流所，詔
自盡。

上清果隸名掖庭。後數年，以善應對，能煎茶，數
得在帝左右。德宗謂曰：「宮掖間人數不少。汝了事，從
何得至此？」上清對曰：「妾本故宰相竇參家女奴。竇某
妻早亡，故妾得陪掃灑。及竇某家破，幸得填宮。既侍
龍顏，如在天上。」德宗曰：「竇某罪不止養俠刺，亦甚
有贓污。前時納官銀器至多。」上清流涕而言曰：「竇

某自御史中丞，歷度支、戶部、鹽鐵三使，至宰相。首尾六年，月入數十萬。前後非時賞賜，當亦不知紀極。乃者郴州所送納官銀物，皆是恩賜。當部錄日，妾在郴州，親見州縣希陸贄意旨刮去。所進銀器，上刻作藩鎮官銜姓名，誣為贓物。伏乞陛下驗之。」於是宣索竇某沒官銀器復視，其刮字處，皆如上清言。時貞元十二年。

德宗又問蓄養俠刺事。上清曰：「本實無。悉是陸贄陷害，使人為之。」德宗怒陸贄曰：「這獠奴！我脫卻伊綠衫，便與紫衫着，又常喚伊作『陸九』。我任使竇參，方稱意次，須教我枉殺卻他。及至權入伊手，其為軟弱，甚於泥團。」乃下詔雪竇參。

時裴延齡探知陸贄恩衰，得恣行媒孽。贄竟受譴不回。後上清特敕丹書度為女道士，終嫁為金忠義妻，世以陸贄門生名位多顯達者，世不可傳說，故此事絕無人知。

譯文

　　貞元壬申年春三月，相國竇參住在光福里的府第中，趁着夜晚的月光，在庭院裡散步。有位名叫上清的婢女，平時為竇公所寵愛，她對竇公說：「我有事想要稟告您。主人須到堂上就座，我才敢說。」竇公快步走上廳堂。上清說：「院子裡的樹上有人潛伏，我恐怕驚嚇了主人，所以請您避開。」竇公說：「陸贄早就想篡奪我的權位。現在有人潛伏在院中樹上，我的災禍就要來到了。而且這件事無論是否稟奏皇帝都會招來災禍，我肯定會被流放，死在道路上，你在你們這些人中，是不可多得的。我一旦身死家破，你一定會被沒入宮中去做婢女。皇上如果問到你，你要好好為我解釋一下。」上清哭着說：「如果真如您說的那樣，我始終都會記住您的囑託，努力去完成它。」

　　竇公走下台階，大聲說：「樹上的先生，你應該是陸贄派來的。如果能保全老夫的性命，我一定會重重報答你！」樹上的人應聲而下，原來是一個穿着生麻布孝衣的人。他說：「我家遇上喪事，太窮，沒錢操辦。我私下得知相公一向誠心周濟

窮人，所以選在半夜前來。希望相公不要怪罪。」寶公說：「我拿出所有財產來，不過是特俸所得的一千匹絹布而已。正準備用它做修建家廟的費用。現在姑且放棄修廟打算，把這筆資財贈給你，好嗎？」穿孝衣的人叩頭拜謝，寶公也回了禮。

那人又說：「就此向相公告辭。請您手下人將賞賜給我的絹布扔到牆外。我先在街上等着。」寶公依照他的請求做了。又命令手下人暗中察看，直到確認那人已走了很久，才敢回房睡覺。

第二天，執金吾首先向皇帝奏報了這件事。寶公找到機會，又向皇帝奏報。德宗皇帝厲聲問：「你結交節度使，蓄養遊俠刺客。你已身居宰相的高位，還想要得到甚麼？」寶公磕頭謝罪說：「臣出身於文牘小吏，官至最尊貴的丞相，這都是由於陛下的獎掖提拔，不是靠甚麼私人關係。今天不幸落到這種地步，大概是仇人陷害。陛下忽然大發雷霆，臣罪該萬死。」宦官走下殿階宣佈皇帝旨意說：「您暫且回到家中，聽候處分。」

過了一個多月，寶公被貶為郴州別駕。正好宣武節度使劉士寧與在郴州的寶公交往通好，觀察使條列事實上疏奏報皇帝。德宗說：「私自結交節度使，確有實證。」將寶公流放到驩州，抄沒了他的家產，連一根髮簪也不許帶在身邊。還沒到達流放的地方，皇帝又下詔書命他自盡。

上清果然淪為由掖庭令管領的宮婢。幾年後，上清因為

應對伶俐，又會煎茶，多次得以在皇帝身邊侍奉。德宗對她說：「宮廷中人數不少，你很懂事。你因為甚麼才進宮為奴婢的？」上清回答說：「妾身本是前宰相竇參家的女奴。竇某的妻子早年死去，所以妾得以陪侍左右。等到竇家破敗，有幸被選入宮中充數。能得到侍奉皇上的機會就像在天堂一樣。」德宗說：「竇某的罪名不僅是私自豢養刺客，還有很嚴重的貪污行為。當時抄家沒入官府的銀器很多。」上清流着眼淚說：「竇某先任御史中丞，歷任度支、戶部、鹽鐵三部長官，最終做到宰相。前後共六年時間，每月收入數十萬錢。前後不定時的賞賜，更不知有多少。從前郴州所繳納入官的銀器，都是皇上的賞賜。清點登記抄沒物的時候，妾也在郴州，親眼看見州縣官吏按照陸贄的旨意，刮去皇上賞賜的標記，所繳納的銀器，都在上面刻上地方藩鎮長官的官銜姓名，誣陷為贓物。乞求陛下查驗明白。」於是皇上下令找出從竇家抄沒入宮的銀器仔細復查，那些刮除字跡的情況，都正像上清所說的一樣。當時正是貞元十二年。

德宗又詢問竇參蓄養刺客的事。上清說：「本來根本沒有這回事。全是陸贄陷害，指使人做的。」德宗對陸贄十分惱怒，說：「這個狗奴才！我脫去他綠色的六品官服，直接給他披上三品的紫袍，還常常稱呼他『陸九』。我任用竇參，正在得力的時候，卻叫我冤殺了他。等到大權落入他的手中，卻處

理政事不力，比泥團還要軟弱。」於是頒佈詔書為竇參平反。

　　當時裴延齡探聽到陸贄已失去皇帝的寵信，就放手地嫁禍於他，陸贄竟然被貶斥外地，不能在有生之年回到京城。後來上清被皇上特敕賜丹書，度為女道士，最終嫁給金忠義為妻。當時因為陸贄的學生很多都在擔任大官，世人不敢傳說這件事，所以此事沒有人知道。

楊娼傳

原著　房千里

　　楊娼者，長安里中之殊色也，態度甚都，復以冶容自喜。王公巨人享客，競邀致席上。雖不飲者，必為之引滿盡歡。長安諸兒，一造其室，殆至亡生破產而不悔。由是娼之名冠諸籍中，大售於時矣。

　　嶺南帥甲，貴遊子也。妻本戚里女，遇帥甚悍。先約：設有異志者，當取死白刃下。帥幼貴，喜媱，內苦其妻，莫之措意。乃陰出重賂，削去娼之籍，而挈之南海。館之他舍，公餘而同，夕隱而歸。娼有慧性，事帥尤謹。平居以女職自守，非其理不妄發。復厚帥之左右，咸能得其歡心。故帥益嬖之。

　　會間歲，帥得病，且不起。思一見娼，而憚其妻，帥素與監軍使厚，密遣導意，使為方略。監軍乃紿其妻

曰：「將軍病甚，思得善奉侍煎調者視之，瘳當速矣。某有善婢，久給事貴室，動得人意。請夫人聽以婢安將軍四體，如何？」妻曰：「中貴人，信人也。果然，於吾無苦耳。可促召婢來。」監軍即命娼冒為婢以見帥。計未行而事泄。帥之妻乃擁健婢數十，列白梃，熾膏鑊於廷而伺之矣。須其至，當投之沸鬲。帥聞而大恐，促命止娼之至。且曰：「此自我意，幾累於渠。今幸吾之未死也，必使脫其虎喙。不然，且無及矣。」乃大遺其奇寶，命家僮榜輕舠，衛娼北歸，自是，帥之憤益深，不逾旬而物故。

娼之行，適及洪矣。問至，娼乃盡返帥之賂，設位而哭，曰：「將軍由妾而死。將軍且死，妾安用生為？妾豈孤將軍者耶？」即撤奠而死之。

夫娼，以色事人者也，非其利則不合矣。而楊能報帥以死，義也；卻帥之賂，廉也。雖為娼，差足多乎？

譯文

楊娼是長安里中一個絕色的妓女，她很有風度，又頗以漂亮的容貌自喜。王公貴人請宴，都爭相邀請她出席作陪，即便是從不喝酒的人，也一定會為討她喜歡，滿飲一杯。長安城中的少年，一邁進她的門檻，直至家破人亡也不後悔。因此楊娼的豔名在所有妓籍中首屈一指，在當時身價極高。

嶺南某帥，原先是權貴人家的冶遊子弟。他的妻子本是皇親國戚的女兒，對待某帥十分兇悍。當初約定，如果誰有外遇變了心，就要死在刀劍之下。某帥少年富貴，喜歡女色，但心中畏懼妻子，沒有辦法可想。於是暗中出重金，為楊娼削除妓籍，帶她來到南海任所。把她安置在別館居住，公務之餘就和她同處，太陽下山後才回到自己住的地方。楊娼稟性聰慧，服侍大帥十分恭謹周到。平時恪守婦道，從不輕率地去做那些不該做的事。又對大帥身邊的人很好，都能討得他們的歡心。所以大帥更加寵愛她了。

兩年後，大帥得了重病，眼看就不行了。他想再見楊娼一面，但又害怕妻子。大帥平時和監軍使交情很好，就暗中

派人把自己的願望透露給他，請他想個辦法。監軍於是騙大帥妻子說：「將軍病情嚴重，想來如果能找一個會侍奉病人，又會煎藥調理的人照顧他，病該會好得快些。我有一個得力的婢女，曾長期在尊貴的人家服役，做事很合主人心意。請求夫人答應讓她來侍候將軍養病，怎麼樣？」大帥的妻子說：「中貴人您是值得信賴的人。如果真是那樣，我可以省去許多辛苦。請快把那婢女召來吧。」監軍就讓楊娟冒充婢女去見大帥。計謀還未實行，事情就敗露了。大帥的妻子於是帶着幾十名健壯的僕婦，手執白木棍列成隊列，在院子中燃起油鍋等待着。打算等楊娟一到，就把她扔到沸熱的油鍋中去。大帥得知後非常恐慌，急忙派人趕去阻止楊娟前來，還說：「這本是我的一片心意，卻幾乎連累了她。現在幸虧我還沒死，一定要幫她逃離虎口。不然的話，就要來不及了。」於是贈送給她許多奇珍異寶，命家僕划隻小船，護送楊娟返回北方。從此，大帥心中的憤懣日益加深，不出十天就去世了。

楊娟向北而行，剛剛到達洪州，大帥的噩耗就到了，楊娟於是將大帥所送的錢物盡數歸還，設置靈位哭祭大帥，她說：「將軍是為我而死的。將軍已死，我活着還有甚麼意思呢？我難道是辜負將軍深情的人嗎？」當即撤去奠禮，以死相殉。

娼妓，是靠色相服侍別人的，如果沒有甚麼好處可得到，就不會和人結合了。然而楊娟能以死報答大帥，堪稱俠義了；又能拒絕大帥的財物，可謂廉潔了。雖然出身於娼妓，也是很難得的呢！

飛煙傳

原著　皇甫枚

　　臨淮武公業，咸通中任河南府功曹參軍。愛妾曰飛煙，姓步氏，容止纖麗，若不勝綺羅。善秦聲，好文筆，尤工擊甌，其韻與絲竹合。公業甚嬖之。

　　其比鄰，天水趙氏第也，亦衣纓之族，不能斥言。其子曰象，秀端有文，才弱冠矣。時方居喪禮。忽一日，於南垣隙中窺見飛煙，神氣俱喪，廢食忘寐。乃厚賂公業之閽，以情告之。閽有難色，復為厚利所動。乃令其妻伺飛煙間處，具以象意言焉。飛煙聞之，但含笑凝睇而不答。閽媼盡以語象。象發狂心蕩，不知所持，乃取薛濤箋，題絕句曰：

　　「一睹傾城貌，塵心只自猜。

　　　不隨蕭史去，擬學阿蘭來。」

以所題密緘之，祈門媼達飛煙。煙讀畢，吁嗟良久，謂媼曰：「我亦曾窺見趙郎，大好才貌。此生福薄，不得當之。」蓋鄙武生粗悍，非良配耳。乃復酬篇，寫於金鳳箋，曰：

「綠慘雙娥不自持，只緣幽恨在新詩。

郎心應似琴心怨，脈脈春情更擬誰？」

封付門媼，令遺象。象啟緘，吟諷數四，拊掌喜曰：「吾事諧矣。」又以剡溪玉葉紙，賦詩以謝，曰：

「珍重佳人贈好音，彩箋芳翰兩情深。

薄於蟬翼難供恨，密似蠅頭未寫心。

疑是落花迷碧洞，只思輕雨灑幽襟。

百回消息千回夢，裁作長謠寄綠琴。」

詩去旬日，門媼不復來。象憂恐事泄，或飛煙追悔。春夕，於前庭獨坐，賦詩曰：

「綠暗紅藏起暝煙，獨將幽恨小庭前。

沉沉良夜與誰語，星隔銀河月半天。」

明日，晨起吟際，而門媼來。傳飛煙語曰：「勿訝旬日無信，蓋以微有不安。」因授象以連蟬錦香囊並碧苔箋，詩曰：

「強力嚴妝倚繡櫳，暗題蟬錦思難窮。

近來贏得傷春病，柳弱花欹怯曉風。」

象結錦香囊於懷，細讀小簡，又恐飛煙幽思增疾，乃剪烏絲簡為回緘，曰：「春景遲遲，人心悄悄。自因窺覦，長役夢魂。雖羽駕塵襟，難於會合，而丹誠皎日，誓以周旋。昨日瑤台青鳥忽來，殷勤寄語。蟬錦香囊之贈，芬馥盈懷，佩服徒增，翹戀彌切。況又聞乘春多感，芳履乖和，耗冰雪之妍姿，鬱蕙蘭之佳氣。憂抑之極，恨不翻飛。企望寬情，無至憔悴。莫孤短韻，寧爽後期。惝恍寸心，書豈能盡？兼持菲什，仰繼華篇。伏惟試賜凝睇。」詩曰：

「應見傷情為九春，想封蟬錦綠蛾顰。

叩頭為報煙卿道，第一風流最損人。」

閤媼既得回報，徑齎詣飛煙閣中。武生為府掾屬，公務繁夥，或數夜一直，或竟日不歸。此時恰值生入府曹。飛煙拆書，得以款曲尋繹。既而長太息曰：「丈夫之志，女子之情，心契魂交，視遠如近也。」於是闔戶垂幌，為書曰：「下妾不幸，垂髫而孤。中間為媒妁所欺，遂匹合於瑣類。每至清風明月，移玉柱以增懷；秋帳冬釭，泛金徽而寄恨。豈謂公子，忽貽好音。發華緘而思飛，諷麗句而目斷。所恨洛川波隔，賈午牆高。連云不及於秦台，薦夢尚遙於楚岫。猶望天從素懇，神假微機，一拜清光，九殞無恨。兼題短什，用寄幽懷。伏惟

特賜吟諷也。」詩曰：

「畫簾春燕須同宿，蘭浦雙鴛肯獨飛？

長恨桃源諸女伴，等閒花裡送郎歸。」

封訖，召闐嫗，令達於象。象覽書及詩，以飛煙意稍切，喜不自持，但靜室焚香虔禱以俟息。

一日將夕，闐嫗促步而至，笑且拜曰：「趙郎願見神仙否？」象驚，連問之。傳飛煙語曰：「值今夜功曹府直，可謂良時。妾家後庭，即君之前垣也。若不渝惠好，專望來儀。方寸萬重，悉候晤語。」既曛黑，象乃乘梯而登，飛煙已令重榻於下。既下，見飛煙靚妝盛服，立於庭前。交拜訖，俱以喜極不能言。乃相攜自後門入堂中，遂背釭解幬，盡繾綣之意焉。及曉鐘初動，復送象於垣下。飛煙執象手曰：「今日相遇，乃前生姻緣耳。勿謂妾無玉潔松貞之志，放蕩如斯。直以郎之風調，不能自顧。願深鑒之。」象曰：「挹希世之貌，見出人之心。已誓幽庸，永奉歡洽。」言訖，象踰垣而歸。

明日，託闐嫗贈飛煙詩曰：

「十洞三清雖路阻，有心還得傍瑤臺。

瑞香風引思深夜，知是蕊宮仙馭來。」

飛煙覽詩微笑，復贈象詩曰：

「相思只怕不相識，相見還愁卻別君。

願得化為松上鶴，一雙飛去入行雲。」

封付閽嫗，仍令語象曰：「賴值兒家有小小篇詠。不然，君作幾許大才面目？」茲不盈旬，常得一期於後庭矣。展幽微之思，罄宿昔之心。以為鬼鳥不知，人神相助。或景物寓目，歌詠寄情，來往便繁，不能悉載。如是者週歲。

無何，飛煙數以細過撻其女奴，奴陰銜之，乘間盡以告公業。公業曰：「汝慎勿揚聲！我當伺察之。」後至當赴直日，乃密陳狀請假。迨夜，如常入直，遂潛於里門。街鼓既作，匍伏而歸。循牆至後庭，見飛煙方倚戶微吟，象則據垣斜睨。公業不勝其憤，挺前欲擒。象覺，跳去。業搏之，得其半襦。乃入室，呼飛煙詰之。飛煙色動聲戰，而不以實告。公業愈怒，縛之大柱，鞭楚血流。但云：「生得相親，死亦何恨！」深夜，公業怠而假寐。飛煙呼其所愛女僕曰：「與我一杯水。」水至，飲盡而絕。公業起，將復笞之，已死矣。乃解縛，舉置閣中，連呼之，聲言飛煙暴疾致殞。數日，窆之北邙。而里巷間皆知其強死矣。象因變服，易名遠，竄江浙間。

洛中才士有着《飛煙傳》者，傳中崔李二生，常與武掾遊處。崔詩末句云：

「恰似傳花人飲散，空床拋下最繁枝。」

其夕，夢飛煙謝曰：「妾貌雖不迨桃李，而零落過之。捧君佳什，媿仰無已。」李生詩末句云：

「豔魄香魂如有在，還應羞見墜樓人。」

其夕，夢飛煙戟手而詈曰：「士有百行，君得全乎？何至務矜片言，苦相詆斥？當屈君於地下，面證之。」數日，李生卒。時人異焉。遠後調授汝州魯山縣主簿，隴西李垣代之。咸通末，予復代垣，而與遠少相狎，故洛中秘事，亦知之。而垣復為手記，故得以傳焉。

三水人曰：噫！豔冶之貌，則代有之矣；潔朗之操，則人鮮聞乎。故士矜才則德薄，女炫色則情私。若能如執盈，如臨深，則皆為端士淑女矣。飛煙之罪雖不可逭，察其心，亦可悲矣。

譯文

　　臨淮人武公業，咸通年間擔任河南府功曹參軍。他的愛妾名叫飛煙，姓步，長得纖弱柔美，好像穿一件薄薄的羅衣對她來說也太重了似的。她擅長唱秦地的歌曲，喜歡寫寫詩文，尤其精通擊甌，敲擊出的聲調節奏能與管弦樂相吻合。公業十分寵愛她。

　　武家的隔壁，是天水人趙氏的宅第。趙家也是衣冠門第，所以主人的名字不便明白說出。他兒子名趙象，端正清秀而且有文才，年僅二十歲左右。當時正在家中守喪。偶然有一天，從南面的牆縫中偷看到飛煙，從此失魂落魄，寢食無心。於是重重地賄賂公業家的看門人，將自己的隱衷告訴了他，懇求幫助。看門人露出為難的神色，但又被豐厚的報酬所打動，就讓他的妻子趁飛煙獨自一個人的時候，把趙象的心意詳盡地轉告了她。飛煙聽了，只是面帶微笑，含情凝目，卻沒有答覆。看門人的妻子把情況如實地告訴了趙象，趙象心動意亂，好像發了瘋一樣，無法控制自己，就取過薛濤箋，寫下一首絕句說：

　　「一見你那傾國傾城的容貌，心中只在猜願望能否實現。

別像弄玉隨蕭史升天而去，該學杜蘭香被罰來到人間。」

把所寫的詩密密封好，求看門人妻子轉交給飛煙。飛煙讀後，感歎了很久，對看門人妻子說：「我也曾在暗中窺見過趙郎，品貌才華都很出眾。可惜此生福分淺薄，無緣接受趙郎的憐愛。」原來她早就瞧不起武生粗魯兇悍的性格，認為他不是自己滿意的配偶。於是飛煙也酬答一首，寫在金鳳箋上。詩說：

「烏黑的雙眉緊鎖愁思難禁，

只因你新詩使我有恨在心。

你的心應能像琴心那樣傾訴，

我又能向誰訴說滿腹的春情？」

封好交給看門人的妻子，讓她送給趙象。趙象開封後，反覆吟詠玩味，高興地拍手說：「我的事成功了。」又用剡溪玉葉紙，賦詩答謝飛煙。詩說：

「佳人所贈好詩我倍加珍重，

彩箋上寫出我倆情深意濃。

比蟬翼薄的紙難表達遺憾，

像蠅頭密的字訴不盡曲衷。

疑惑是桃源仙境使人迷惘，

只盼望愛如輕雨灑入心胸。

百回的消息啊千回的幽夢，

飛煙傳 361

都寫成了長歌寄託在琴中。」

詩送去十多天，看門人的妻子沒有再來。趙象心中憂愁，害怕事情泄露，又擔心是飛煙後悔了。春夜，他獨自坐在庭院中，賦詩道：

「綠葉成蔭，紅花難見，四周升起暮煙，

小庭之前，獨自愴神，幽恨出於心間。

良夜沉沉，我能與誰，從頭細訴衷曲，

銀河隔斷，雙星迢迢，月照半邊碧天。」

第二天，趙象清早起來，正在吟誦新作，看門人的妻子來了，轉達飛煙的話說：「不要奇怪十多天沒有回音，因為我身體有些不舒服。」於是把連蟬錦香囊連同碧苔箋交給趙象，箋上有詩道：

「強撐着打扮起來倚門思忖，悄悄地題詩蟬錦心意難盡。

近來因傷春添得疾病在身，嫩柳嬌花怕曉風怯弱不禁。」

趙象把錦香囊繫在懷中，仔細吟讀送來的詩。又擔心飛煙相思過度使病情加重，就剪下一段有黑格子的白絹作信箋，寫回信道：「春日遲遲，我內心充滿愁苦，自從見到你之後，你的倩影經常縈繞在我的夢中。雖然你神仙的法駕和我塵俗的襟懷難以會合，但我的心赤誠可鑒，有如明亮的太陽，發誓要永遠追隨你。昨日瑤台信使忽然來到，殷勤傳達你的問候。贈給我的蟬錦香囊，芳香滿懷，佩戴在身上，徒然使我對你的思戀

更加迫切。況且又聽說你因逢春日而多感傷，玉體有些欠安，使冰雪一樣的身姿受到耗損，香草一般高潔的精神鬱結不舒。我十分擔憂掛念，恨不得插上翅膀飛到你的身邊。希望你放寬心懷，別愁壞了身體。不要辜負我在短詩裡所表達的情意，我們今後一定會有相見的機會。我的心情起伏波動，豈能在短信中全表達出來？隨信奉上我的拙作，恭敬地酬和你那華美的詩章，期望您能垂青過目。」詩說：

「聽說你為了春天多情感傷，能想像封書時你皺眉模樣。

我叩頭告訴飛煙我的愛人，相思債最最損害你的健康。」

看門人的妻子得到回信後，直接送到飛煙房中。武公業在官府中任職，公務繁忙，有時隔幾天值一次夜班，有時整天都不能回家。這時正趕上他在官府當班。飛煙拆開書信，得以仔細地體味其中的含意。讀完信後，不禁長歎一聲，說：「大丈夫的心願，小女子的情懷，竟然如此息息相通，心心相印，雖然相隔遙遠，卻好像近在眼前。」於是關緊房門，垂下簾子，寫回信說：「賤妾不幸，從小就失去了父親。後來又被媒人的花言巧語所欺騙，和猥瑣平庸之輩結為夫妻。每當清風明月之夜，撫弄琴弦，更增添內心的孤寂苦悶。秋日獨守帷帳，冬夜面對孤燈，只能藉琴聲抒發怨恨。不料公子忽然寄來美好的詩篇，讀了你熱情洋溢的書信，不禁浮想聯翩；吟誦你清新華麗的詩句，忍不住望眼欲穿。只恨洛水的波濤阻隔了曹子建與

洛神的相會，賈府的高牆妨礙了賈午和韓壽的私情，既不能如鳳台上的弄玉、蕭史天天幸福地生活在一起，也不能像楚襄王和巫山神女那樣在夢中歡聚。只希望上天同情我平日的一片誠心，讓神靈賜給我小小的機會，只要能和你見上一面，即使讓我死許多次也無所怨恨。順便寫了一首小詩，藉以寄託我的情懷。希望您能抽空酬和一首。」詩是這樣寫的：

「畫檐下的春燕總是雙棲，蘭浦上的鴛鴦豈肯獨飛。

我常恨桃源中的那些女伴，鮮花叢裡無端把情郎送歸。」

封好，叫來看門人的妻子，讓她轉遞給趙象。趙象讀了信和附詩，覺得飛煙的情意逐漸殷切，高興得難以保持常態，只有打掃房間，焚香禱告，虔誠地等待。

有一天，快到傍晚的時候，看門人的妻子快步走來，笑着向趙象拜賀說：「趙郎想見見神仙嗎？」趙象大吃一驚，連聲追問詳情。看門人的妻子轉達飛煙的話說：「今夜正好輪到武功曹在官府值班，可謂是絕好的機會。我家的後院，和你家的前院只是一牆之隔。如果你的感情沒有改變的話，我在這裡專等你的到來，心中的千言萬語，都等見面時再說吧。」到黃昏後，趙象就攀着梯子登上武家後牆，飛煙已叫人將床榻疊架在牆下接應。趙象下到院內，看見飛煙盛妝麗服站在庭前迎接。相互拜見後，都高興得說不出話來，便手拉着手從後門進到房中。於是背着燈光放下羅帳，極盡纏綿情意。等到晨鐘剛剛敲

響，又送趙象來到牆下。飛煙拉着趙象的手說：「今日相會，是前世姻緣注定，不要以為我沒有美玉、松柏一樣的貞潔品格，放蕩到這種地步。只是因為你的儀容風度，使我無法控制自己的感情。希望你能多加體察。」趙象說：「你不僅有世間少有的容貌，還有高出一般人的品格，我已經對神靈發誓，永遠和你幸福地生活在一起。」說完，趙象就翻牆回家了。

第二天，趙象託看門人的妻子贈飛煙一首詩。詩說：

「仙家洞府之路雖多阻礙，只要有心總能到達瑤台。

苦思之夜忽然風飄異香，知道是你蕊宮仙車到來。」

飛煙讀詩微笑，又寫詩贈給趙象說：

「相思只怕彼此並不相識，相見反愁與君又要離別。

我多希望化作松間白鶴，直上青雲與君雙飛比翼。」

封好後交給看門人的妻子，又讓她對趙象傳話說：「幸虧我也能勉強作幾行小詩，否則不知你要擺出多大的有才學的樣子呢！」從此相隔不到十天，兩人經常在後院相約會見一回，抒發深切的思念，以完長久的心願，自以為鬼神不知，天人相助。有時看到景物觸動思緒，就用詩歌寄託情懷，來往越來越頻繁，不能在這裡一一記述。這樣過了一年多。

沒有多久，飛煙多次因為小過失鞭打她的女奴，女奴暗中懷恨，就找機會把飛煙和趙象的私情全部告訴了公業。公業對她說：「你小心不要聲張，我會在暗中訪察的。」後來到應

該值班的日子，公業找個理由偷偷地請了假。到了晚上，他像平常一樣出門去值班，暗中躲在街門口。等到巡街的更鼓敲響後，低伏着身子悄悄回到家中。沿着牆根來到後院，看見飛煙正倚靠着門邊低聲吟詠，趙象則騎在牆頭斜視着她。公業壓抑不住心中的憤怒，躍上前去要捉趙象。趙象發覺了，急忙跳牆逃去。公業伸手去抓，僅扯下了他半面衣襟。公業於是回到房中，喊來飛煙盤問。飛煙嚇得變了臉色，聲音也顫抖了，但就是不肯説實話。公業更加憤怒，把飛煙綁在房柱上，鞭打得她渾身是血。飛煙只是説：「我們活着的時候能相親相愛，死也不怨恨了。」到了深夜，公業累了，閉上眼睛打一會兒瞌睡。飛煙招呼和她平日親近的女僕説：「給我一杯水。」女僕把水端來，飛煙喝完就斷了氣。公業醒來，想繼續鞭打她，飛煙已經死了。於是鬆開綁，抬放到房中，連聲呼喊，聲稱飛煙因急病發作而死。幾天後，將她埋葬在北邙山下。然而里巷間的人都知道她是被打死的。趙象於是變換了服裝打扮，改名為趙遠，流竄到江浙一帶。

有位洛中才子，寫了《飛煙傳》，傳中提到崔、李二位書生，曾和武功曹有過交遊來往。崔生的詩末尾兩句説：

「好比擊鼓傳花飲酒的人散去以後，
空空的坐榻上丟下了最美的花枝。」

當夜，崔生夢見飛煙前來致謝説：「我的容貌雖然比不上

桃李豔麗，但遭受摧折的情況比它們還要不幸。讀到您美好的詩句，慚愧不已。」李生詩的末尾兩句說：

「如果香魂豔魄還存在的話，只怕羞於見到跳樓的綠珠。」

李生夢見飛煙用手指着他斥罵說：「讀書人應該有的種種德行，你都具備嗎？為甚麼一定要用這種傲慢刻薄的語言，苦苦詆毀、侮辱我呢？我要委屈你到陰間來跟我當面對質。」幾天後，李生就死了。當時的人都認為這件事很奇怪。趙遠後來調任汝州魯山縣主簿，隴西人李垣接替了他的職務。成通末年，我又接替了李垣，而和趙遠有過一些往來，所以知道他在洛中的一段隱秘經歷。後來李垣又親手記錄了詳細經過，所以飛煙的事跡才得以流傳開來。

三水人皇甫枚說：「唉！容貌漂亮的女子，每個時代都有，然而高潔光明的操行，恐怕人們就很少聽說了。所以讀書人誇耀自己的才學就會忽視品德的修養，女子賣弄自己的美色就會產生不正當的情懷，如果能時刻如持滿懷、如臨深淵一般地謹慎小心，就都可以成為品行端正的男女了。飛煙的罪過固然無法推脫，但體察她的心情，也實在值得人們同情的啊！」

虯髯客傳

原著　杜光庭

　　隋煬帝之幸江都也，命司空楊素守西京。素驕貴，又以時亂，天下之權重望崇者，莫我若也，奢貴自奉，禮異人臣。每公卿入言，賓客上謁，未嘗不踞床而見，令美人捧出。侍婢羅列，頗僭於上。末年愈甚，無復知所負荷，有扶危持顛之心。

　　一日，衛公李靖以布衣上謁，獻奇策。素亦踞見。公前揖曰：「天下方亂，英雄競起。公為帝室重臣，須以收羅豪傑為心，不宜踞見賓客。」素斂容而起，謝公，與語，大悅，收其策而退。

　　當公之騁辯也，一妓有殊色，執紅拂，立於前，獨目公。公既去，而執拂者臨軒指吏曰：「問去者處士第幾？住何處？」公具以對。妓誦而去，公歸逆旅。

其夜五更初，忽聞叩門而聲低者，公起問焉。乃紫衣戴帽人，杖揭一囊。公問誰。曰：「妾，楊家之紅拂妓也。」公遽延入。脫衣去帽，乃十八九佳麗人也。素面畫衣而拜。公驚答拜。曰：「妾侍楊司空久，閱天下之人多矣。無如公者。絲蘿非獨生，願託喬木，故來奔耳。」公曰：「楊司空權重京師，如何？」曰：「彼屍居餘氣，不足畏也。諸妓知其無成，去者眾矣。彼亦不甚逐也。計之詳矣。幸無疑焉。」問其姓。曰：「張。」問其伯仲之次。曰：「最長。」觀其肌膚，儀狀，言詞，氣性，真天人也。公不自意獲之，愈喜愈懼，瞬息萬慮不安。而窺戶者無停屨。數日，亦聞追討之聲，意亦非峻。乃雄服乘馬，排闥而去。

將歸太原。行次靈石旅舍，既設床，爐中烹肉且熟。張氏以髮長委地，立梳床前。公方刷馬。忽有一人，中形，赤髯而虯，乘蹇驢而來。投革囊於爐前，取枕欹臥，看張梳頭。公怒甚，未決，猶刷馬。張熟視其面，一手握髮，一手映身搖示公，令勿怒。急急梳頭畢，斂衽前問其姓。臥客答曰：「姓張。」對曰：「妾亦姓張。合是妹。」遽拜之。問第幾。曰：「第三。」因問妹第幾。曰：「最長。」遂喜曰：「今多幸逢一妹。」張氏遙呼：「李郎且來見三兄！」公驟拜之。遂環坐。曰：

「煮者何肉？」曰：「羊肉，計已熟矣。」客曰：「飢。」

公出市胡餅，客抽腰間匕首，切肉共食。食竟，餘肉亂切送驢前食之，甚速。客曰：「觀李郎之行，貧士也。何以致斯異人？」曰：「靖雖貧，亦有心者焉。他人見問，故不言。兄之問，則不隱耳。」具言其由。曰：「然則將何之？」曰：「將避地太原。」曰：「然吾故非君所致也。」曰：「有酒乎？」曰：「主人西，則酒肆也。」公取酒一斗。既巡，客曰：「吾有少下酒物，李郎能同之乎？」曰：「不敢。」於是開革囊，取一人頭並心肝。卻頭囊中，以匕首切心肝，共食之。曰：「此人天下負心者，銜之十年，今始獲之。吾憾釋矣。」又曰：「觀李郎儀形器宇，真丈夫也。亦聞太原有異人乎？」曰：「嘗識一人，愚謂之真人也。其餘，將帥而已。」曰：「何姓？」曰：「靖之同姓。」曰：「年幾？」曰：「僅二十。」曰：「今何為？」曰：「州將之子。」曰：「似矣。亦須見之。李郎能致吾一見乎？」曰：「靖之友劉文靜者，與之狎。因文靜見之可也。然兄何為？」曰：「望氣者言太原有奇氣，使訪之。李郎明發，何日到太原？」靖計之日。曰：「達之明日日方曙，候我於汾陽橋。」言訖，乘驢而去，其行若飛，回顧已失。公與張氏且驚且喜，久之，曰：「烈士不欺人。固無畏。」促鞭而行。

及期，入太原。果復相見。大喜，偕詣劉氏。詐謂文靜曰：「以善相者思見郎君，請迎之。」文靜素奇其人，一旦聞有客善相，遽致使迎之。使回而至，不衫不履，褐裘而來，神氣揚揚，貌與常異。虬髯默居末坐，見之心死，飲數杯，招靖曰：「真天子也！」公以告劉，劉益喜，自負。既出，而虬髯曰：「吾得十八九矣。然須道兄見。李郎宜與一妹復入京，某日午時，訪我於馬行東酒樓下。下有此驢及瘦驢，即我與道兄俱在其上矣。到即登焉。」又別而去。公與張氏復應之。

及期訪焉。宛見二乘。攬衣登樓，虬髯與一道士方對飲，見公驚喜，召坐。圍飲十數巡，曰：「樓下櫃中有錢十萬。擇一深隱處駐一妹。某日復會我於汾陽橋。」

如期至，即道士與虬髯已到矣，俱謁文靜，時方弈棋，揖而話心焉。文靜飛書迎文皇看棋。道士對弈，虬髯與公傍侍焉。俄而文皇[1]到來，精采驚人，長揖而坐，神氣清朗，滿坐風生，顧盼煒如也。道士一見慘然，下棋子曰：「此局全輸矣！於此失卻局哉？救無路矣！復奚言？」罷弈而請去。既出，謂虬髯曰：「此世界非公世界。他方可也。勉之，勿以為念。」因共入京。虬髯曰：「計

---

① 指李世民。

李郎之程，某日方到。到之明日，可與一妹同詣某坊曲小宅相訪。李郎相從一妹，懸然如磬。欲令新婦祗謁，兼議從容，無前卻也。」言畢，呀嗟而去。

公策馬而歸，即到京，遂與張氏同往。乃一小版門子，叩之，有應者，拜曰：「三郎令候李郎一娘子久矣。」延入重門，門愈壯。婢四十人，羅列廷前。奴二十人，引公入東廳。廳之陳設，窮極珍異，箱中妝奩冠鏡首飾之盛，非人間之物。巾櫛妝飾畢，請更衣，衣又珍異。既畢，傳云：「三郎來！」乃虯髯紗帽裼裘而來，亦有龍虎之狀，歡然相見。催其妻出拜，蓋亦天人耳。遂延中堂，陳設盤筵之盛，雖王公家不侔也。四人對饌訖，陳女樂二十人，列奏於前，似從天降，非人間之曲。食畢，行酒。家人自東堂舁出二十床，各以錦繡帕覆之。既陳，盡去其帕，乃文簿鑰匙耳。虯髯曰：「此盡寶貨泉貝之數。吾之所有，悉以充贈。何者？欲於此世界求事，當龍戰三二十載，建少功業。今既有主，住亦何為？太原李氏，真英主也。三五年內，即當太平。李郎以奇特之才，輔清平之主，竭心盡善，必極人臣。一妹以天人之姿，蘊不世之藝，從夫之貴，以盛軒裳。非一妹不能識李郎，非李郎不能榮一妹。起陸之貴，際會如期，虎嘯風生，龍吟雲萃，固非偶然也。持余之贈，以

佐真主，贊功業也，勉之哉！此後十年，當東南數千里外有異事，是吾得事之秋也。一妹與李郎可灑酒東南相賀。」因命家童列拜，曰：「李郎一妹，是汝主也！」言訖，與其妻從一奴，乘馬而去。數步，遂不復見。公據其宅，乃為豪家，得以助文皇締構之資，遂匡天下。

貞觀十年，公以左僕射平章事。適南蠻入奏曰：「有海船千艘，甲兵十萬，入扶餘國，殺其主自立。國已定矣。」公心知虬髯得事也。歸告張氏，具衣拜賀，瀝酒東南祝拜之。

乃知真人之興也，非英雄所冀，況非英雄乎？人臣之謬思亂者，乃螳臂之拒走輪耳。我皇家垂福萬葉，豈虛然哉！或曰：「衛公之兵法，半乃虬髯所傳耳。」

譯文

　　隋煬帝去南遊江都的時候，命司空楊素留守西京長安。楊素為人驕橫跋扈，又認為時勢動亂不穩，若論權勢的威重和聲望的崇高，天下沒有人比得上自己，於是生活極為奢侈華貴，禮儀上也超出了做臣子的規格。每當公卿大臣前來談些事情，或是賓客登門求見，他總是由美女簇擁而出，踞坐在坐榻上相見，兩旁站列着侍妾婢女，很有些逾越他的身份。到了晚年，這種現象更加突出了。他忘記了自己應挑的重擔，全無作為宰相應該扶危持顛的責任心。

　　一天，衛國公李靖以平民的身份求見楊素，貢獻奇計妙策。楊素仍然高坐在坐榻上接見他。李靖上前拱手行禮説：「天下正動盪不安，英雄豪傑競相起事。楊公是帝室近親，朝廷倚重的大臣，應該留意網羅天下豪傑，這樣踞坐着會見賓客是不合適的。」楊素聽後，立刻收斂起傲慢的神情，站起身，向李靖道歉，和他交談，非常高興，接受了他的建議退回後堂。

　　當李靖施展口才滔滔雄辯的時候，一位異常美麗的歌女，手拿紅色的拂子，站在楊素面前，眼睛一直望着李靖。李靖走

後，她走到廊前指使門吏說：「去問問走的那位處士排行第幾？住在哪裡？」李靖一一回答了。歌女默默念誦着離去。李靖回到旅舍。

當天夜裡剛到五更時分，忽聽有人低聲敲門。李靖起身察問，原來是一個身穿紫衣頭戴帽子的人，拐杖上挑着一個包袱。李靖詢問是誰，回答說：「妾是楊公家那個手拿紅拂的歌女。」李靖急忙把她迎進房中。脫去紫衣摘掉帽子，原來是一位十八九歲的美麗女子，不施脂粉，衣着華美，向李靖行禮。李靖大吃一驚，連忙回禮。女子說：「我侍從楊司空已很長時間，天下的人也見得多了，沒有比得上您的。女人的生命就像蔓生的菟絲、松蘿一樣不能獨自生長，我希望能依託在您這株大樹上，所以前來投奔。」李靖說：「楊司空在京城權勢顯赫，怎麼辦？」女子說：「他就像只剩下一口氣的行屍走肉，沒有甚麼值得害怕的。歌女們知道他不會有所作為，很多都離開他了，他也並不十分在意搜捕。我已經考慮周全，希望您不要再顧慮了。」李靖問她的姓氏，回答說：「姓張。」又問她的排行，回答說：「老大。」看她的肌膚、儀表、言談、稟性，真好比天仙一樣。李靖無意間得此豔遇，又高興又害怕，無時無刻不在緊張不安地擔心着，不停腳地走到窗前向外窺望。幾天過去，也曾聽到楊府追查逃亡歌女的風聲，但看情形並不十分緊急，於是兩人穿上男裝騎上馬，打開大門從容地離開了京城。

他們打算返回太原。途中停留在靈石縣境的旅舍中休息，已經鋪好了床，爐子上煮的肉也快熟了。張氏把頭髮長長地拖到地上，站在床前梳頭。李靖正在刷洗馬匹，忽然有一個人，中等身材，赤紅的鬍鬚盤曲如虬龍的形狀，騎着一頭癩驢走來。那人把手中的皮囊扔在爐子跟前，取過枕頭斜靠在上面，看着張氏梳頭。李靖十分惱怒，但沒有發作，仍在刷洗馬匹。張氏仔細打量來人的形貌，一隻手握住頭髮，一隻手藏在身後向李靖搖手示意，讓他不要發怒。張氏匆匆梳完頭髮，整理衣襟上前詢問來人的姓名。斜躺着的那個人回答說：「姓張。」張氏說：「我也姓張，應該算是妹妹。」立刻向來人行禮。張氏又問來人排行第幾，回答說：「第三。」來人問張氏排行第幾，張氏回答「老大」，來人於是高興地說：「今天有幸遇到一妹。」張氏遠遠地招呼李靖：「李郎快過來見見三哥！」李靖馬上過來拜見。於是三人圍坐在一起。來客問：「煮的是甚麼肉？」回答說：「羊肉，估計已經熟了。」客人說：「餓了。」

李靖於是出去買來燒餅。客人拔出腰間匕首，切開羊肉一同吃飯。吃完，客人把剩下的肉胡亂切碎送到驢子面前餵它，動作十分麻利。客人說：「看李郎的言行，不過是一位貧窮的讀書人，怎麼能得到這樣不俗的女子？」李靖說：「我雖然貧困，也是一個有志向的人。如果別人問到這個問題，我本來是不會說的；既然是兄長問及，我就不能有甚麼隱瞞了。」就

將事情的由來都告訴了他。客人說:「那麼你們現在打算去哪裡?」李靖說:「想到太原去避一避。」客人說:「這麼說,我本來不是你們要找的人了。」又問:「有酒嗎?」李靖說:「旅舍西邊就是酒店。」李靖就去打回一斗酒來。斟過一遍酒後,客人說:「我有一點兒下酒的東西,李郎能和我一起享用嗎?」李靖說:「不敢當。」客人於是打開皮囊,取出一個人頭及心肝來。又把人頭放回皮囊中,用匕首切碎心肝,一起吃了。客人說:「這人是天下最背信棄義的人,我對他懷恨十年,今天才落到我手裡。我心中的憾恨總算解除了。」又問:「看李郎的儀容氣度,真不愧是個大丈夫,你可曾聽說太原有傑出人物嗎?」李靖說:「曾經見過一個人,我認為他就是真命天子;別的人,不過是一些將帥之才罷了。」客人問:「那人姓甚麼?」李靖說:「和我同姓。」又問:「多大年紀?」李靖說:「才二十歲。」又問:「目前他在做甚麼?」李靖說:「他是太原守將的兒子。」客人說:「好像是了。還須親眼見到他才能確定。李郎能安排我見他一面嗎?」李靖說:「我的朋友劉文靜,和他關係密切。通過文靜可以見到他。但兄長為甚麼要見他呢?」客人說:「望氣的人說太原有帝王之氣,讓我前去查訪。李郎明日出發,哪一天可以到達太原?」李靖計算出到達的日期。客人說:「到太原的第二天,天快亮的時候,在汾陽橋邊等我。」說完,騎上驢子離去。驢子奔走如飛,轉眼間就

失去了蹤影。李靖與張氏又驚又喜，過了好久，才説：「俠義之士不會欺騙別人，本用不着害怕。」於是加鞭趕路。

到了約定的時間，兩人進入太原城，果然又和虯髯客相見了。李靖非常高興，就陪同他去見劉文靜。李靖編了假話對文靜説：「有位擅長相面的人想見一見李世民公子，託你把公子請來。」文靜平日就認為那位李公子很不平凡，一聽説有客人擅長相面，立刻派人去請公子。派去的人回來，公子就隨之而到，他衣着隨便，皮袍子外也不穿罩衫就來了，然而神態飛揚，形貌不同尋常。虯髯客默默地坐在末位，見到他，欽佩得死心塌地。喝了幾杯酒後，虯髯客叫過李靖説：「確是真命天子啊！」李靖把虯髯客的話告訴劉文靜，劉文靜更高興了，得意自己很有眼力。從劉府出來後，虯髯客説：「我的判斷已有十之八九把握，但還須我的道兄親眼見見他。李郎最好和一妹再返回京城。某天中午，到馬行街東面的酒樓下找我。樓下如果有這匹驢子和另外一匹瘦驢，就表明我和道兄都在酒樓上。你到了那裡就直接上樓來。」説完又告別而去，李靖和張氏又答應了他的請求。

到了約定的日期兩人前去尋找，果然看到兩匹驢子。於是提起衣襬登上酒樓。虯髯客正在和一位道士對坐飲酒，看到李靖十分驚喜，招呼他坐下，大家圍坐在一起喝了十幾杯酒後，虯髯客説：「樓下櫃台內有十萬錢。你用它找一處僻靜隱秘的

地方安頓好一妹。某天和我再在汾陽橋相見。」

李靖如期而往，道士和虬髯客已先到了。三人一同去拜訪劉文靜。當時文靜正在下棋，見禮之後坐下談心。文靜急忙派人送信，請文皇 ① 過來看棋。道士和劉文靜對弈，虬髯客和李靖站在一旁觀看。一會兒文皇來了，光彩照人，長長一揖後坐下。神態清和開朗，談笑風生，顧盼間目光炯炯有神。道士一見文皇，就神色慘淡，扔下棋子說：「這局棋全輸了！就在這裡失掉全局了！已經無路可救了！還有甚麼可說的！」中止棋局請求離去。出來後，道士對虬髯客說：「這世界不是你的世界，到別的地方去謀求發展吧。繼續努力，不要把今天的事放在心上。」便邀他一同進京。虬髯客對李靖說：「我計算李郎的行程，某日才能到達京城。到達後的第二天，可以和一妹一同到某坊某巷的敝宅來找我。李郎和一妹一起生活，家中空無一物，非常窮困。我想讓我的妻子拜見二位，順便商量一下解決的辦法，你們先不要推辭。」說完，感慨着離去。

李靖騎馬返回京城。剛一到京城，就和張氏一同按照虬髯客所說地址前往拜訪。只是一扇小小的木板門，輕輕敲幾下，有人出來接應，行禮說：「三郎命我們恭候李郎、一娘子多時了。」二人被請入重重內門，門面越來越壯觀。四十名婢女羅

---

① 指李世民。

列在庭院前迎接，二十名奴僕引導着李靖他們進入東廳。廳內的陳設，極其珍貴奇異，巾箱、妝奩、衣帽鏡、首飾，品目繁多，全不是人世間所能見的東西，待他們梳洗打扮完畢，又請他們更換衣服，新換的衣服也是珍異無比，收拾完畢後，有人傳報說：「三郎來了！」只見虬髯客頭戴紗帽，身披皮裘款款而來，龍行虎步，隱約也有帝王的氣派。大家高興地又相見了。虬髯客催促他妻子出來拜見，他的妻子也彷彿天上的仙女一樣，於是將二人請入中堂，擺設上的菜餚極其豐美，即使王公之家也無法相比。四人相對吃完飯，又召來二十名樂妓，依次排列在堂前演奏。所奏曲子好像是來自天上的仙樂，不似人間的樂曲。吃完飯，又依次勸酒。家人從中堂東面抬出二十床貨架，都用錦繡巾帕覆蓋着。陳列好後，將巾帕全部揭去，原來只是賬簿和鑰匙。虬髯客說：「這些全是寶物和金錢的數目。我盡傾所有，全部贈送給你。為甚麼呢？我本想在這世界上謀求一番事業，也許要經過二三十年的奮戰，才能建立一些功業，現在既然已經有了明主，我還留在這裡幹甚麼呢？太原李氏，是真正的英明君主，不出三五年時間，就能使天下太平。李郎以非凡的才能，輔助太平盛世的君主，竭心盡力，一定能位居群臣之首。一妹憑藉着天仙般的容貌，身懷世間少有的才藝，靠着丈夫的尊貴地位，也將享盡榮華富貴。除了一妹，無人能賞識李郎；除了李郎，也無人能使一妹尊榮。帝王的興

起，君臣的遇合，都是天命注定，如同虎嘯而風生，龍吟而雲集一樣，本不是偶然的。你們拿着我贈予的財物，可用來輔佐真命天子，助成帝王功業，努力吧！十年後，東南方向數千里外會有怪事發生，那就是我事業成就的時候，一妹和李郎可以朝東南方向灑酒表示慶賀。」於是命家僮列隊拜見，說：「李郎、一妹，就是你們的主人。」說完，和他妻子帶着一名家奴，騎馬而去。走出不多幾步，就再也看不到了蹤影。李靖擁有了虯髯客的家宅，從此成為豪門大家，得以資助文皇創建帝業的費用，終於平定了天下。

貞觀十年，李靖以左僕射的職位加同中書門下平章事銜做了宰相。恰好這時南方少數民族入朝奏報說：「有千艘海船，十萬武士，攻入扶餘國，殺死國君自立為王，國內已經安定了。」李靖心中知道是虯髯客的事業成功了。回來告訴張氏，二人穿上禮服，向東南方向灑酒祝賀禮拜。

由此可知真命天子的興起，不是英雄光憑願望就能實現的，何況不是英雄的人呢？違背天意的逆臣妄想作亂，只不過是螳臂阻擋飛馳的車輪罷了。我大唐天朝傳福萬世，難道是憑空的嗎？有人說：「李衛公的兵法，一半是虯髯客傳授的。」

蔡義江

（1934- ）

學者、教授、著名紅學家、國家級有突出貢獻專家。浙江寧波人。1954 年畢業於浙江師範學院（今浙江大學），留校任教。1986 年，任民革中央常委、宣傳部部長，創辦團結出版社，兼任社長、總編輯及《團結》雜誌主編，兼教於京杭高校。

主要著作有《紅樓夢詩詞曲賦全解》、《論紅樓夢佚稿》、《〈紅樓夢〉校註》、《蔡義江論紅樓夢》、《紅樓夢叢書全編》、《唐宋詩詞探勝》、《唐家傳奇集》全譯、《四季風光》古詩選、《稼軒長短句編年》、《辛棄疾年譜》、《清代文學概論》（日本每日交流社）、《〈宋詞 300 首〉詳析》、《宋詩精華錄》（譯註）等。

責任編輯　　梅　林

書籍設計　　彭若東

責任校對　　江蓉甬

排　　版　　周　榮

印　　務　　馮政光

書　　名　　唐宋傳奇集(上)

叢 書 名　　文史中國

校　　錄　　魯迅

今　　譯　　蔡義江　蔡宛若

出　　版　　香港中和出版有限公司
　　　　　　Hong Kong Open Page Publishing Co., Ltd.
　　　　　　香港北角英皇道 499 號北角工業大廈 18 樓
　　　　　　http://www.hkopenpage.com
　　　　　　http://www.facebook.com/hkopenpage
　　　　　　http://weibo.com/hkopenpage

香港發行　　香港聯合書刊物流有限公司
　　　　　　香港新界大埔汀麗路 36 號 3 字樓

印　　刷　　中華商務彩色印刷有限公司
　　　　　　香港新界大埔汀麗路 36 號中華商務印刷大廈

版　　次　　2019 年 4 月香港第 1 版第 1 次印刷

規　　格　　32 開 (128mm×188mm) 400 面

國際書號　　ISBN 978-988-8570-40-9

　　　　　　© 2019 Hong Kong Open Page Publishing Co., Ltd.
　　　　　　Published in Hong Kong

本書由浙江文藝出版社有限公司授權本公司在中國內地以外地區出版發行。